AF235560

Sandro Petersen

DÄNE WERDEN ODER

Roman

Bibliografische Information der Deutschen Nationalbibliothek:
Die Deutsche Nationalbibliothek verzeichnet diese Publikation
in der Deutschen Nationalbibliografie; detaillierte bibliografische
Daten sind im Internet über dnb.dnb.de abrufbar.

© 2022 Sandro Petersen
Herstellung und Verlag: BoD – Books on Demand, Norderstedt

ISBN: 978-3-7562-3936-8

„[J]e apokalyptischer die Nachrichten von draußen aus der Welt, desto sicherer fühle ich mich hier an Ort und Stelle – […] bei jedem kleinen oder großen Weltuntergang wachsen mir Flügel. Ich denke sogar heimlich bei mir: So ist das Leben. Recht so. Endlich Ernst. Endlich die Welt schleierlos.“

Peter Handke, *Zdeněk Adamec*

"I might be movin' to Montana soon
Just to raise me up a crop of dental floss
Raisin' it up
Waxin' it down
In a little white box
That I can sell uptown
By myself I wouldn't have no boss
But I'd be raisin' my lonely dental floss"

Frank Zappa, "Montana"

„Tigereingeweid' hinein,
Und der Brei wird fertig sein.“

Shakespeare, *Macbeth*, IV.1 (übers. Dorothea Tieck)

1
Da ist diese Geschichte

Da ist diese Geschichte, die ich euch erzählen möchte, von der Auswanderung nach Dänemark. Eine Geschichte vom hyggen Glück, von einem Menschen, der es hatte und verlor. Einem der es wiederfand, und einem der durchhielt.

Sie beginnt so heiter und harmlos und ich wünschte, dabei wäre es geblieben. Aber leider sollte das Rad des Lebens einige unter sich begraben – und noch immer weiß ich nicht wie, auch weil… nun ja… manches zum Lachen war.

Wie so oft in Geschichten verdichten sich das Schöne, Befremdliche, Echte, Bekannte, das Gestelzte und das Abstoßende. Und einmal freigelassen war es mir nicht möglich die Geister noch voneinander zu trennen; die reine Poesie zu filtern, die derbste Komödie abzuschöpfen oder einen schröcklichen Thriller. Es ist weder Fantasy noch biografisches Enactment, was du, lieber Leser, vor dir siehst. Manchmal gehen und stehen die Dinge halt wie sie sind, verwickelt im Leben wie im Buche.

Es geschahen wirklich abstruse Dinge, die, wiewohl in meinen Händen, mir für mein echtes Leben zu heiß wurden, ja ich räume es ein, zu heikel. Kein Ruhmesblatt, mit dem sich noch prahlen ließe, vielleicht aber ein kurioses Lehrstück von einem Roman. Auch andere hatten daran Anteil und weshalb ich ausgerechnet den Gestalten über den Weg laufen musste, die dir, Leser, hier begegnen werden, bleibt wohl ein Rätsel. Wo immer ein Irrer auftritt, gesellt sich ein zweiter ihm zu und ich mittendrin – wie allen

Halbgaren sind mir die zu kurz Gekochten suspekt. So sei bitte nicht alles hierin mein eigen und vor allem das Risiko des Dunklen teile ich, bei aller guten Absicht, gern unter meinen Figuren auf und mit dir, geneigter Leser.

Eine innere Stimme rät mir nun, hüte dich, Petersen, erfinde noch schnell einen andern! Vieles, vor dem uns graut, wird dann einfacher, Lustiges angenehmer. Also denn… ich verschwinde und lasse mich hier nie wieder blicken. Rutsche mit mir, Leser, streife mit mir… Schlüpfen wir gemeinsam und wie einer in diese zweite Haut: Man stelle sich wie ich vor dieser, nämlich Colin Oltmann zu sein!

Was so vielen fehlt, ist Colin Oltmann wahr geworden: Er fand zurück zur Natur. Wiesen und Schafe in der Voreifel, sanfte Landschaften. Die Textur des Tierfells auch in der Sprache, ja selbst im Traum. Durch alles ging der seichte Wind, manchmal der Inspiration, manchmal allein zur Kühlung des Mutes. Ein Kaltgetränk nie weit und der Feierabend gewiss, drohte und mangelte mir in der Muße nichts. Es sind in diesen Jahren viele verängstigt, weil die Spirale unerwarteter Schrecken nie stillsteht. Wie sehnt man sich nach der goldenen Zeit. Mir, Colin Oltmann, war der Schritt in die Bukolik, ins beschauliche Schäfertum, gelungen und ich möchte dich, Leser, zu einem Stück Poesie einladen, in dem du daran teilhaben wirst.

Mir wurde so lehmig wohlig in dieser Zeit. Sicher, manche sagen, es passierten ein paar komische Sachen, als ich Schäfer war, auch noch danach. Als läge das an mir! Man ist ja nicht allein. Wer tut nicht alles dabei mit. Am wenigsten ist es die Schuld des sanftmütigen Hirten, der das

flauschige Weiß der Erde hütet. Wenn das nicht offensichtlich ist. Festhalten will ich außerdem eines, weil immer jemand behaupten wird, das mit dem Schafehüten wäre gar
nicht authentisch gewesen: Das sind Feinheiten.

Maskerade hin oder her, die Welt war in Ordnung wie
sie war und alle Geister, die wer ruft oder gehört haben will,
müssen doch am Ende aushauchen, in Schwaden zerfließen
und verhallen. Aber das Poltern bis dahin zu ertragen…

2

Die Zauberer allen Anfangs

Alles fließt, so sehr muss man fast gar nichts tun. Etliche Kubikmeter Grünschnitt liegen am Boden. Im Blatt- und Zeichensalat schwimmt ein schläfriges Teppichmuster zusammen. Mit dem Fuß schieb ich den Laubbesen beiseite. Seine dürren Zähne machen Kratzgeräusche. Ando fragt mich nach der Rundsichel. Auf dem Wagen, sage ich.

Die Hecke nimmt Form an. Zur Linken ein langer Quader, zur Rechten Buschwerk, in dem der Wind noch sucht. Er ist schwach und kann nichts greifen. Schon rücke ich näher. Schnapp und schnipp, fassen die Metallblätter zu, schleifen die Klingen wieder auseinander, führe mit Kraft ich erneut beide zusammen und reiß dann die Arme auseinander... einatmen und ausatmen, zusammen und auseinander, vor und zurück. Trance entsteht mir.

In fernöstlicher Meditation schleiche ich seitschritts die Böschung lang und hinterlasse beiläufig ein Werk wohlgefälliger Kontemplation. Hole in Gebüschen die Welten ein, die noch schlummern. In allen Grünanlagen von Mittelstadt, wo immer die öffentliche Hand die Natur ordnet, ist es die meine: Stadt und Land gestaltend.

Den Tag heut mit Parkbänken begonnen. Beim Teich an der Kirche frische Sitzflächen, mattgelb lackiert, aufgebracht und morsche abgeschraubt, eingesammelt und zum Bauhof gefahren. Die alten dort neu zu überholen. So geht's übers Jahr, alle drei Jahr alles Holz einmal reihum zu pflegen. Doch das nur der Anfang.

Mit der Baumsäge in die Äste empor, Arbeit über Kopf, so kam bald der Mittag. Das Handbeil an den niederen Strünken, den Rechen dann aus der Hüfte geschwungen, sahen das Blätterdach über den Parkplätzen und diese darunter manierlich bald aus. Die Karossen kamen und gingen. Fährt eine, kratz ich die Fugen schnell aus und fege ins Reine. Ein Ahorn noch vor Mittag, dann zum Metzger nebenan und ein knackiger Pfefferbeißer auf die Hand. Dazu Brötchen und Bier, hinterm Bulli im Schatten der Kastanie. Sie ist früh dran dieses Jahr. Ahnt sie die drohende Trockenheit des Sommers?

Die Hecke entlang der Ausfallstraße wird wohl das letzte sein, was wir schaffen. Für heut ist's genug. Schon hör ich die Turmuhr, drei Schläge. Noch gut eine Stunde.

Ich senkte die Arme, dehnte den Rücken und dachte genau dies und nicht mehr: noch gut eine Stunde. Gemächlich harrte ich eines heulenden Gähnens, das sich mir innerlich ankündigen wollte. Tatsächlich gähnte ich. Der Wind, der die Zweige leis bewegt, strich auch über meine Stirn und befreite mich von jeder Schwere. Ando kam mit einem Besen statt der Rundsichel zurück. Egal, dachte ich, hatte doch auch ihn die Turmuhr erinnert: Für heute lohnt es nicht mehr.

„Kein Grund zur Aufregung", sprach er und blickte doch leicht unverständig aufs Werkzeug, um alsdann schulterzuckend fortzufahren: „Die Verwirrung ist unser Schicksal nicht. Wir sind da schon durch, du und ich, oder? Machen wir langsam Feierabend."

11

„Machen wir Feierabend", bestätigte ich. In der nun tiefen Ferne des nebenstehenden Gebüschs fauchte eine Katze. Oder eine Ratte? Müdigkeit senkte sich herab und Faulheit wurde mir Befehl. Ich streifte den Schweiß des Wachsamen von meiner Schläfe.

Nach rechts hin noch viele Meter Arbeit, ergab ich mich ins Kontemplieren. Wo wenig Dynamik ist, muss Entschleunigung nicht falsch sein. Abwechslung tut gut. Ich bückte mich nach dem Rechen und erfrischte die Seele durch das gleichförmige Harken des Grünschnitts. Ando dachte offenbar gar nicht mehr, oder schon an den Feierabendtrunk, denn er kam schon wieder auf mich zu und hielt mir den Besen hin. Den hatte er für die groben Schnittreste gar nicht brauchen können. Mechanisch und denktot streckte ich ihm meinen Laubrechen entgegen, er nahm ihn grinsend und begann. Nun, wohlan. So würde ich warten und hängte mit festem, sicherem Griff mein Gewicht auf den Besenstiel, klemmte ihn unten zwischen die Beine und hinter die Schuh. Fast ritt ich, hinaus aus dem Kamin in die Nacht. Es war die Mitte des Nachmittags, die Rushhour floss in Blech dahin, das Brummen der KFZ über der Blumenwiese.

Ando kehrte zusammen, und erwacht aus meinem leerlaufenden Tagtraum ging ich bald hinter ihm und fegte und schob die Haufen zusammen. Gabel um Gabel hievten wir den Schnitt auf die Ladefläche.

„Jetzt sind wir zu früh fertig", nickten wir und ermaßen beide zugleich, jeder in Stille und mehrmals großzügig nachrechnend, um wieviel. Es tat meine Uhr, wie zu erwarten war, gleich mehrere Minuten lang hintereinander das gleiche, wieder und wieder.

„Stimmt, zu früh." Wir gähnten.

Und wieder gähnten wir.

„Schauen wir noch nach den Ziegen", schlug ich vor.

„Schafen!"

„Mein ich doch."

Ando warf den Motor an und wir krochen in den Verkehr hinein. Kaum im Wagen, neben ihm, strich mir der Sekundenschlaf über die Lider.

Er wird sich nicht erinnern. Traumbilder von Schafen und Bäumen bleiben ihm vielleicht. Wenn er glücklich ist, wird er über Landschaften geflogen oder nackten Frauen begegnet sein. Oder die Beete im Schlaf noch einmal geharkt haben. Aber sein unausweichliches Schicksal, das er sehen soll, wird er vergessen haben. Zu tief vergraben liegt das Unbewusste.

Lange schläft er nicht. Aber erholsam. Überhaupt schläft er gut, hat in seinem Leben vielleicht eine Mitte gefunden, wie man so schön sagt. Hälfte des Lebens, Hölderlin. Ein Mann mit dem Kopf im heilignüchternen Wasser des Traums. Es gibt Künstler in der Welt, die möchte man kuscheln und in den Schlaf wiegen, so viel Klage reproduzieren sie, als wäre davon nicht genug in der Welt. Dieser hier, Peters..., ich meine: Oltmann, scheint mit seinen Schafen im Reinen und Trockenen. Wo alle hinwollen, in die Natur, ist er schon. Und deshalb hat er das Zeug den Untergang mit ruhiger Hand abzuwenden.

Welchen Untergang? Nun, da wäre noch dieser menschliche Makel... Helden werden ja von Hexen versucht, von Geistern zwar gewarnt, von Verwandten aber betrogen, müssen widerstehen und am Ende geht eigentlich immer einer vor die Hunde. So viele Tragödien. Auch wenn man immer denkt, ein Gott könnte es noch richten, das Schicksal drehen: Nein, wird er nicht. Schicksal. Da kann ja jeder kommen.

Aber vielleicht gelingt es ihm hier, dem Oltmann, nicht nur seinen eigenen Hintern, sondern vielleicht auch andere zu retten. Er hätte das Zeug zur Komödie. Packt das ganze zivilisatorische Unbehagen bei den Ohren, ringt es nieder. Und diese alte Leier hört endlich mal auf: Ob es einer schafft gut zu sein, damit die Geister beruhigt schlafen. Ob der Held den süßen Verfehlungen widerstehen kann, mit denen die Sirenen… – aber ich schweife ab.

Oltmann hält sich für einen Hirten und deshalb schon für einen naturgegebenen Dichter, vielleicht auch umgekehrt. Bestimmt lamentiert er bald über verflossene Liebschaften. Das tun sie häufig und es kann ziemlich anstrengend sein. Hoffentlich merkt er das und besinnt sich, dass seine beste Fähigkeit im Nichtstun liegt. Deshalb wird man ja klassischerweise Hirte: dekadente, selbstgenügsame Faulheit. Sich selbstverliebt in seine Kunst versenken. Zwecklose Muße. Herrlich…

Ich kann meine Welt ja selbst oft nicht leiden. Alles so schön geformt und dann geht immer irgendwo was aus den Fugen. Wenn man es nur alle Jahrmillionen tut, unterlaufen einem Konstruktionsfehler, vermute ich. So wie diese ist auch keine zweite, so viel kann ich vielleicht verraten… Vielleicht ist dieses Hirtentum da wirklich ein Ausweg. Dann wäre auch diese ewige Frage nach Sein oder Nichtsein mal egal. Solange das Leben auf Erden für einen Augenblick so traumhaft beschaulich und entrückt ist… aber leider, leider muss meistens irgendwer dafür zahlen, die Zeche, am Ende. Trifft es den richtigen? Welches ist dein moralischer Preis, Colin? Einer wird untergehen müssen. Einer zahlt den Preis…

Hee, du!

Wer, ich?

Genau. Wer bist du?

Mmh, Petersen, ich schätze, du weißt, wer ich bin.

Grauer Vollbart, gütige Altmännerstimme, Sonnenbrille, Hexenmontur – hee, auch ich bin eine… wir sind… Hexen??

Im Augenblick schon, ja. Wann sehen wir beide uns hier wieder?

Wie bitte??

Wann sehen wir beide uns hier wieder. Wenn es blitzt, donnert oder regnet?

Was soll das? Willst du mich auf den Arm nehmen, alter Mann? Das ist Shakespeare. Und nenn mich nicht… wieso nennst du mich Petersen?

Wir sind unter uns. Eine Art Traum.

Ah. Und wieso die Hexenmontur, ist das auch ein Shakespeare-Bezug? Dann müssten wir zu dritt sein, wo ist die dritte? Und was sollen die Sonnenbrillen?

Es ist ein inoffizielles Treffen. Und die dritte, mal sehen…

Ah…huch! Jetzt sind wir zu dritt! Dein Gesicht kommt mir bekannt vor, trotz Brille… aber irgendwie auch nicht.

Tschuldige, bin ich zu spät?

Wer bist du?

Ich bin Leser. Oder Leserin.

Das kann jeder sagen.

Ja sicher, sofern er liest. Ich bin's jedenfalls.

Ehrlich gesagt, ist mir hier ein bisschen viel ‚Ich'. Vor allem so ganz ohne Redezeichen.

Ich bin ich.

Eben, ich ja auch.

Gut, also, ihr beiden, hört zu. Zurecht schaut ihr mich in Ehrfurcht an, zu mir auf, will ich sagen —

Was machen wir hier? Das mit den Hexen ist offensichtlich Camouflage, ganz schön billig karnevalesk. Aber warum? Soll ich mir das ausgedacht haben? Ich fühle mich… falsch… Wackelpeter in den Knien, Götterspeisegelenke.

Verständlich. Du träumst. Was ich sagen wollte…

Mir geht's auch so… aber ganz cool, eigentlich, übrigens, mal hier drin zu sein…

Wenn ich träume, kann ich einfach aufwachen.

Sekunde! Und Stille! Warte, Oltmann. Eine Prophezeiung sei dir geschenkt. Aber du wirst sie wieder vergessen.

Wozu ist sie dann gut?

Was? Was soll das heißen, als Vorausdeutung natürlich.

Aber ich vergesse sie doch, sagtest du.

Also mich zumindest würde es interessieren, was er zu sagen hat. Vielleicht hilft's beim Lesen. Weißt du, Petersen, ich komm nicht ganz mit…

Oltmann bitte.

Von mir aus auch Oltmann… aber wenn ich auch Ich bin, also Du, bin ich dann nicht auch Oltmann?

Mmh, ja eigentlich war das der Clou. Was meinst du, Alter?

Später. Seid so gut und lasst es mich loswerden, bitte, ja? Die Prophezeiung…

Und wieso müssen wir überhaupt Oltmann heißen, wieso nicht Petersen?

Nun ja, sagen wir, es hat… auch was mit Camouflage zu tun. Zwischen dem Ich und mir selbst, also dir selbst, ist ein Unterschied.

Wir sind schizophren?

Nein-nein.

Versteh ich nicht. Mir wär's egal.

Du wirst es später verstehen, Leser. Kann ich jetzt meine Prophezeiung? Sonst geht die Spannung kaputt.

Also bitte, leg los.

…

Entschuldigung?

Warte…

…

Sag schon.

Ich fürchte, ich habe sie vergessen.

Darf nicht wahr sein!

Tss! Nicht zu fassen.

Zu dumm. Aber vergessen ist vergessen, wie schade, ich und Prophezeiungen…

Die Schafe, es waren ihrer nur ein leichtes Dutzend, standen in einer teilnaturierten Senke unterhalb der hinabrollenden Wiesen mit ihren hinein gesprenkelten Büschen, Wildwuchsbüscheln und vereinzelten Bäumen, wie sie aus der Eifel zur Stadt hin rutschen. Wie zum Bollwerk hat man kasernenartige Siedlungen gegen die Natur gestemmt, die die Mittelstadt abschotten gegen das Land. Käme hier statt Landluft ein Angriff, würde er an den Fenstern dieser günstigeren Wohngegend zerschellen. Sonst ein Garant für steigende Grundstückspreise war diese Randlage das

Gegenteil: weiter raus aus der Stadt konnte man diese Siedlungsbewohner nicht abschieben. Die Luft anhaltend presste man sich durch diese letzte Schneise von Zivilisation. Mancher Reisende wollte schnell fort. Kommend aus der Stadt, aus gepflegteren Gegenden und besseren Nachbarschaften, spürten auch Ando und ich an diesem Tag Beklemmung.

Vor zwei Wochen hatten wir hier zu tun, harkten mit langstieligen Werkzeugen den Rasen und kratzten das Unkraut aus den Steinen. In meiner Konzentration war mir der Körper in zeremonielle Schwingbewegungen verfallen, die buddhistisch, aber auch vage dämlich aussehen konnten. Drei Frauen blieben in einiger Entfernung stehen und schienen, in unterschiedlichen Zungen, zu fachsimpeln. Es waren deutsche Stückchen darunter, aber ich meinte vor allem Romanisches oder Slawisches zu vernehmen. Dem Klang nach gaben sich Beschreibung, Befremden, Anerkennung und Verlachen die Hand. Da rief eine dem „Herr Gärtner" eine Einladung zum Plausch herüber.

Ich hob den Rücken, stützte mich auf die lange Pendelhacke und sah einige Sternchen. Wieder lächelte und sprach man mich an. Ich hob die Hand zum Gruß, tat einen lockeren Schritt auf die Damen zu, öffnete schon den Mund…

…und knallte gegen den Stiel der Harke! Booiinng!, mein Schädel wie Kirchenglocken. Wer hatte das Ding falschrum liegen lassen? Die Damen lachten, aber jauchzten zugleich vor Mitleid. Eine eilte herüber und drückte mir ein Bonbon in die Hand, eine zweite einen kleinen, silbernen Kruzifix-Anhänger und die dritte warf mir von drüben eine Kusshand zu. Während sie noch vor meinen Augen Karussell fuhren, liefen sie schon die Straße herunter, drehten sich noch einmal um und winkten. Ich stand rum und rieb die Stirn, heiliger Bimbam.

Ando und ich fuhren heute stracks weiter. Wie befreit flogen unsere Herzen im Paarschritt des Balletts der Natur zu, als wir die Stadt hinter uns ließen: fruchtiger Wind hauchte uns an. Da grasten sie schon! Schafskacke würzte die Luft und düngte auch unser Empfinden. Auf dem Band der Straße schwebten wir dahin und es fiel die Mühe des Tages von uns ab. Heute passierte nichts mehr!

Wir parkten den Bulli im Graben neben dem Feld. Schon kamen einige gelaufen. Ich fischte den Hirtenstab hinter den Sitzen hervor, auch wenn Ando mich belächelte. Der eigentliche Hirte war er. „Was willst du mit dem Ding? Schmeiß es weg, du vermüllst mir den Wagen!"

Ich fand, Hirten sollten einen Stab haben. „Glaubst du, wenn eins von den Tieren gerissen wird, ändert der Stock irgendwas?" Ich ignorierte seinen Realitätssinn, grinste mir eins und stapfte pittoresk ins Land.

Wir überstiegen den Elektrozaun, blickten ringsum und befanden alles ordentlich, die Tiere vollzählig und gesund. Die lieben Dinger entwickelten eine beeindruckende Anhänglichkeit und liefen dauernd um uns her. Die Wiese hinab zum Bach folgten sie uns und stupsten Ando treu mit Nase oder Zunge an der Schulter, als wir uns niederließen.

„Gib mir ein Bier", bat ich. Er stellte den Rucksack mit der Verpflegung zwischen uns. Es waren Würste vom Mittag übrig, Brot und hartgekochte Eier und Senf. Erdbeeren von einem Hof aus der Nähe und Äpfel von einem Baum längs des Wegs heute Morgen. Wir ließen es uns gut gehen und stießen mit kühlem Pils an. „Vom feinsten." Hinterm Fahrersitz hatte Ando eine über die Batterie betriebene Kühlbox installiert. Die Sonne stand hoch, zwei Bäume am Bachlauf spendeten Schatten. Eine leichte Brise ging durch die Zweige. Schöner konnte es nicht sein. Ich zog Schuh und Socken aus und legte die Füße ins plätschernde Wasser.

„Herrlich."

„Ja."

„Alles kannst du von hier aus sehen." Was meinte er, wir befanden uns in einer Senke, ringsum Hügel. „Das hier ist der absolute Ruhepol. So stell ich mir das vor", er strich mit den Händen Kurven in die Luft, „der Höhepunkt des Tages und zugleich der Nullpunkt seiner Steigung. Der einzige stillgestellte Augenblick."

„Wie in einer Achterbahn."

„So ähnlich."

Uns beiden gab das zu denken.

„Auch wenn das Leben nicht so rasant ist."

„Aber verzwickter. Es ist zu viel Verwirrung."

„Aber hier bist du dein eigener Herr. Ein wahrer Edelmann. Der Edelmann sieht klar und behält den Überblick. Oder Ausblick. Wie du willst."

Ich nickte. Wir zwinkerten ins Licht. Folgten mit den Köpfen den Vögeln in der Luft. Vielleicht bedeutungsvolle Schleifen, die man nicht sah. Ando holte eine Flöte aus der Tasche hervor und fing zu spielen an. Ambitioniert aber nicht schlecht.

„Woher kannst du das? Ich wusste nicht, dass du spielst."

„Ich bin Hirte."

„Aber einen Stab hast du auch nicht."

„Was will ich damit, einen scharfen Hund werd ich wohl nicht vertreiben. Ich leb ja nicht mit den Viechern. Ein Stab mag in deiner Alman-Ordnung gesetzt sein, aber er ist sinnlos. Wenn ich im Feld schliefe, wär es was andres. Wenn eins gerissen wird, merk ich's eh immer zu spät. Da müsst ich's Gewehr holen." Er setzte die Flöte wieder an und kreierte eine liebliche Melodei. „Mit der Flöte ist es ja anders: Damit kann man was anfangen."

So war es.

„Bist du Autodidakt oder hattest du Unterricht?"

„Nie. Aber vielleicht liegt's mir im Blut. Mein Großvater soll mal Ziegen gehütet haben, damals in Kroatien, als er ein Kind war. Und meine Mutter hat immer mit uns Kindern gesungen…"

Ich glaube, Andos Seele luftwurzelte in Kroatien. Die Karlovac-Verwandten, Karstwanderungen, Vater-Mutter-Großvater, der Schnaps, das Bier in Istrien, Hunde, Heu und Ziegen, Ausflüge zur Donau – alles Verklärte hatte damit zu tun; Kroatien meist, denn er war Kroate, sagte er, war von Nostalgie durchtränkt für die gesamte zerbrochene jugoslawische Utopie, dass alle Südslawen eins wären. Dem späten Vielvölkerstaat aber hatte seine Familie in den späten Siebzigern den Rücken gekehrt, wegen irgendwas mit Grundstücksgrenzen und Sozialismus. Auswanderung, nach Nordwesten, nach Deutschland. Und er wurde hier grau, leicht behäbig, klebte mit beiden Beinen im neuen Boden, fester als ich selbst es konnte und richtig auf dem Dorf, allein in seinem schlichten Häuschen. „Einen Hund bräucht' ich noch", sagte er. Die Eifel war Andos Wiederholung der Idylle.

„Liegt da der Gedanke nahe, ein Hirt mit einer Flöte zu werden?"

„So ist es", gab er zurück und nahm das Motiv von vorhin wieder auf. Ich noch ein Bier und noch ein Ei. Es war einfach zu beschaulich und ich summte der Flöte hinterdrein.

Geistesabwesend saß Colin Oltmann da und der Wind der Inspiration durchfuhr ihn. Er dachte plötzlich an eine Dichtung, wie es sie schon gäbe, mit Schäfern und Oden an das Wetter und ähnliches, das er alles einmal schreiben und der Nachwelt widmen wollte. Darüber wurde er schläfrig.

Wir schreiben ein Jahr nahe unserer Zeit. Colin und Ando, die da in den hügeligen Wiesen bei den Schafen wachen, haben nicht die leiseste Ahnung, welche Unruhen uns tatsächlich noch heimsuchen werden, selbst wenn sie das Leben verzwickt finden. Bewusst haben sie sich gegen Hektik und für Natur entschieden, alles Fernere ist ihnen verschlossen. Es sind keine Zauberer, sondern Männer im Jetzt.

In der Senke, bei Bachlauf, Schafen und Bier, ruht man sicher. Die Sense der Geschichte zischt drüber weg und damit wäre für heut alles gut. Man wird aber sehen, wie Colin Oltmann die Dummheiten der Welt aufspürt. Und leider auch ausbadet. Ihm und seinen Freunden wird bald zu wohl sein. Manch einer wird vor der Zeit nicht bestehen. Sie wollen es dem Landmann bequem gleichtun und die

Behaglichkeit des einfachen Lebens für sich gewinnen. Was man alles aufs Spiel setzt, wenn das Ideal aufleuchtet, Colin! Welche Kämpfe man dafür heute durchsteht, bis am Ende... Colin...

„Wie bitte?" Ando reagierte nicht. Ich fragte nochmal, in sein Flötenspiel hinein: „Wie bitte?" Er setzte ab.

„Mmh? Was meinst du?"

„Hast du was gesagt? Du hast über mich gesprochen."

„Nein. Ich hab doch Flöte gespielt."

Das stimmte. Nun ja. Mir war, ich hätte ein Bündel von Ansagen gehört.

Nur weil die Sonne ihren Lauf vollenden musste, wurde es irgendwann frischer, denn sie verschwand hinter Hügeln im Westen. Wetter, Landschaft, Tiere, Essen, Trinken und die Musik hatten mir eine vollkommene Harmonie in die Seele gezaubert. Die Brotzeit aufgezehrt und kein Bier mehr da, erhoben wir uns und kehrten zum Wagen zurück. Ando hatte Schluckauf und wie ich einen sitzen. Aber er war einer von denen, die auch mit Alkohol fahren können.

„Eigentlich lass ich mir gern eine Flasche für den Heimweg." Wie ich schon sagte.

„Nächste Woche kommt mein Bruder aus Koblenz. Dann machen wir die Schur. Hilfst du mit?"

„Sicher."

„Danach gibt's ein Fest. Meine Schwägerin kocht Erbsensuppe und bringt Schnaps mit."

„Fein."

Das war ein Leben.

Dudine goss Tee auf. Drinnen der Dunst eines Wasserkochers, draußen regnete es einen wohligen, alles dämpfenden Hochfrühlingsregen. Bindfäden. Amseln sausten auf den Rasen und zupften Würmer. Allerlei Pilze hatten in der letzten Viertelstunde ihre Zahl in dem Grün verdoppelt. Ich hätte es beeidet, auch wenn es übertrieben klang. Überall ploppte und knospte es. Ich war bereit mich in eine genüssliche Stimmung zu steigern.

„Danke, ja, ich auch. Schöne Kanne."

„Von meiner Oma."

Ich saß im Fensterkasten der Küche, schlürfte meinen Tee und bekam Regentropfen auf die Nase. Dudine räumte Zeitungen beiseite, fläzte sich auf einen Küchenstuhl und legte die Füße auf den Tisch. Mit den Augen glitt ich verstohlen ihre Beine hinauf, die am Bademantel endeten, auf dem Kopf trug sie noch den Handtuchturban. Es war Sonntagmorgen, Richtung Mittag.

Dudine war irgendwas Anfang zwanzig, ein keckes, blondes Ding und seit einiger Zeit meine Mitbewohnerin.

„Du wirkst müde, warst du aus?"

Verzögert nickte ich. „Andos Schafe. Geschoren und Schnaps getrunken."

„Wie geil! Ist das der Typ, mit dem du arbeitest?" Genau der. „Wie – und wieviel Schafe sind das so? Ne ganze Herde?" Ein Dutzend Schafe. „Wie – und die habt ihr… die armen Tiere! Und was macht ihr mit dem Fell? Ich mein: Machen die das mit? Tut denen das weh?"

Schafe machen so einiges mit, wenn man weiß, was man tut, und machen gar nichts, beziehungsweise laufen davon, wenn man das nicht weiß. Schafe zu scheren ist im Sommer nötig, sonst wird ihnen zu warm. Man tut den Tieren einen Gefallen. Selbstverständlich verwertet man die Wolle. All das erklärte ich Dudine, die zwar Studentin war, aber nicht alles wusste. Häufig, dachte ich, sei das Gegenteil der Fall. Dafür glich sie Unwissen mit doppelter Überzeugung, Empörung oder Lautstärke aus.

„Hast du auch mitgemacht? Oder nur Schnaps gekippt." Sie machte eine lustige Geste und fiel fast hintenüber mit ihrem Stuhl: „Huuch! Hihi."

„Zu dritt. Ando, sein Bruder und ich."

„Krass." Dudine fand echtes Leben immer beachtlich. So etwas ist verständlich, wenn man außer Schule, Uni, Elternhaus und Ferienlager nichts kennt und plötzlich Dinge erleben darf. Oder Leute kennt, die es tun.

„Es ist nicht besonders schwer zu lernen. Aber hinterher weißt du, was du getan hast." Ich hatte Muskelkater.

„Wieso der Schnaps? Ist das immer so? Schnaps und Schafe?"

„Ando ist Kroate. Oder halber Kroate. Jedenfalls war's ein Sliwowitz von seiner Schwester, oder der Tante, ein heiliges Zeug, verdammt selbstgebrannt, in so… nicht etikettierten Literflaschen." Dudine staunte Bauklötze. Ich gab mich bescheiden. „Für mich hätt's auch ein leichtes Bier getan. Aber es war Ehrensache, gewissermaßen."

„Ach du je!"

„Und ob."

„Und jetzt hast du nen Kater?"

„Geht so. Hab zu dem Zeug kannenweise Wasser getrunken. Außerdem war es gut. Kein gepanschter Scheiß, und wir waren an der frischen Luft, draußen im Engen Bruch. Bis um zwei haben wir beisammengesessen, ein Feuerchen gemacht. Herrlich. Wie ein Olivenhain. Zikaden überall und Glühwürmchen."

„Romantisch." Sie strahlte verträumt. „Nur ihr drei?"

„Und Andos Schwägerin."

„Hat die nicht geschoren?"

„Die hat die Suppe gemacht und den Sliwowitz gebracht."

„Da habt ihr's aber gut."

Sie stand auf, klimperte mit den Wimpern und kokettierte mit einem Trockentuch, das sie sich straff um den Nacken legte, wie ein Tennisspieler nach dem Match. „Soll ich auch mal ein bisschen für dich da sein?"

Ja bitte, hätte ich sagen wollen. Wusste aber nicht, wo das hinführen sollte. Sie war fast halb so alt wie ich, führte ein vollkommen anderes Leben und machte sich beinah täglich über mich lustig. Was sollte ich sagen.

Sie spielte weiter: „Ich könnte euch helfen, nächstes Mal. Mit den Tieren." Wie eine Revuetänzerin stolzierte sie vor der Küchenzeile auf und ab, schwang das Trockentuch wie einen Spazierstock, mimte mit leicht geöffneten Beinen eine Rodeoreiterin. Ihr Bademantel reichte nicht bis zum Knie und seine zwei Hälften wippten vorn auseinander. „Traust du mir nicht zu? Bin ich nicht gut zu dir? Mein lieber Oltmann." Sie spielte den Kussmund von Marylin Monroe, biss dann auf die Unterlippe, kehrte den Blick nach innen, stoppte mitten in der Bewegung und zog, beiläufig züchtig, den Bademantel wieder zurecht. Um ein Haar.

Der Schlüssel in der Wohnungstür kratzte und knackte die Nuss, für die er da war. „Haallo!"

Felia, die dritte in unserem Bunde.

Wir waren eine WG. In Mittelstadt bewohnten wir zu dritt die mittlere von drei Etagen fast auf der Ecke der mittleren Seitenstraße einer Hauptstraße. In der Mitte zwischen dem Zentrum und der Peripherie. Pfennigstraße 3. Aus der Türe fiel man in alles, was man brauchte, den Bus, den Privatwagen, die Läden: Bäcker, Metzger, Friseur, Florist. Außerdem führte diese Straße zum Friedhof. Da standen Bäume vorm Haus und ein paar Verkehrsschilder, blühte versehentlich wilder Mohn in den Wegritzen, krabbelten Feuerkäfer darunter, hingen mehrere Plakatrestschichten an einer Hausecke, manchmal klebte ein Kaugummi unterm Schuh oder Hundekot. Am Zebrastreifen neben der Bankfiliale parkte immer ein etwas unzeitgemäßer, überdimensionierter Ferrari, sehr seltsam. Bei Regenwetter flüchteten Passanten in den Busunterstand unter unserm Fenster.

Unsern Vermieter sahen wir selten, der hatte sich an den Starnberger See abgesetzt, lebte vom Vermieten, zahlte uns, was er musste, und hatte seine Ruhe und sein Geld. Ich selbst kannte ihn gar nicht, war ich doch nur Untermieter. Zur Unterschrift soll er mal erschienen sein, alt, dick und gutmütig. Er mochte seine Mieterin sofort und das war nämlich Dudine, Dudine Böhm.

Genau genommen hätte sie die Miete wahrscheinlich keine zwei Wochen selbst berappen können. Sie war Studentin auf Kosten ihrer Eltern und die zahlten die Wohnung. Beides zusammen machte sie zum idealen Match für den alten Mann am fernen See, ein niedliches blondes Mädchen, dem der Onkel Gutes tat, der Sicherheit gewiss, dass ihr Papa das zahlt.

„Hallo Förster."

„Oberförster."

„Oberoberförster."

„Oberoberober…" – Dudine und ich plantschten im Kalauer, bis es suppte, aber Felia wollte hartnäckig nicht lachen. Stoisch stapfte sie herein, ignorierte uns – wir hörten auf – stellte Henkelmann und Thermosflasche zur Spüle und stapfte zurück in die Diele, sich ihrer Wald-und-Wiesen-Montur zu entledigen. Dann kam sie zurück, ließ auch sie sich auf einen Stuhl fallen. Leerer Blick in langer Unterwäsche.

„Bist du müd?" Sie nickte. Fast fielen die Augen zu.

„Aber glücklich." Dazu zilperten draußen die Amseln ein Lied. Frisch einer himmlischen Leier entsprungen. Gepriesen sei's.

Felia Hyttynens besondere Buchstabenfolge lag daran, dass sie Finnin war. Dudine frotzelte manchmal, ihr fehle ein „O", und rutschte ins Kichern, weil sie's bei mir fand und meinte, ich könne eins abgeben.

Aus einer nordisch verwunschenen Welt von Fichten, Birken und dornenrankenden Beerensträuchern, so stellen wir uns vor, musste ihr Gesicht eines Tages am Waldrand aufgetaucht sein. Ein letztes Mal ermutigt von den Zwergen mit rüstigen Stecken. Magie der Waldwacht, Speerspitze der Nostalgie. Wohlwollend begleitet von jedem Fliegenpilz am Wegesrand und den verspielt springenden Rehkitzen. So würde sie das Unterholz mit den kräftigen Pranken einer jungen Dame zerteilt haben und, siehe da, und ach!: voller Verwunderung die waldnahe Siedlung der Menschen erkannt haben. Gab es tatsächlich noch andere in der Welt als mich, Mutter und Vater, beziehungsweise Vater und Haushälterin, nachdem die Mutter doch schon seit Jahren tot war? Zugleich treuherzig und schüchtern würde sie an den ersten Häusern angeklopft haben, traf auf ihre ersten Spielgefährten, die – anders als Waldgeister, Elfen und Zwerge – allein dieser Welt angehörten, und eroberte sich Stück um Stück ihren Zugriff auf die Zivilisation, bis dereinst, wieder sozusagen: eines Tages, eine Stadt aus der Waldeinsamkeit auftauchte und Felia mit ihren Schulen und Universitäten verschluckte. Weder Turku noch Helsinki waren Berlin oder London, aber der Schock der Moderne ist im Märchenwald immer enorm, gerade weil er gegen ihren Strudel schützt.

Felia war Abkömmling eines alten finnischen Adelsgeschlechts. Hoch im Norden gehörte dem Vater, was schon seinem Vater und dessen Vater bis in die wilden Tage vor Menschengedenken gehört hatte, endlose Wälder, spärlich durchwegt, durchzogen dafür aber von Adern kleinster und größerer Seen und Sümpfe. So klar sah ich ihre finnische Natur vor meinem inneren Auge, als knüpften diese Adern des Seengeflechts direkt an meine Netzhaut, um das Bild einer Sehnsuchtswildnis mir in ein inneres Finnland zu übersetzen. Ganz natürlich wusste ich so um ihre Geschichte, als wär's meine eigene, viel erzählt haben würde sie davon nicht.

So war sie ein Waldwesen. Das zutrauliche Sich-Verlaufen war die Natur dieses Mädchens und noch vor dem Sprechen hatte sie vom Großvater gelernt, in der Wildnis zu sein und im Überleben keine Kunst zu sehen. Mit nicht mehr als Messer, Axt und Kanu versorgt ging Felia auch in einsamen Weiten nie verloren. Niemand schickte Suchtrupps aus, um die Tochter zu finden, nur weil sie auch am zweiten Abend nicht nach Haus kam. Sangen nicht die guten Elfen über Meilen ihr besänftigendes Lied? Dass es ihr gutgehe? Sie würde heimkehren. Und sie kehrte heim. Ein ums andere Mal.

Aufgewachsen im abgelegenen Gutshaus, war dem Mädchen die Existenz eines Außen zwar bekannt. Schließlich gelangte doch stets Besuch an den Hof, kamen Waldarbeiter und Förster her, gab es auch Verwandtschaften und Bewohner anderer Gutssitze inmitten der finnischen Wälder. Mütterchen schulterten Kiepen und zogen von Hof zu Hof, um Pilze, Eingemachtes, Gemüse und Bastelkram zu handeln; und manchmal gelangten Schausteller in die Einöde und spielten Theater. Tatsächlich aber, so antwortete sie mir einmal nach längerem Nachsinnen, konnte sie sich nicht erinnern, vor ihrem Schuleintritt überhaupt jemals den Wald verlassen und auch nur die nächste Ortschaft etwa zum Einkaufen besucht zu haben. Auch auf elektronische Wunder wie Fernseher und das aufkommende Internet hatte sich der Vater nicht eingelassen. So schien ihr, wie auch ihren Vorfahren, weniger das Dickicht der Wälder mit seinen Wölfen, Bären und eigenbrötlerischen, betrunkenen Holzfällern eine Bedrohung. Im Gegenteil war es die Stadt, die man mied und der sie der gute Vater nicht aussetzte, bevor es unbedingt sein musste.

Heimgekehrt war schließlich allerdings auch er selbst, und zwar für immer. Dies ausgerechnet, als die Tochter schon in der lichten, fremden Zukunft lebte. Felia wollte Försterin werden. Den jungen freien Geist aus bestem Hause hatte es zu unbeschwerten, ausgedehnten generalistischen Studien aber erst einmal an die Sorbonne nach Paris geweht. Mondän schlendernd durch St. Germain und optimal blasiert die Zuckungen der Metropole atmend, ereilte sie ein Anruf von daheim: Der Vater ist tot.

Wie war die Trauer groß und die prompte Heimreise in schwarzer Watte stumpf vergangen. Ein letztes Mal sah sie ihn, aufgebahrt schon. Aus alter Zeit war dieser Tod erschienen und hatte den alten Herrn als Herrn, als steifen kalten Block zwar und leider viel zu jungen alten Herrn, aber doch in Anzug und präparierter Haltung angenommen. Er lag aufgebahrt auf seinem Bett in seiner Kammer, wie es sein sollte. Wie war der Tod eingetreten, war er wochenlang um den Alten herumgeschlichen, wie es Rilke aus den vormodernen Zeiten kannte? Hatte der Vater ihn nahen hören, eine geisterhafte Veränderung bemerkt? Hatten die Hunde in tierischer Vorahnung an der Türspalte gewinselt? Geheimnisvoll haucht uns eine vormoderne, nordisch-mythische Tradition ihr Kolorit in die Erzählung. Da

31

lauerte Sinn. Es war Felia, als stünde ein kalter und erhabener Bediensteter im Raum, schwarzer Umhang und Zylinder in den Händen, der nur darauf wartete, dass man ihm das Signal zum Ablegen gäbe. Für Fragen stand er nicht zur Verfügung. Fiele nur das Wort, dann stakste dieser knochige Gondoliere den Patron heim durch die Wälder und die Wand aus Nebel. Das Herz zog sich ihr zusammen.

Neblig war es wahrlich gewesen an diesem Tag. An dies konnte sie sich deutlich erinnern, und das obwohl ihr sonst alle Erinnerung ebenfalls zu Nebel geworden war. Unmengen Kaffee hatte sie getrunken, gemeinsam mit allen anderen, die man entfernt zu Haushalt und Nachbarschaft zählen konnte und die sich Beileid bekundend die Klinke in die Hand gaben und so den Verlust der Familie federten. Trotzdem hellte kein Koffein der Welt die Düsternis dieser letzten Heimkehr mehr auf. Denn die trauernde Familie, das war neben übrig gebliebenen Einzelnen aus Seitenlinien vor allem sie selbst. Sie spürte den Zug förmlich in ihrem Nacken: Es fehlten im Tau ihrer Linie die drahtigen Stränge des Vaters. Sie allein trug nun als letzte Nachfahrin dieses großen finnischen Geschlechts die gesamte Last; und war doch eigentlich gerade dabei gewesen ein leichtes Leben in der unbeschwerten Ferne der Hauptstadt der Moderne zu unternehmen, ein flanierender Schmetterling, *oh Paris mon amour*!

Mit Paris war's das damit. Eigentumsfragen galt es jetzt in Turku zu klären. Der Wald wuchs zwar von allein, verlangte aber nach ihrer ordnenden Hand, wollte man auch weiterhin davon leben. Nicht zuletzt stand ihr Anspruch gegen Begehrlichkeiten der Verwandtschaft. Cousins und Tanten, die sie kaum je gekannt hatte, schrieben ihr beileidsvolle Karten und hatten sich ihre Telefonnummer besorgt, beriefen sich auf angebliche Versprechungen des Verstorbenen zu Lebzeiten. Stellte sie sich taub, fragte man, wo sie denn gewesen sei, als der Alte dahinschied und wollte ihr die Schuldfrage einpflanzen. Felia belastete das.

Sie verkroch sich auf Tage in die Wildnis, um einen Ausweg zu finden. Campierte sicherlich malerisch unter trauernden Weiden am Seeufer. Stellte sich Gespenster vor, die Warnungen anzeigen könnten. Sie der letzte Hort des Familienerbes. Was für ein Leben wäre das, ohne ererbte Dinge, Wald, Haus, Hof und Hunde? Nach Tagen der Einkehr lautete die Einsicht nicht anders als zuvor: Sie musste zurück in den finnischen Wald und musste besser sein als alle, die nach diesem Königreich trachteten.

Ein letzter Aufschub war aber möglich. All die Ansprüche parierte sie mit einem Kunststoß, der ihr dreifachen Gewinn einbrachte: ein Auslandspraktikum bei der Forstdirektion Eifel-Nord, Waldeinsamkeit und deutsche Disziplin in einem. Paris und Deutschland, die Stempel zweier Mythen, trug Felia Hyttynen nun auf sich und versprach der alten Oberschicht im heimischen Finnland die Zugehörigkeit zum alten europäischen Ideal einzulösen. Die Erbschleicher ließen von ihr ab und erkannten in ihr eine würdige Erbin. Zugleich konnte sie als Eifelförsterin auch weiterhin abwesend bleiben, die ersehnte aber mühsame Heimkehr noch vertagen, bis sie bereit dazu war.

Am heutigen Mittag kehrte aus einer langen Förster-
nacht mit dem Feldstecher Felia in den Schoß der WG zurück.

„Wieso trägst du lange Unterwäsche, es ist hoher Frühling?"

„Die Eisheiligen sitzen noch in allen Wipfeln."

„Und im Unterholz? Du hast Zweige in den Haaren."

„Ja", sie zupfte darin herum, als wollte sie ein Nest
bauen, „ich habe Rehe gezählt."

„Viele?"

„Und Biber, Spechte und sogar einen Dachs. Meine Tasche hängt an der Garderobe. Wenn du Zahlen wissen
willst, schau selbst nach, bitte." Nicht nötig, Felia, danke.

„Du hast einen Biber gesehen? Wie cool! Richtig mit
Holznagen und so?"

„Ja klar. Er kommt, nagt und fällt."

„Wie geil!" Dudine jauchzte. Auch ich staunte. Herrliche Natur. „Eigentlich müsste überall Nationalpark sein.
Echt! Wisst ihr", sie beugte sich verschwörerisch vor und
machte große, geheimnisvolle Augen, „übermorgen starten
wir eine Aktion im Hambacher Wald!"

„Wie stehen eure Chancen? Glaubst du", zweifelte Felia, „dass sie das Eckchen Bäume noch zum Nationalpark
erklären werden?"

„Warum denn nicht?", empörte sich Dudine aus dem
Stand. Ihr Tee schwappte auf den Morgenmantel. Ich saß
sicher im Fensterkasten. Felia war zu müde für diese Aufregung. Sekunden vergingen und ließen den Knalleffekt
verpuffen. „Also, warum nicht?"

„Na ja, ist doch klar. Die Eigentumsverhältnisse, die Lage, die Größe. Erzähl mir nicht im Ernst, dass ihr das wollt." Im Gegensatz zu Dudine war Felia in ihrem Bereich vom Fach.

„Na gut, ist jetzt vielleicht nicht der Plan… ist halt ne Demo… also ne Aktion… aber könnte man doch! Ich meine, warum denn nicht! Nationalpark Hambacher Wald!"

„Mit See", warf ich ein.

„Mit See, genau! Wasserschutzgebiet!"

Felia schlürfte friedlich ihren Tee und schüttelte sachte aber firm den Kopf und lächelte: „Von mir aus gern. Aber daran glaube ich nicht." Sie war ein Geschöpf des Waldes und zugleich dessen Gärtner. Sie wusste, wie sie's machen musste und auch, was sie nicht vermochte. Gnomisch belächelte sie Dudines Eifer und fand ihn doch zu goldig, um zu widersprechen. Dudine nahm die Einladung an und präsentierte einen Vortrag über den heimischen Wald im Allgemeinen und den Hambacher im Besonderen, erfand Pläne und träumte einen wilden, rheinischen Wald bis nach Flandern herbei. Ich stöpselte mich aus und merkte es erst, als Felia sich auf ihrem Stuhl bewegte und meine Augen, die an ihrer Unterwäsche geklebt hatten, abglitten. Mein Blick klatschte zu Boden.

„Oder etwa nicht, mein Oltmann?"

„Mmh?"

„Er träumt", schmunzelte Felia. „Sie möchte wissen, ob die Landespolitik einen Nationalpark ausweisen kann, ohne Berlin."

„Woher soll ich das wissen?"

„Du weißt doch sonst alles. Wie lauten die Regeln?"

„Na ja…"

„Du warst doch Lehrer!"

„Eben. Und jetzt bin ich Schäfer."

Beide Frauen lachten laut los. „Vize-Ersatz-Gemeinde-schäfer der inoffiziellen Mittelstädter Sieben-Tiere-Herde. Oltmann, du bist echt ein Träumer!"

„Ein deutscher Diplomträumer."

„Mein Prinz!", stieß Dudine hervor und breitete auf ihrer Seite des Tisches die Arme aus, um mich aus der Distanz zu umfangen.

„Und meiner. Prinssi viehättävä", sang Felia aus glänzenden Wimpern und gluckerte in ein langes Kichern hinein. Sie wurde rot, als sich unsere Blicke trafen, aber hielt stand. Ich hingegen wich aus und heftete mich wieder an ihre Unterwäsche, in der allen Orts das Fleisch sanft wie Birkenlaub zu zittern schien, Schenkel, Busen, Arme, Wangen, Finger – mit allen Fasern knetete sie die Luft zwischen sich und mir, drehte sie, knetete sie erneut und schlug sie auf den Tisch, rot und weiß gemasert, aus dieser klebrigen Masse süßeste Bonbons zu schneiden. Mir blieb der Atem weg und erlöst wurde ich in meinem Schrecken erst von der schallend-knallend lachenden Dudine, die meine Verlegenheit sah und mir ein Zuckerstück an die Nase warf.

So endete es manches Mal. Klima, Wald, Tiere, Menschen und Rechte – alles goss Dudine in Plädoyers und klagte vor dem eisernen Richterstuhl unseres Herdes und Dunstabzugs an, wer immer dies verdiente. Ich floss dann um sie herum und hörte nur mit einem Ohr die Nuancen ihrer Argumentation, wo es sie gab, um plötzlich von aus dem Nichts schießenden Fragen erwischt zu werden: Vielleicht sollten wir auch vegan leben, als WG, Oltmann? Welcher Baumart gehört die Zukunft, der Zeder vielleicht? Meinst du, Colin, wir hätten noch Platz für einen Flüchtling in unserer Wohnung? Meistens fiel ich in diesen Augenblicken rhetorisch über meine Schnürsenkel, um nicht zu sagen auf die Nase, und sie lachend über mich her. Auch Felia weidete sich an meiner Ahnungslosigkeit. Was sollte ich schon sagen. Sie selbst wussten es ja nicht. Letztlich war allen wohler, wenn Fragen unbeantwortet blieben. Auch sah ich mich eher erdig-*noir* als lichtbringend. Und fand das alles begrenzt komisch. Die Fallhöhe konnte ich mir allenfalls aus meiner männlichen Natur erklären, des Älteren und Lehrkörpers, der ich gewesen war, ehe ich mich der bukolischen Poesie und Profession zugewandt hatte. Die Entscheidungsfragen, die sich nicht stellten, mussten final mir vorgelegt werden, dem Hausvorstand. Ich ließ sie an stoischem Unernst zerplatzen. So liebten die Kinder Seifenblasen und vergaßen sich im jauchzenden Spiel.

Trotzdem spürte ich allmählich mehr Emphase. Bei Dudines Neigung zum Lauten verfing die Steigerung zwar nicht so deutlich. Aber auch Felia geriet schon ein Hauch ihrer zurückhaltenden Art neuerdings zu einem knallenden Luftstoß. In den Äußerungen der Mädchen registrierte ich etwas wie Unterstreichungen, dringliche Appelle an mich, flirrende Tremoli, Reibung und Fäuste auf dem Tisch, Fuchteln der Arme, Schnipsen der Finger, Pressen der

Handflächen, Runzeln der Stirne – und je mehr ich dies sah, desto abwartender gab ich mich dagegen. Immerhin konnte ich annehmen, meine reservierte, wenngleich keineswegs generell ablehnende Haltung ermuntere ihre Bemühungen um mein Einverständnis nur noch. Ja es schien mir, sie wollten mich um jeden Preis benutzen für alles, was sie sich da heilig redeten – aber auch alles, was sich heilig machen ließ, aufmischen, um zu mir zu kommen. Vielleicht war dies eine Form von Liebe. Unsere Liebe. Demnach näherten wir uns der höchsten Stufe einer WG-Koexistenz.

Ob wir irgendwann vor Erregung ganz banal unter dem Lampenschirm der Zimmerdecke schwirren würden als langzeit-seligmachender Zeit- und Gefühlsvertreibung; ob dieses knisternde Spiel in Beziehungskisten außerhalb unserer WG entschärft würde; oder ob wir tatsächlich miteinander in der Kiste landen würden oder zumindest, wenn schon nicht als Trio, zwei von uns ein Paar werden würden, konnte ich mir nicht beantworten. Ich schlich auch, ehrlich gesagt, und angedeutet habe ich es oben schon, um diese Frage herum, wie die Katze um den kalten Brei, um ein Mauseloch, dessen Bewohnerin sie schon vorige Woche erlegt hatte. Dudine war ein Zuckerchen, aber mir nicht nur körperlich so fremd wie irgendjemand in TV-Serien oder virtuellen Netzwelten; und Felia eine zwar schöne, aber unergründliche Seele in einem so großen Försterkörper, dass ich nicht gewusst hätte, welchen verborgenen Hebel ich ziehen müsste, um diese Einsneunzig von Frau physisch zu bewegen. Und eventuell war auch ein Gran Bequemlichkeit dabei: Was löst das aus? Alles gerät in Bewegung.

Für den Augenblick, ja für jeden Augenblick dieser Gegenwart galt dies: verließ ich nach meinem Tee unsere Küche mit dem wohligen Gefühl, das hier noch eine Zukunft lebte, die man nur einmal erfassen müsste.

Einige Tage später, in den Feldern. Schwalbenflug in den Lüften, Nutzviehrufe bisweilen und die Abwesenheit alles Störenden. Es ist hoher Frühling. Einen kräftigen Stecken vom Nussbaum in der einen, die andere am Gurt meiner Tasche, die den bescheidenen Mundvorrat des friedlichen Wanderers beherbergt, stapfe ich meines Wegs. Einen ganzen Krug vom lokalen Bier habe ich mir in der Pinte ums Eck abfüllen lassen. So bin ich ein guter Kunde. Der Nachbar will unterstützt sein und ich den Nächsten lieben. Jetzt trage ich seinen Krug. Den gemütlichen Gang erleichtert es, dass ich daneben nicht mehr bedarf als einer Wurst, eines Eis und einer Banane für den Mittag. Das soll mir genügen und den Tragegurt entlasten. Aber das schöne Bier in der freien Natur zu kippen, will ich mir dann doch nicht entgehen lassen. Ich klettere übern Zaun, um abzukürzen, und streife in Wiesen hinein. Hinterm nächsten Hügel sickern die letzten Häuser der Stadt aus dem Sichtkreis. Meine Wanderroute soll frei sein von Kreuzungen, Fragen und Schildern. Jede Antwort liegt in der Welt, wer nur mit Liebe um sich schaut und pflanzt, wird ernten. Der Milan ruft droben und kreist.

Verliere mich in Gedanken, zähle Grashalme und sortiere Kräuterblätterformen zu Bildern. Alles vorm inneren Auge. Licht rieselt durch Eichenblattbaldachine auf die

Seele ein, Wind kitzelt die Retina durch die Wimpern, Käfersumsen die Härchen im Ohr. Bunte Blüten um die Füße, Taureste nässen die Fesseln im Gras. Auf eine Kette von Stacheldraht halte ich zu. Wie Morsezeichen zwischen den Eichen gespannt. Lange Syntaxreihen in der Natur, eine Art geheime Schrift, dazwischen Stämme wie Satzzeichen. Leicht geht es hinan, die Kuhtritte des Vorjahres eine Treppe im Land, wie von Handke gezogen, auf dem Weg in den Horizont. Der Landmann des Wortes führt meinen Fuß auf leichten Stiegen eine Böschung herauf, ich kriege einen Astvorsprung zu fassen und schwanke auf spitzem Draht, bevor ich den zweiten guten Wanderschuh herüberschwinge. Ich rutsche nicht und bin schon auf dem neuen Feldweg, als ich den Traktor höre erst, bald sehe.

Hier nun blockiert in der Retrospektive eine Geräuschpause, wie sie in Filmen oftmals Traum- oder Nahtoderfahrungen markiert, mit weißem Licht und Aussetzen der Tonspur. Der Augenblick vor dem Unerhörten, dem Knall, dem Sturm, und wahrhaftig, er sollte kommen!

Ich trat zur Seite, den Traktor vorbei zu lassen. Sah den Fahrer und es war eine Sie.

Die Bäuerin schien gleichfalls in eine Form von Trance zu sinken, das Gaspedal von Druck befreit, als entwiche die Luft aus dem Tritt und schieße hinauf in die Brust: der Körper auf dem Bock aufgeblasen wie ein Ballon, die Augen feucht glitzernd und dazu dieser Mund! Das Lächeln der Verliebten.

Aus ihrem herzlichen Gesicht trafen mich Botschaften nicht in Worten, sondern in Strahlen. Der Motor wurde abgelassen, die Türe geöffnet und beide wollten wir uns nichts sagen. Sie reichte mir eine Hand, ich ergriff sie und stieg hinauf in die Kabine. Fasste ihr Gesicht und wir versanken im Einvernehmen des selbstverständlichsten Kusses. Meine Hand glitt hinab auf ihre üppige Brust, bewegte ihren Atem, Stoßwellen gaben sich gegenseitigen Schub, du mir, ich dir, Hauch und Gegenhauch, Zungengrube, Muskelhakeln, gib mir deinen Saft –

„Nicht hier!", flüsterte sie und schob mich harsch auf den Sozius. Der Motor stotterte gleich in Gang, brausten wir durch die Szenerie, bis an ein Gatter. Dahinter ein Tierunterstand, ein Unterholz, ein Waldesrand, in mir eine Ahnung. Bald lag das Gatter hinter uns und wir im Gesträuch. Leichte, geblümte Sommerkleidung und mattgrüne Outdoormontur wie Efeu im Geäst, fleischfarbenes Rutschen in lehmigem Gras. In einigen Metern erriet ich aus dem Augenwinkel Hufspuren im Schlamm, kein Tier aber außer uns.

„Gewiss bist du ein Naturbursche", war sie noch etwas außer Atem und weil ich schmunzelte, erklärte sie weiter, „sonst hättest du mich so nicht genommen."

Sie wischte mir Stroh aus den Haaren, ich Erde von ihrer Brust. Ein runder, roter Hof um die Mitte, zwei volle Freuden, die Klitoris ein Venusgeschenk, lag die Bäuerin wie ihr Land unter mir; wir beide in ihrer Landschaft.

„Ich bin ein wenig gewandert. Aus der nahen Stadt. Ist das deine Scholle?" Sie nickte. Ergeben wurde ich angeblinzelt und strahlte in das Wunder ihres Antlitzes zurück. Selbstwirksam fühlte ich, wie ich Großes geleistet hatte, schwamm in dieser Pfütze von Glück und suchte mich in eine passende Poesie einzuhäkeln, vielmehr uns beide, die das zur Geltung brächte.

„Ein Wandersmann. Als Profession?"

„Ein Landarbeiter. Und Schriftsteller." Sie sah, wie ich in tiefe Gedanken abrutschte und begann zu lachen. Der Schweiß auf der Haut wurde kalt und der Mittag nahte.

„Muss heim. Mann wartet mit Essen." Wie ein Frontlader drückten mich ihre Arme in die Höhe. Stumm kleideten wir uns an und ich sah zum ersten Mal einen Ring an ihrem Finger.

„Also."

„Gut." Ein letztes Grinsen, dann startete sie ihre Maschine, blickte sich nicht um, als sie das Gatter schloss, und ich schritt ganz ohne Wehmut ein in den goldgrünen Hain. Im Schatten eines rauschigen Fichtendickichts nahm ich einen großen Schluck aus dem Krug. Ach, so spannungslos flüssig sollte es immer sein: Das Leben ein Füllhorn.

3
Wie ein Friseur Linderung schafft

Hirtenbart und -schopf umwuchsen mein Gesicht. Die Pracht war struppig und konnte einem Tunichtgut gehören. Meine Augen jedoch: milde und lauwarm. Ein Schlapphut saß oben drauf. Mit Wurzelstab und Stiefeln glich ich einem Waldläufer, Druiden oder urtümlichem Zauberer.

Die durchlüfteten Tage des Frühlings waren dem Sommer gewichen, und zwar schon längst. Zunächst war der Juli verregnet gewesen. Hatten wir noch im Juni die Brisen des Sommers besungen, durchwusch er uns wochenlang bis aufs Hemd. Ando und ich schnitten die Bäume und Büsche der Stadt im strömenden Regen zurück und ließen uns beim Unkrautjäten täglich zertropfen von hohen Tannen, die die Tulpenbeete überwölbten. Dann, mit einem Mal, war's vorbei. Als wäre ein Reservoir geplatzt, das, leergeschüttet, jetzt nichts mehr zu geben wüsste, sah man auf Wochen keine einzige Wolke am Firmament und selbst sein prallstes Blau trocknete aus.

Mittlerweile waren die Hundstage gekommen. Wir schleppten uns durch einen langen, staubigen August bald in den September hinein, der nicht die Absicht zu haben schien, jemals spätsommerlicher Abschlaffung Platz zu machen. Immer noch dreißig, fünfunddreißig, fast vierzig Grad schaffte das Thermometer und glich die Hitze nicht mal durch Abendgewitter aus. Ein goldenes Jahr wurde alt und braun und verdorrte.

So wurde mir meine Wolle zu viel. Die Schafe hatten wir im Juni ihrer Dämmung entledigt. Ich selbst hatte einen Pelz angelegt, der einem Einsiedler im Frost, aber nicht einem schwitzenden Sommergesellen zu Gesicht stand. Zotteligste Zossen, Gras filzte darin. Schweißperlen rannen die fettigen Strähnen hinunter und nur aus feiger Anständigkeit nahm ich die Schere nicht selbst zur Hand. Meine schamhafte Restzivilisation. Endlich aber sah ich keinen Grund mehr, als Hirte im pittoresken Gesichtsknäuel noch zu ersticken. Es wurde Zeit, heraus zu treten in eine neue Form des Seins! Ich beschloss einen Friseur aufzusuchen.

In der Pfennigstraße leuchtete Barbier Lamprecht mit einem Neonkronleuchter noch gegen die Sonne selbst dieses Sommers an. Ein Kristall in einem ansonsten erträglichen, weil schlichten Friseursalon. Zwischen Wurstwaren links und Floristik rechts, ein kleiner, inhabergeführter, mittelständischer Betrieb. Unvermeidlich saugte lediglich der saftige Lokalradio-Dauerbeschall an den Nerven. Zwischen Spiegeln und Styling-Reklamen nahm ich in einem der chrom-und-ledernen Sessel Platz.

„Kaffee, Tee?" strich die Praktikantin über meine Ohren. Mit messerscharfen Lacknägeln lupften ihre Hände meinen Pelz. „Als erstes wahrscheinlich mal waschen." Ich nickte. Herrliche Kopfmassage. Dann kam der Meister.

„Was kann ich für dich tuän?" gurrte er. Ich war irritiert. Irgendwie sprachlos.

„Mmh? Was kann ich für dich tuän, Schnoocki, mmh?" Gurrr. Was tut man da als Erzähler.

Das kann jetzt nicht sein, oder? … Hallo?! … Ihr Co-Hexen, wo seid ihr?!

Immer mit der Ruhe, was soll der Lärm.

So kann er ihn nicht zeichnen.

Als Schwulen, meinst du?

Er macht sich lustig.

Was willst du tun, du bist nur der Leser.

Aber du…?

Das ist hier nicht unser Auftritt. Aus der Loge heraus kein Zugriff. Der Friseur ist eine Figur des Erzählers. Wenn Petersen nicht will, dass Oltmann es anders macht, kannst du schreien wie du willst — umsonst.

Pschscht! Lasst mich da raus, der Oltmann erzählt!

Ach ja, tschuldige.

Aber wenn wir uns einig wären, vielleicht könntest du dann ein bisschen auktorial… nur so ein kleines bisschen…

Nein.

Und wenn wir ganz doll telekinetisch…

Nette Idee, versuch's mal!

Plötzlich Sehstörungen, als wenn niedriger Blutdruck Schlieren von Staubamöben über die Hornhaut schweben lässt. Diese Figur konnte ich so nicht wollen, mahnte ein inneres Mulmgefühl, eine Spur glatter bitte. Also nochmal:

„Was kann ich für dich tun?" Ohne Gurren. Ich erleichtert.

„Haareschneiden. Und den Bart ganz kurz."

„Was du nicht saagst." Nasaltremolo und Kopfmassage. Offenbar konnte man den Kerl schlecht runterdimmen.

„Was für süße Schläfenlöckchen sind das dän? Bist du Jude?"

„Schafhirte." Darauf Star-Stylisten-Gackern mit Kieks.

„Goldig, mein Lieber. So richtig mit Schalmei, eine Flöte?" Er biss kokett auf die Unterlippe und legte den Kopf schief wie ein Hund. Ich verschwieg ihm Andos Flöte und verneinte.

„Na gut, wie hätten wir's dän gährn, mmh?"

Vielleicht wenn ich ein wenig brüsk wäre? Ich kappte einen geschmacklosen Witz, bevor er die Zunge erreichte. Man weiß nie, wie viel Humor einer hat. Manchmal ist die Stimmung schneller im Eimer als man Klaus Wowereit sagen kann. Empfindliche Zeiten.

Schon schnitt man an mir herum. Ich schloss die Augen, wollte ignorant sein und mich langweilen.

„Schöne Haare haast du. Schäfer bist du, ährlich?" Musste ich Ando irgendwo erwähnen? Das Metier schindete Eindruck in der heutigen Welt und schien mich zu überhöhen.

„Noch nicht lang. Wir haben gerade begonnen. Im Juni die erste Schur."

„Das ist soo kooschelisch, oder nicht? Die süßen Läämlein?"

„Hatten wir noch nicht. Die kommen erst im Herbst."

„Aach. Der Härbst." Pause. Dann auch Schnittpause. Mit klassisch abgeknickter Hand. „Waißt du, da bin ich sofort melancholisch. Wirklich! Alles, also, Schafe, Hirte, Herbst. Und schlaft ihr auf Strooh, ächt jetzt, waas?!" Ich schüttelte den Kopf. – „Nein, nein."

„Eine Wassermühle?"

„Hab ich noch nicht gesehen."

„Oh-wie-schaade!" Der Friseur strahlte mich an. „Wer ist dän ‚wir', wän man fragen darf?"

Ich brauchte einen Moment. „Oh. Ando, mein Kollege, und ich. Wir sind Landschaftsgärtner und…"

„Laandschaftsgärtner! Meine Güte, das wird ja immer besser! Da möchte man lustwandeln." Pause. „Richtig süß seid ihr." Was sollte ich damit anfangen.

„Und wän ihr's euch gut gehen lassen wollt, nach der Feldarbeit…"

„Na ja, Bauern sind wir noch nicht."

„Schon klar, Kleiner. Tscholdige. Also wän du ausspannen willst, wo gehst du hin?"

„Wie bitte?"

„Geht ihr manchmal in die Thärme? In die Sauna?"

„Als Hirten? Oder so ganz normal?" Hier war ich mit meinem kulturellen Kapital jetzt am Ende. „Also wir sind halt einfach Hirten, weißt du. Und Gärtner. Wir schneiden Büsche, wir pflegen Tiere, und dann trinken wir Bier – und damit hat sich's."

„Verstähe. Also ihr… seid nicht zusammen", Schnittpause und Unschuldslammpose: „Tschooldige, wenn ich einfach mal so direkt frage!" Konnte ich vor Schreck den Kopf schütteln? Was tat gerad seine Schere? Wo war mein Ohr?

Schrecksekunden.

„Also wän du jädenfalls mal Lust haast, was zu machen, was gaanz anderes –"

Der Satz verendete. Mein Nacken spannte. Diesen Widerstand musste er bemerken. Sekunden verstrichen.

„Gut. Sorry." Schnipp-schnapp. Schnipp-schnapp. „Tut mir wirklich leid, wän ich –"

„Nein, alles gut. Gar kein Problem. Alles gut."

„Wirklich?"

„Alles gut. Ja."

Und die Arbeit ging voran.

„Ich hab ja eine Allärgie, weißt du? Was sag ich, einä? Zehn mindestens. Jäde Form von Pollen: Hasel, Ärle, Pappel, Weide – ständig die Nase zu. Ha, ha, ha!", warf er die Hand hoch und machte wieder diesen Knicks im Gelenk, diesmal zur Show: „Du denkst, ich sprech so, weil ich schwul bin, oder? Ha, ha, ha! Na ja, vielleicht auch. Ein bisschän! So viel Äächtheit musst du mir gönnen, Süßer. Aber im Moment ist es, moment mal… Linde, Wegerich, glaub ich, und Gänsefuß." Er zählte an den Fingern. „Gottchen, man värliert den Überblick." Er kämmte mich durch und prüfte die Seitenlängen. „Deshalb wär das Laandleben nichts für mich. Mittelstadt ist schon das höchste. Da hab ich gesagt, Erti, das machst du, aber wei—tär—nicht!" Dabei strich er wie mit einem Florett die Luft in waagerechte Scheiben und hielt sich dann plötzlich den Handrücken wie eine Kameliendame vor die Stirn: „Äntschooldige, ich hab mich doch noch gar nicht vorgestäält, ich sälbst bin Erti!", nahm die Schere in die Linke und hielt mir seine Rechte hin. Ich klamüserte meine unter dem Kittel hervor. Locken rannen zu Boden. Ein Händedruck wie ein samtenes Handtuch. Aber was soll's, der Typ schien in Ordnung. Touché.

48

Ein Deutschtürke offenbar, die angesagte Frisur der Saison zur Reklame auf dem eigenen Haupt, Ohrringe, Armreifen – und hatte das Hemd Rüschen? Oder bildete ich mir das ein? Es war möglich, dass mir meine Erinnerung da etwas bastelte, was gar nicht war.

„Also Laamprecht war mein Vater. Meine Mutter war Türkin. Ich bin Deutscher. Uund ich bin Türke. Also irgendwie beides, ich heiß mit Vornamen eigentlich Äärtogrul, Erti ist nur die Koseform. Deutscher per Pass und Türke –" er klopfte sich an die Brust, dass die Armreifchen rasselten – „ne? Aber gut, was heißt das heut schon. Diese verrückte Politik, die Islambrüdär, ein Politiker schlimmer als der andere. Da weiß man nicht, was man noch fühlen soll, ganz ährlich." Er schüttelte den Kopf und seine Miene war verzweifelt. „Weißt du, ich bin vielleicht Muslim, aber war ich jemals in der Moschee? Vielleicht als Kind mal, für die Oma, aber meine Eltern? Da hat das nie eine Rolle gespielt. Nie! In der Schule bin ich zum Religionsunterricht gegangen, katholisch! Weißt du, ich kenn mich besser aus als die. Die Bibel und alles!" Meine Frisur war jetzt nebensächlich. „Unter uns: Ich wähl auch konservativ! Ich bin Mittelstand. Ich bin ne Kölsche. Ich bin liberal. Ich bin international. Ich fahr christliche Autos und ess alewitische Falafeln, Alter, ich liebe Formel Eins und so weiter, okäy? Vielleicht bin ich Muslim – aber das sollte doch eigentlich egal sein, oder?" Ich nickte reflexartig. „Was wirklich zählt, das ist doch das hier –" und wieder die Geste zum Herzen hin. Hingabe oder so musste es bedeuten. „Ooder?" Wieder nickte ich.

„Ja-ja."

„Also ich kenn da jemanden…"

Und dann hörte ich das erste Mal wieder das Wort Judenverfolgung und es wand sich der Trieb einer anderen Erzählranke in meine rote Fadenhecke. Ich meine, nicht das-erste-Mal-überhaupt, aber an diesem Tag blieb das Wort wie ein Dorn stecken, den die körpereigenen Vergessensschichten von Haut oder Hirn in ihrer Erneuerungsarbeit sobald nicht wieder raustreiben würden. Antisemitische Vorfälle gab es in den vergangenen Jahren genug.

Ich wollte mich hier eigentlich gar nicht einmischen. Schon gar nicht die Welt erklären. Auch wenn er sich eignet, man muss es ja gestehen, der Schriftsteller, ja schon der dichtende Hirtenpoet… wie wenige sonst sich eignet, einen ruhigen Blick ins Gewühl zu werfen. Ihm eignet die Muße, die so vielen abgeht, und er rückt die Dinge wieder zurecht, mit Ruhe. Das tat auch ich, sehr zur Übersicht meiner Mitmenschen, wenn auch nicht immer, das sei nicht verschwiegen, zum Besten ihrer Kurzweil.

Oltmann, jetzt bitte kein Sermon, keine Suada. Und das Thema, in das du da gleitest, kann nur heikel werden, nicht heiter! Hörst du?

Ruhig, Leser. Wir lassen ihn. Er kriegt die Kurve.

Nur sitz ich ja mit im Boot…

Es lief, wie der Friseur so redete, eine Suada in meinem Kopf an, in der sich so allerlei schwer Verdauliches verband. Wie eine Waschwanne schwoll mir eine Ader hinter der Stirn, wurde dick, und es wollte etwas raus. Nicht jeden

Gedanken erfand ich in dieser Sekunde. Da waren schon Erinnerungen, auch fremde Federn. Aus all der Wolle, die sich zwischen den Schläfen staut und im Hirn die Gewitter dämpft, zog ich die nötigen Schlüsse, zog und zog heraus – und begann einen Faden mir zu spinnen.

„Lange vor dem Deutschland unserer Schulzeit", so erklärte ich einmal Dudine – wir kamen vom Einkaufen aus dem Supermarkt und buchstäblich stolperte sie über einige im Gehweg eingelassene Stolpersteine, die an Deportationen gemahnten.

„Seltsam, dass man eigentlich kaum je einen sieht", bröselte es aus ihr hervor, „es ist, als hielten sie sich immer noch verborgen vor uns. Dabei ist es doch nun wirklich lang her."

„Lange vor dem Deutschland unserer Schulzeit", so erklärte ich also einmal Dudine…

„Unserer? Meiner oder deiner?"

„Egal, Also meinetwegen meiner, und noch davor, also vor Weizsäcker, vor Willy Brandt und sogar vor Adenauer, also lange vor unserer Gegenwart, da gab es eine Judenverfolgung. Aber weder in der DDR, wo nur Sozialisten mit reinem Gewissen in den Stasiakten vorkamen, noch in der BRD, wo man ebenfalls aus Ruinen auferstand, wenn auch etwas anders. 1945 gab es eben diesbezüglich eine Art Schnitt. Seit Helmut Kohl etwa siedelten sogar wieder Juden aus der Sowjetunion über. Die Verbundenheit mit Israel wuchs und wurde normal. Glücklicherweise. Geblieben ist Vorsicht. Wir sprechen nicht ohne Grund über das

Judentum in Deutschland nur im Tonfall von Trauer und Treue."

Dudine lauschte. Jeder von uns trug eine Tasche mit Lebensmitteln nach Hause zur Mittelstraße. Ohne Unterbrechung fuhr ich fort.

„Wir wuchsen auf mit Bekenntnissen: nie wieder Krieg, nie wieder Faschismus, nie wieder Auschwitz, nicht wahr? Und es schien zu wirken." Rechts eine Tasche, vollführte ich mit der freien Hand runde Gesten der Rhetorik. „Man war erleichtert, die Balken der Barbarei wenigstens in diesem verbrannten Teil der Erde in den Trümmern mitverkohlt zu wissen. Europa war friedlich. Züngelten da und dort noch die Flämmchen der Ausländerfeindlichkeit, so zeigte sich bald der Phoenix darüber."

„Ich bin deine ideale Hörerschaft, nicht wahr, Oltmann?", unterbrach sie mich, klebrig grinsend. „Ich bin dankbar und still wie Papier, mein Lieber, ehrlich! Du bist mein Dichter!"

„Schnell waren die Feuer ausgetreten," ließ ich mich nicht irritieren, „Lichterketten wiesen die Brunst von Mölln, Solingen, Hoyerswerda und Rostock in die Schranken. Immerhin, gottseidank, war der Mob ja nicht gegen die Juden losgezogen, diesmal, sondern gegen Jugoslawen, Türken oder Vietnamesen, 1992. Oder war's 93? Es war die Zeit nach der Wende." Ich grub im inneren Archiv, gab aber schnell auf. „Selbst der NSU, nationalsozialistische Untergrundterroristen, die um die Jahrtausendwende rechte Anschläge verübten, suchte sich andere Ziele als die Juden aus. Was für eine Erleichterung."

„Wir sind da, Colin, hast du mal den Hausschlüssel?"
Wir standen urplötzlich und in echt vor der Türe. Weil ich
nicht reagierte, kramte sie in ihren Taschen.

„Den Antisemitismus", fuhr ich fort, „hatten wir weitergegeben." Ich stellte die Tasche ab und hatte nun zwei
Arme für ausladendes Gestikulieren frei. „Der schwarze
Peter war jetzt in Frankreich, zum Beispiel. Juden, die seit
Jahrzehnten dort lebten wie ehedem, entvölkerten seit einigen Jahren…" – und hier riss unser Dialog, den ich einmal
so nennen darf, unvermittelt ab, weil Felia anrief und wissen wollte, ob wir an dies oder jenes denken könnten, wenn
wir einkaufen gingen. Na ja, fast rechtzeitig, Felia. Dudine
surfte mit ihr telefonisch in den nächsten, übernächsten
und harmloseren Gedankengang hinüber, ich blieb wohl in
meinem.

Ich entsann mich dieses Gesprächs, wie ich so beim Friseur saß und mich das Stichwort anflog. Judenverfolgung.
– Was ich wohl, in aller Kürze, geneigter Leser, sagen
wollte, ist dies:

Juden, die seit Jahrzehnten dort lebten wie ehedem, entvölkerten seit einigen Jahren die lebendige Pariser Gemeinde, indem sie nach Israel auswanderten. Die Furcht
ging in Frankreich von den Islamisten aus, den aktiven Gewalttätern, aber auch einer muslimisch geprägten Hetzstimmung der Subkultur, die in den bösen, alten Schößen der
judenfeindlichen und antisemitischen Volksglauben Wurzeln schlagen konnte. Das ist keine Erfindung von Houellebecq. Die Stereotype, wie sie die jungen, oft, aber nicht

immer perspektivlosen Muslime aufriefen, kannte man auch im westlichen Frankreich noch zu gut. Man musste eigentlich weder muslimisch, noch jung, arm oder ungebildet sein, um sich kulturell zurückgesetzt zu fühlen. Je ungemütlicher und verwirrender die Postmoderne, je wackeliger die eigenen wirtschaftlichen Aussichten wurden, je desillusionierter man die ehemalige Grande Nation für das Versagen der modernen Versprechen verurteilen durfte – desto markiger leuchtete plötzlich wieder das altböse Feindbild im Hintergrund der eigenen, hilflosen Erinnerung.

Aber in Deutschland?

Es kreuzte mit einem Mal Fürze meinen Sinn, mit dem ich dieses Thema hätte erörtern können. Ein Freund aus Studientagen und in der abendländischen Politik seit tausend Jahren zu Hause. Mit dem ich es vielleicht schon ein oder ein weiteres Mal gestreift hatte, wer weiß, vielleicht täuschte mich meine Erinnerung… – jedenfalls dachte ich so bei mir: wie ich wohl zu ihm spräche:

„Nicht nur gab es kaum Juden hierzulande, Fürze, und fielen die wenigen kaum auf. Auch strategisch machte Antisemitismus ja auf Jahrzehnte keinen Sinn."

„Würze!", hätte er empört eingefordert, denn so hieß er eigentlich, mit bürgerlichem Namen, „aber du hast Recht! Ja! Die Westbindung als Versicherung gegen den Kommunismus bedeutete Freundschaft mit Amerika und Israel. Auf der anderen Seite baute der Kommunismus, zumindest offiziell, rhetorisch auf Frieden und Internationalismus. Links wie rechts gab es also in Europa gut fünfzig Jahre lang andere identitätsstiftende Muster und keinen Grund Juden zu hassen."

So hätte ich dich, geneigter Leser, unterrichten wollen, aber es ist Fürzes Natur zu dozieren, für mich nur die zweite; und wo der Freund Worte findet, kann ich bescheiden schweigen:

„Du musst wissen, Colin, der neue Judenhass breitete sich erst wieder durch Ereignisse aus, die nichts mit einander zu tun hatten, sich aber, wie in einer Kettenreaktion, plötzlich selbst befruchteten: Männer, Muslime, Arbeiter, Ostdeutsche, Frauen – es gab immer viele Benachteiligte in Deutschland und die Frage nach einer Schuld harrte einer Antwort."

„Aha?"

„Glaub es mir!"

„Wobei die Schuld für den Krieg zu tragen, ich meine…, das kann niemand besser als wir, oder?"

„Einerseits-andererseits, Colin. Aber keiner wird dauerhaft glücklich damit. Lass die Zeiten erst schlechter werden – und das werden sie – dann bricht der Lack auf. Dann fühlen sich die Leute betrogen, erst ein paar, dann werden es mehr."

„So wie die Palästinenser heute?"

Fürze wiegte den Kopf und hob den Zeigefinger. „Schwierig als Deutscher darüber zu sprechen. Ich will ja nicht sagen, dass wir Opfer wären. Aber einen Unmut, den man fühlt, der ist ja da, egal ob Deutscher, Palästinenser, Afghane… oder – Grieche, nicht wahr?"

„Und so weiter."

Dann ein kurzes Schweigen. Fürze knüpfte nicht an.

Ich schaute in den Spiegel.

Das ist gewagt, Oltmann, aber nicht falsch. Ich erschrak! Wer sagte das? Meine Augen suchten den Friseur, aber der schien's nicht zu sein. Zu seiner Praktikantin hatte er was wegen dem Föhn… aber zu mir… nein. Vielleicht hatte ich Fürze im Geiste…

„Dass nicht wenige muslimische Zuwanderer hier im Westen, in der europäischen Fremde, verachtet und ausgeschlossen wurden, verstärkte das Bedürfnis nach einem Sündenbock." – Wer war jetzt das wieder? Führte ich einen erdachten Disput mit meinem Freund? Verflixt, andere Leute gehen zum Friseur und reden übers Wetter, so schwer kann das doch nicht sein… Menschenskinder, raus aus meinem Kopf! Die verlässlichsten Gedanken sind doch immer noch die eigenen. Es geht jetzt auktorial weiter. Basta!

Sag ich doch.

Und wenn schon.

Also, wo waren wir? – Auch wenn es Erfolgsgeschichten gibt von Geschäftsleuten, Wissenschaftlern oder Intellektuellen, blieben ihnen manche angesehene Karrierewege in Deutschland versperrt und die kulturelle Ablehnung des Islams spürbar.

Jetzt prüfte ich mich. Wiegte den Kopf.

„Stillhaltän!"

Natürlich doch, 'tschuldigung… So durchdringend hatte ich das noch nicht betrachtet… Die Europäische Union selbst machte ihr Unbehagen mit ihrem ewig vorläufigen

Nein zum Türkeibeitritt seit 2005 deutlich, als der deutsche Bundeskanzler Schröder, der dem türkischen Präsidenten Erdogan Hoffnung gemacht hatte, die politische Bühne verließ. Die türkische Politik ist zwar weder deutlich antiisraelisch noch antijüdisch. Aber Erdogan, der aus einer radikalislamischen Strömung namens Muslimbrüder kam, predigte seither eine radikale Abgrenzung zum Westen. Über türkische Medienkanäle erreichte er jedes Wohnzimmer auch in der Diaspora. Gräben kann man pflegen. Irgendwann fällt einer hinein.

Dass die Geschichte des Islams auch sehr tolerante Herrscher kannte, ist für die neue Judenfeindlichkeit der deutschen Gegenwart erst einmal nebensächlich. Muslimische Zuwanderer sind auch nicht die einzigen und erst recht nicht die ersten Antisemiten hierzulande. Man könnte sagen, der alte Spaltpilz hat in allen Klassen und Gegenden überwintert. Wer Schuldige sucht, kann im Internet zwar neue, skurrile Verschwörungstheorien kennenlernen, aber auch die alten.

„Lena-Sybill, bringst mir mal die Knittel-Schääre? Nein-die-andre! Für volles Haar! Für die Lööckchen! Danke, Schatz!"

Der neue unruhige Magen hat mehr als eine Ursache. Der Klumpen unverdauter kulturell-religiöser Kränkungen verbindet sich aufs Beste mit jedem neuen, verlockenden Gift. Die schäbigsten Zuwandererbiographien treffen nicht nur auf schäbige Immer-schon-da-Gewesene. Ein neuer Cocktail für Gekränkte speist sich aus Feminismus, Queer Theories und Postkolonialismus. Verkürzt gesagt, begehren alle Unterdrückten, die man sich denken kann, auf einmal auf und verlangen Befreiung und zwar sofort. Und hier wird die Lage erst so richtig explosiv. Das Gemisch hatte seit einigen Jahrzehnten in den postmodernen Laborküchen der Akademien gebrodelt. Nun ergoss es sich im neuen Jahrtausend in alle medialen Kanülen und fand Millionen begeisterter Bedürftiger. Diese radikalen Theorien waren nicht etwa antisemitisch, ganz im Gegenteil! Dass das nicht als logischer Schluss fehlverstanden wird. Doch die festen Überzeugungen härten schnell aus. Sie wurden zäh und erstickten den Dialogfluss ganzer Gesellschaften. Neue Wut staute sich auf.

Einmal hatte ich in der Küche ein Gespräch darüber mit Felia und Dudine versucht. „Weißt du, Colin", stöhnte Felia, „ich bin seit vier in der Früh auf den Beinen und im Wald und müd", und sie gähnte zum Beweis, „ich bin keine Feministin, aber ich glaub, du verrennst dich da. Lass sie halt reden, oder? Nimm's nicht wichtiger, als es ist."

„Ich finde, es *ist* wichtig!", presste Dudine ihre Faust mit Nachdruck in den Tisch eher, als dass sie draufschlug. Emphase! Ich fragte mich, ob ich diesen Stammtischgestus hervorrief oder ob ihr Heldenmut nicht anders konnte. „Und du gehst der patriarchalen Reaktion meega auf den Leim! Oder bist du der Patriarch?! Du bist halt einfach mal sooo privilegiert, Colin! Felia, vielleicht sitzt der kommende Status-Quo-Verwalter hier in unsrer Mitte?!"

„Mir für heute egal, sorry, ich geh duschen," und damit ließ Felia die Luft raus. Hätte ich noch was sagen wollen?

Auch die radikal besten Theorien der ehrenwertesten Befreier suchten Schuldige und fanden sie. Kränkungen schleppte nicht nur die queer-feministische Avantgarde mit, sondern auch das ,schuldige' Milieu der als chauvinistisch oder toxisch Gebrandmarkten. Die einen jubelten über queere Wirklichkeiten, die anderen duckten sich, um der antirassistischen Hexenjagd zu entgehen, die mit der Sense einer Kulturrevolution über die Welt fuhr.

Der alte Westen ist mittlerweile wohl genauso dahin, wie der Kommunismus seit 1989. Mit diesen Unfällen der Geschichte entsteht aber mitten unter uns eine Art Vakuum. Das linke wie das rechte Feindbild des 20. Jahrhunderts sind entmannt. Der neue Mainstream gewinnt noch kaum Gestalt, seine Untaten bauen sich erst noch auf. Was blieb und Bestand hatte, waren die Chiffren, die man durch den Aufstieg des Kapitalismus, des Imperialismus und der Totalitarismen der Moderne hindurch wiedererkannte: das angebliche internationale Judentum! Hierin konnten sich verunsicherte chauvinistische Mehrheiten und betrogene muslimische Minderheiten einigen.

Das klingt, als läge schon ein neofaschistischer Umsturz hinter uns. Aber der Furor läuft bislang noch gegen die Gesellschaften Europas an. Er bricht sich nicht Bahn, Kriege dieser Welt hin oder her. Noch brodelt die Brühe, aber kocht nicht über. Wo Rechtspopulisten politische Macht erlangen, schreckt ihre Fratze andere Länder nur wieder ab. Bislang ist noch ein Land das Ventil des anderen in der EU und der träumende Seiltänzer wahrt die Balance.

„Kraass! Odaah?"

Ertogrul Lamprecht stierte mich aus weit aufgerissenen Augen an und reckte die Scheren wie Edward aus dem Märchenfilm in die Höhe. Ich hatte, oh Schreck, überhaupt nicht zugehört, kein Stück, null! Konnte nicht mal mehr sagen, warum ich in diesen Leitartikel zur Judenverfolgung abgedriftet war. Hatte mir ein Welterklärungstheater gegönnt, innere Vorlesung am Bühnenrand. Den Friseur, wenn er's bemerkt hatte, störte es allerdings nicht weiter, schien mir, Berufskrankheiten haben wir alle. Der Professor erklärt die Welt, der Friseur tratscht drüber.

„Ich meine, neulich kam die Frau Broichenlund, kennst du vielleicht, wohnt beim Friedhof drüben, so eine ältere mit Dauerwelle, und sagt, diese armen Seelen, die müssen wir räätten."

„Wen jetzt, die Juden?"

„Wie bitte? Naäein! Sag mal, hörst mir wohl nicht zu, waas?", aber ungeniert legte er mir die Bahn erneut aus, keine Ursache, „nein, die Flüchtlinge, meine ich, also meinte die Frau Broichenlund."

„Ach so, mmh."

„Ein bisschen Gel oder föhnen? Darf ich dich ein bisschen schick machen?" Das waren mir jetzt zu viele Fronten. Ich versuchte Anschluss an die Flüchtlingsthematik zu finden und ließ ihn gewähren.

„Da kommen die in den Schlauchbooten und sitzen vor unserer Tür. Da können wir die doch nicht sitzen lassen, sagt die Frau Broichenlund, das ist unchristlich. Ich meine, Recht hat sie, einerseits, aber was, wenn sich das

rumspricht. Wie viele Schlauchboote wollen wir denn aufnehmen, jetzt mal im Ernst. Ich bin zwar Muslim, ein Al-
mosen immer gern, aber ganz ehrlich, Propheten können
mir gestohlen bleiben. Wenn wir die ganzen armen Seelen
gerettet haben, liegen wir selbst im Wasser. Hast du erst die
Hand gereicht… – So, fertig, Liebelein! Gefällt's diär?"

Meine Verlorenheit war, so zeigte sich, nicht nur geisti-
ger Art, denn ich hatte mein Portemonnaie zu Hause liegen
gelassen. Ich ließ anschreiben und handelte aus, dass ich in
zwei Tagen zum Rasieren wiederkäme. Die Judenfrage, was
für ein irrsinnig belasteter Begriff, geisterte mir im Kopf
rum. Ich wollte zu gern hören, was der Barbier da ange-
schnitten hatte.

„Ach, das weiß ich doch nicht mähr, Määnsch Colään!",
richtig, immer noch der Heuschnupfen, „du, ich erzähl so
viele Geschichten tagein-tagaus. Worüber haben wir uns
unterhalten? Über Juuden, jaa?"

„Du kennst einen, sagtest du."

„Was du nicht saagst. Ich kenn etliche." Er legte meinen
Kopf zurück und seifte mich ein.

„Juden?"

„Nee, davon keinen. Was nicht despektierlich gemeint
sein soll. Kenn halt einfach keinen. Du?"

„Einen. Einen kenn ich. Kannte ich, wir haben wenig
Kontakt. Aber wir waren mal richtig gut befreundet. Wie es
so ist, eine Phase des Lebens bist du ganz eng. Und dann
laufen die Bahnen auseinander." Ich führte unterm Kittel-
überwurf die Arme und Hände über Kreuz.

„Halt still, ich schneid dich!"

„Tschuldige."

„Ist dein Gesicht. Wie heißt är? Juden haben so blumige Namän."

„Löwensonne, Marti Löwensonne."

„Haach, mächtig präächtig!… Klingt wie nicht zu bändigen… Königstier… göttlicher Abglanz! Oh, Verzeihung." Er hatte mir beim Sprechen ein Speicheltröpfchen auf die Nase gespuckt. Na gut, Marti eben. Über den restlichen Namen hatte ich mir nie Gedanken gemacht. Aber sicher, kommt auf den Vergleich an. Müller. Schmidt. Neumann. Oltmann.

Stille.

„Ja du, wovon sprachen wir. Vielleicht ging's um die Anschläge? Einen gab's in Halle, einen in Bayern, dann in Halberstadt, vielleicht, oder war's Salzgitter? Siehst du, ich merk mir das nicht. Was die Kunden so erzählen. Die Leute reden ja so viel. Ich wüsste nicht mehr, wie ich die Schere halten soll, wenn ich das alles speichern sollte, da oben", er tippte sich mit dem Messer an die Schläfe. „Nimm's mir nicht übel." Er strich die Creme von meinen Wangen. Stille Konzentration. „Aber was sicher ist: das Klima wird rauer, auch weil die Leute sich über allen Schrott so einen waahnsinnigen Kopf machen, Aluhüte, unterirdische Reptilien, Abgase, Kinderschändung. Ich mein, das muss einen schon manchmal beunruhigen, odah? In Sachsen zeigen sie dän Hitlergruß. Und dann geh mal nach Bad Godesberg, da rennen sie in diesen Koranschulenkleidern rum, dass es dir graust. Hab ich mir sagen lassen. Ich mein, wo leben wir dänn?" Er zeigte mir den Vogel und zog den Umhang weg. „So, fertig. Hast du Geld heut, Süßer?"

Tags drauf fuhr ich nach Bonn. Eigentlich war ich nicht sonderlich motiviert. Aber das Vorhaben stand seit einer Weile im Raum. Dort kannte ich einen alten Freund aus Studientagen, der Professor für Altphilologie geworden war, Griechisch-Römisch, sowas: den schon erwähnten Fürze.

„Alte Geschichte!"

Ach so. Für mich so ähnlich.

„Im Gegensatz zur Altphilologie ist die Historie der Alten die lebendige Anwendung der Sprache auf…"

„Einen schwarzen Kaffee und ein Stück vom Birnenkuchen." Der Ober stand neben unserem Tisch.

„Sehr gern. Für Sie?"

„Ich nehme einen Cappuccino. Sag mal, rauchst du noch, Oltmann?" Ich schüttelte den Kopf. Wusste selbst nicht so genau, warum ich's aufgegeben hatte. Manchmal ändern die Dinge ihren Lauf.

„Jammerschade. Hättest mir gerade jetzt eine geben können. Du weißt ja, ich rauch nicht." Er gluckste ein uncharmantes, linkisches Lachen. Nie habe ich einen ungenierteren Lauschepper gesehen als Fürze.

„Professor Würze heiße ich nun."

Wie Fürze mit richtigem Namen hieß, wusste ich lange nicht. Bis er eines Tages völlig entrüstet meinte mich bloßstellen zu müssen in Gegenwart eines geschniegelt stilsicheren Doktoranden, so ein Gothic Punk, der den verhinderten Mittelbau in unserem Latinumskurs vertrat. – Alles genau wie heute, wie er richtig heiße und was mir bitte einfiele.

Wie ich zu dieser Freundschaft gekommen bin, weiß ich nicht. Fürze war einfach immer schon da. Zumindest wenn es was zu holen gab. Er hatte in der Mensa kein Geld, feierte seinen Geburtstag nur, wenn der mit freien Museumssonderevents zusammenfiel, und schleppte dann zum Ausklang Oettinger Pils an. Zu Partys tauchte er so spät auf, dass im Trubel unterging, ob mit Geschenk oder ohne, und bediente sich freizügig an den besten Buffetbeiträgen ohne jemals in seinem Leben selbst Kochgeschirr angerührt zu haben. Er war ohne eigene Freunde in die Stadt gekommen und belegte die Bekanntschaften der anderen mit einer temporären Freundlichkeit, um sie einander madig zu machen.

Dabei passte Fürze wesentlich besser als Würze. Denn Fürze war kein angenehmer Zeitgenosse, selbst wenn er sich zu benehmen gewusst hätte. Solange ich ihn kannte, litt er unter Blähungen und Verstopfung und roch intensiv nach Schweiß. Er war überaus unattraktiv und ungepflegt obendrein. Schuppen aus seinem fettigen, ungelenk frisierten und, mittlerweile, schütteren Haarschopf bedeckten die Schultern eines gleichermaßen ranzigen wie verwaschenen Sakkos. Er spielte Vornehm, indem er Krawatte trug. Die war aber speckig und abgegriffen. Die Lippen rissig und zerkaut, wirkte die Haut um nichts gesünder, blass fleckig und feist, unrasiert, schorfig und mit aufgekratzten Pickeln. Die Brille ein einziger staubiger Ölfilm, blinzelte er unsicher und missgünstig durch die Löcher der Schicht, die seine Fingerabdrücke freigeschoben hatten. Die Nägel und Kuppen zerkaut, strichen die Hände wie früher noch immer neurotisch an allem entlang, was ihn umgab, als versichere er sich dadurch eines Halts, der ihm anders fehlte. Ständig schob er auch heute Aschenbecher, Tassen, Gläser, Zuckertütchen und Servietten nervös hin und her, fuhr mit den Fingern in den Hemdkragen, fingerte den Schlips zurecht, bürstete Hautpartikel von den Ärmeln und gab auf, wo die Schultern begannen und es das Unterfangen gelohnt hätte. Aber dafür war er zu dick und unbeweglich. So sehr konnte er die Gliedmaßen nicht anheben. Vorn auf der Knopfleiste seines Hemdes prangte ein Klecks Bratensoße. Er bemerkte meinen angeekelten Blick.

„Rheinischer Sauerbraten, Oltmann." Ich nickte und schaute woanders hin. „Du warst schon immer empfindlich." Ich ließ das unkommentiert.

„Und sonst?"

„Im kommenden Semester gebe ich ein Oberseminar zur Rolle Perikles' in der Zeit der untergehenden Hellas."

„Ist die noch nicht erforscht?"

„Was für eine Frage! Vermutlich lernen wir daran seit zweitausend Jahren. Jeder Sarkasmus setzt sich dem Tadel aus, den er verdient. Oltmann, die Wissenschaft ist unermüdlich."

„Gibt's denn was Neues?"

„Darum geht's nicht."

„Ich dachte."

„Wenn, dann werden wir das diskursiv ans Licht bringen. Vielversprechende Köpfe nehmen teil. In diesem

Wintersemester wird es die einzige universitäre Veranstaltung sein, die sich im deutschen Sprachraum mit dieser Frage befasst." Anerkennend schob ich Kinn und Augenbrauen nach vorn und oben und nickte kennerhaft und bedächtig. Inhaltlich konnte ich die einseitige Unterhaltung, um nicht zu sagen Belehrung, die mich erwartete, allerdings bereits vorwegnehmen. Fürzes Faible für die attischen Kriege und die hellenistische Blütezeit, worin immer es wurzeln mochte, waren mir seit den gemeinsamen Mensabesuchen ein ständiger Podcast gewesen. Drücken Sie erneut auf Wiedergabe. Weil nun mal alles untergegangen war, würde sich seither nichts Bahnbrechendes ereignet haben. Selbst wenn neue Sichtweisen auf die Personalie Perikles nicht auszuschließen waren: Professor Würze war nicht die Instanz ideologische Bilderstürmerei zu befördern oder auch nur zu gestatten.

„Das hellenistische Athen stellt die Blütezeit der europäischen Kultur dar. Gerade die Leistung Perikles' kann man nicht hoch genug bewerten. Ein genialer Stratege, ohne seinesgleichen…"

„Und warum das ‚untergehend' im Titel?", fragte ich, obwohl ich mir auch diese Antwort denken konnte. Nichts hatte sich geändert, auch wenn alles immer schlimmer wurde.

„Das ist ja das Paradoxon. Im Moment des größten Triumphes dieses bedeutendsten aller Staatsmänner" – Relationen waren die Sache Professor Würzes nicht – „man könnte übrigens leicht zeigen, worin er einen Cretin wie

Mao oder Stalin übertrifft. Um Längen!" Pause. „Wo war ich?"

„Weiß nich."

„Ach ja, im Augenblick des Triumphes liegt der Keim des Niedergangs. Ist das nicht tragisch?"

„Ja-ja, die Griechen."

„Du bist sowas von flapsig. Kein Wunder, dass aus dir nichts Ordentliches geworden ist."

„Sagt der mit der Soße auf dem Hemd. Apropos, Themenwechsel – wann willst n du eigentlich heiraten, standesgemäß, hast du da schon was im Auge? Oder eine Haushälterin zumindest?"

„Mal schauen", er wiegte doch tatsächlich den Kopf, „ich stehe da im brieffreundschaftlichen Kontakt mit dieser Kollegin aus Graz." Er verschob einen Salzstreuer im Halbkreis zum Aschenbecher, als modelliere er Planetenbahnen. „Eine interessante Verbindung, Ur- und Frühgeschichte, sie hat in ihrer jüngsten Publikation herausgefunden – jetzt guck du nicht so gehässig! Ich glaub's ja nicht! Als wenn du Don Juan persönlich wärst. Ich will überhaupt gar nicht wissen, was bei dir alles nicht geht derzeit!" Vor Entrüstung schüttelte sich sein Körper, gekränkt fuhr er mit einer Hand durch die Haare, es fielen Schuppen auf den Cappuccino-Milchschaum, er schnaubte ungelenk hinein, blies sich Stupser dessen auf die Brille, rettete das Porzellan knapp vorm Fall und schwenkte einen Tropfen Getränk neben den Soßenfleck zwischen den Hemdknöpfen.

Sekunden starrten wir uns an. Wie in einem Duell.

„Also, Oltmann, was tust *du* gerade?"

„Ich bin Schäfer."

„Im Ernst?" Er musterte mich wie einen elisabethanischen Holzschnitt. Ist der echt? „Hattest du nicht ein Auskommen in so einem bildungsähnlichen System… irgendwas mit Schule – ich meine vorübergehend zumindest?" Jetzt war er derjenige, der mich in Sarkasmus wälzen wollte. Doch vergeblich, es würde nicht haften, darüber war ich hinweg:

„Ich habe gekündigt. Beziehungsweise nicht mehr verlängert. Ich war's leid."

„Recht hast du. Aber lassen wir das. Du und Schafe? Find ich allerdings auch komisch."

„Eigentlich bin ich Landschaftsgärtner."

„Was du nicht sagst. Klingt schon ehrlicher. So richtig ungelernt, mit Rechen und Baumsäge am Straßenrand?" Die gesamte Verachtung aus zehn Jahren Wartezeit bis zur C4-Professur troff ihm aus den Lefzen. Plötzlich strahlte die Krawatte smaragdgrün aus dem Feld dunkler Karos, die sein Sakko ihm um den Hals legte. Der Professor obsiegt, die Nation kann vor die Hunde gehen, die Zivilisation in Scherben – aber die Pension nimmt ihm keiner.

„Es ist ein neues Leben, ich bin glücklich. Ich weiß nicht wie, aber diese ganzen sozialen Konflikte, in denen man sich ständig aufrieb, sind passé. Keine Zukunft, keine Vergangenheit, kein Woher, kein Wohin. Keine vorgesetzte Behörde und kein Budget. Ich lebe von jetzt auf gleich…"

„…wie die Schafe…"

„So ähnlich jedenfalls. Man nähert sich ja vielleicht immer seinem Element an, nicht wahr?" Was mochte das bei ihm sein, einem Althistoriker? „Es ist in meinem Fall ein so ziemlich bukolisches Dasein. Rechen und Säge sind nicht falsch gedacht. Wir haben da allerhand Werkzeuge, aber alle sind nötig und zweckdienlich. Wir verrichten eine öffentlich geförderte Arbeit zum Wohle aller."

„Und die Schafe?"

„Sind Privatvergnügen. Sagen wir mal, das ideelle Ornament, der Brokat. Wenn man sich schon einrichtet."

„Hätte mich auch gewundert, wenn du tatsächlich nur diese reine Arbeitsbeschaffung ausgehalten hättest."

„Ich halte mich ganz gut, ohne die Tierchen ging's auch. Mit Schmuck ist's halt schöner." Dass er nicht ohne Mäkeln auskam, war so klar gewesen. „Jedenfalls lebe ich ein bescheidenes Landleben am Rande der Mittelstadt, in einer kleinen WG mit zwei Studentinnen."

„Die dir hörig sind." Er hechelte so hässliche Dinge, die er sich selbst doch nicht im Ansatz real vorstellen dürfte. Liegt die Nachtseite der Althistoriker im Pornographischen?

„Niemand ist mir hörig. Wir leben die harmonische, friedfertige Gemeinschaft."

„Und glaubt daran! Du Klosterboy…" Der Ausruf glitt in sein grässlich desillusioniertes Krächzlachen hinüber.

„Glaub du, was du willst. Mir geht es gut, ich bin zufrieden. Ich bin allen ungünstigen, kulturellen Einflüssen, die mich jahrelang plagten, entflohen und es fühlt sich an wie, na ja, wie eine goldene Zeit."

Das ließ den Althistoriker aufhorchen. Krause Augenbrauen. Wieder dieses Mustern.

69

„Goldene Zeit, sagst du", er schwenkte den Begriff in seinem Cappuccino wie einen Cognac, „das ist hoch gegriffen, fürwahr." Er starrte etwas verblüfft in die kreisende Flüssigkeit, wie beim Bleigießen. „Ist das kulturpessimistisch, neonostalgisch oder schon wieder utopisch?"

„Ich weiß nicht. Ich hab's eines Tages beschlossen und dann in die Tat umgesetzt."

„Einfach so? In Mittelstadt, ist das Voreifel?" Ich nickte. „Wie kamst du dorthin?" Ich zuckte die Schultern. Wusste ich selbst nicht so genau. „Das Nächstgelegene an Nicht-ganz-Wildnis, was dir einfällt. Westerwald vielleicht noch. Warum bist du nicht in den Westerwald?"

„Fürze, ich weiß es nicht! Ich hab's halt gemacht." Er missbilligte stummen Blicks, wie ich seinen alten, unprofessoralen Spitznamen beibehielt.

„Du hast keine Ahnung, sehe ich. Du kannst einen Laubbesen halten und wähnst dich schon in Kilikien. Viehhirten mit Flöten und Harfen zwischen den Olivenhainen und am gegenüberliegenden Hang das Amphitheatrum. Da geht ihr dann auf Feierabend die Tragödien bestaunen, du und die anderen Landschaftsgärtner."

„Vortrefflich, mein Fürze."

„Und ihr reißt damit jede Latte abendländischer Errungenschaft, die es noch geben konnte. Schande! Blindlings stolpert ihr über eure goldenen Bürgersteige, fegt die Moosreste eurer vormittäglichen Kratzleistung zusammen und kehrt sie unter den Teppich eurer mittelmäßigen Bukolik."

„So kann man es sicherlich sagen."

„Welche Gesellschaftsordnung musste sich uns auf-
drängen, damit Tölpel wir ihr einen Anspruch auf antike
Vorstellungen wie diese erheben konntet. Ihr spachtelt
Mulch in die Beete, wo man den Tieren wie einst sanftes
Grün füttern möchte und haltet die Lieblinge der alten
Götter, ja wo haltet ihr sie denn etwa – im Stadtgarten?"

„So möchte man meinen, Fürze."

„Heiliger Olymp! Unser eisernes Zeitalter, wenn wir immerhin darin noch uns wähnen dürfen, bröckelt uns unter
den Nägeln, bald überrennen sie uns auch in Bonn völlig,
und ihr markiert hier die edlen Hirten und sonnt euch in
Doofheit! Wirklich Oltmann, anders kann man's nicht sagen."

„Sehr richtig auf den Kopf getroffen, geschätzter Fürze.
Alles, was ich zu wissen glaubte, stellt sich als falsch heraus."

„Sonnt euch in Doofheit und haltet den Glanz für Gold!
Oltmann, ich will dir was sagen, da ist keine Zukunft" –
meine Güte, was konnte er sich in diesen antikischen Pes-
simismus hineinsteigern, geradezu verzückt… entrückt, um
nicht zu sagen verrückt – „ihr malt euch da eine Harmonie
zusammen, die es nicht gibt. Es ist lauter Verderben um
uns her!" Verschwörerisch blickte er sich über beide Schultern, sofern seine beschränkte Beweglichkeit das zuließ.
„Verderben und Verderbtheit. Wir sind da selbst dran
schuld, wir und unsre Vorfahren…"

„Aha?"

„…eine einzige, große, dekadente Scheiße, wenn man
so will. Seit Jahrzehnten geht das so, nichts hält es auf.

Wenn es Errungenschaften gab, sind sie dahin. Wo immer eine Elite sich etablieren kann und hohe Kultur, Hochkulturelles, große Kunst und bleibende Güter von Wert hervorbringt, da prasst alsbald die Masse mit ihrer infernalen Plumpheit und reißt alles in den Staub. Wirklich! Das kannst du durch die Geschichte hindurch verfolgen."

„Seit der Antike?"

„Ja."

„Ist man dann nicht bald mal fertig?"

„Womit?"

„Mit dem Verfall?" Das packte er nicht. „Ist es nicht bald mal vorbei und alles zuende verkommen?"

„Jemand reißt das Ruder herum. Es kommen immer wieder leuchtende Gestalten und entreißen der verkommenen Masse das Zepter, führen die Menschheit zwischendurch aus der Verdammnis. Ins Licht." Sein dicker Arm stieß empor und blieb in der Luft kleben. „Sicher, alles wird vergehen und untergehen, unweigerlich. Alles zahlt die Buße, das Lehrgeld für die Ungerechtigkeit, wie sie an allem, das erschaffen wird, haftet. Es geschieht ja alles auf Kosten von etwas."

„Wohl gesprochen, werter Fürze."

„Aber diese Ächtung in Bann zu schlagen ist nicht Sache von ein paar Stadtsoldaten, die mit Schwielen am Kinn den Besen führen."

„Recht hast du, Fürze."

„Was uns da dominiert und unsere dekadente, überreizte", er rang nach Begriffen, komm, ein drittes noch, „ja neurotische Denkungsart diebisch, um nicht zu sagen:

viehisch ausnutzen will", es gibt Wörter, da will man nicht mal mehr stutzen, er beugte sich zu mir und raunte: „Das können wir jenseits von Glaubenskriegen verstehen, Oltmann. Das kennen wir alle. Und doch schreiten wir fort in unserer Trostlosigkeit" – ich bekam langsam Schweißfüße und Hospitalismus in den Zehen; wie hatte ich ihn dahin gebracht? – „da muss man eigentlich nicht mal Pessimist sein, weißt du? Aber eine goldene Zeit", er lehnte sich wie erschöpft zum Finale zurück, „eine goldene Zeit habt ihr ganz sicher nicht gefunden. Sieh dich doch mal um!"

„Fürze –"

„Warte!" Er erkannte, dass ich ungeduldig wurde. Suchte ich doch schon mit den Augen den Kellner. Offenbar fehlte noch der Epilog. „Du siehst hier so viel zugrunde Zivilisiertes. Bonn war mal Beethoven-Stadt, dann immerhin Hauptstadt. Und heute? Bundesstadt? Dass ich nicht lache! Die Zivilisation ist das unausweichliche Schicksal einer Kultur. Spengler. Und damit ist dann eigentlich alles gesagt."

„Ich muss zum Bahnhof. Mein Zug."

Fürze sah den Kellner zuerst: „Zahlen!", rief er und deutete auf mich. Der Ober kam, nannte den Betrag, und während ich mich noch fragte, wer zahlt, erhob er sich schon, wischte die fetten Hände am Bauch ab und überließ die Rechnung mir. Eine ins Nervöse gesteigerte Wahrnehmung der mitmenschlichen Art musste man Professor Würze jedenfalls nicht attestieren. Gegen diese Sorte Dekadenz war er gefeit.

„Ich begleite dich ein Stück." Jetzt legte er sogar noch den Arm um mich. Das hatte er noch nie getan. Fast altväterlich klang er, wie mitleidig. „Denk an meine Worte. Wir erleben den Triumph der Überdemokratie. Vielleicht ist seit der Antike nichts von wirklichem Wert gewesen und alles nur Verfall. Du kennst mich, ich hab da klare Ansichten. Aber was die Postmoderne dem Hammer der Moderne noch hinterhergibt, schlägt den Boden aus. Und ihr seid da mittendrin!"

„Wir?"

„Na du und die Landschaftswichtel, und deine ganze friedfertige WG!" Er machte Wischi-Waschi-Gesten in der Luft: alles eins. Person gewordene Verächtlichkeit war er jetzt. „Ihr werdet's nicht verhindern. Das, was in Europa einmal gewesen sein mag an hoffnungsvollen Ansätzen, geht wieder dahin. Lauter kleine Subkulturen zersetzen die großen Ideen und wenn das Wasser erst aus dem Schwamm gebrannt worden ist von der unerbittlichen Sonne der Geschichte, dann werden wir zerbröseln. Ich möchte nicht wissen, was übrigbleibt. Ich sage es dir ehrlich, ich habe wenig Hoffnung. Und hoffentlich erlebe ich den letzten Kampf nicht mehr, denn ich befürchte, wir werden nicht siegen. Und auch eure Schafe werden kein Stück grüne Wiese mehr finden. Es liegen Kämpfe vor uns, Oltmann, kein Goldzeitalter!"

Sprach das Orakel und stockte dann an einer provisorischen Ampel. Baustelle an der Hauptverkehrsschneise, wieder mal. Alles staubig, LKW-Spuren auf dem Asphalt, Baumaschinenrattern hinterm Bretterzaun. Die Glut, in der er gelesen hatte, war schon Asche. Wir schauten uns an. Hatte er eben noch die ganz große Gestik des Besessenen gekonnt, war er nun wieder der alte. Fürze war er und würde er immer sein. Linkisch und ungelenk, ein Kloß von Körper, in eigenem Fett gesotten. Gab er mir die Hand, nahm ich sie.

„Also –"

„Also. Bis bald. Hat mich gefreut. Meld dich mal, wenn du wieder in der Stadt bist. Immer gerne."

„Mach ich. Also, bis bald."

„Und dann rauchen wir mal wieder eine", rief er mir schon halb nach, „wie früher!"

Ich sah in Bonn übrigens keinen einzigen Salafisten. Buntes Treiben, Menschen aller Herren Länder, so ist die freie Welt. Einer, der am Bahnsteig neben mir wartete, hielt einen Blumenstrauß und schien aufgeregt. Älterer Herr, Zuwanderer, sehr niedliche Sehnsucht in den Augen, ein Leuchten. Von den kommenden Stürmen nicht mal ein Wetterleuchten.

4
Alle Wetter auf einem Feld

„Nächstes Wochenende übernachten einige Aktivisten bei uns", teilte Dudine uns an einem der nächsten Abende beiläufig mit. Es war Dienstag. Ich erhielt den Auftrag unser Klopapier-Nudel-Reservoir aufzustocken. Donnerstag wäre mit ersten Anreisen zu rechnen. Ich verstand Bahnhof.

„Der Wald, der für den Tagebau abgeholzt werden soll und von Aktivisten besetzt gehalten wird", erklärte sie Felia und mir, „soll von der Polizei geräumt werden. Aber wir weichen nicht! Wir bleiben und wir kämpfen! Im Oktober wird es eine riesige Demo geben, direkt am Tagebau."

„Mitten im Nichts?"

„Woodstock war auch mitten im Nichts und hat die Welt verändert! Auf den Feldern ist viel Platz. Hunderttausende kommen zu solchen Gelegenheiten."

„Und was hat unsere WG damit zu tun?"

„Das verlangt Vorbereitung. Logistik. Künstler, Kirchen, Parteien, Bühnen, Technik, Toiletten, Sicherheit, Kommunikation. Wenn einfach nur Dreihunderttausend kommen und gehen, ist das ein ungeheures Chaos und die mediale Wirkung gleich null."

Vielleicht zum ersten Mal hatte ich den Eindruck, dass Dudine von etwas sprach, das sie besser verstand als ich. Ich bekam also die Anweisung einzukaufen und würde sie ausführen.

Da war dieser kleine Disput, den wir gelegentlich hatten. Immer ungefähr so, sagen wir, alltagshalber schon wieder beim Einkaufen:

„Ist alles ein bisschen langweilig, was du so tust, oder?", hielt sie mir vor, „dieses Leben aus Viehhüten und Alkohol. Irgendwie sinnfrei, meinst du nicht?"

„Ich find's genau richtig."

„Aber ich hab' Recht, oder?!"

„Was willst du, Dudine?"

„Ich meine, du hast doch mehr in der Birne. Du verstehst, dass sich die Zeiten ändern, dass es die Klimakrise gibt und redest selbst manchmal davon, wie die Welt kaputt ist – ja und dann schneidest du Hecken, betrinkst dich und guckst Schafe an!"

„Du vergisst die Dichtung."

„Wie bitte?!"

„Dichtung. Ich dichte."

Sie ließ eine Packung Klopapier fallen, die unter ihrem Arm klemmte. „Dichtung? Was dichtest du denn?" Wir blieben stehen.

„Na – Gedichte eben. Du lachst, und ich sag dir: Das wird mal Weltrang haben, inkommensurables Zeug vielleicht…"

„…kruder Mist, den kein Mensch liest?!"

„…richtig, aber vortrefflich beschauliches, tiefes Dichtertum."

„Du bist so ein Kauz, Colin."

Und damit war wieder ein Dialog tot. Vermutlich schloss sich eine Betrachtung zur Erderwärmung an oder was wir beim Einkaufen vergessen hatten oder weiß der Geier. Sie *dachte*, sie wüsste es besser, dabei hatte sie keine Ahnung von Kunst. Ganz zu schweigen von Genuss und Inspiration. Ein anderes Beispiel:

„Es ist Samstag und du bist schon wieder verkatert. Wieso trinkt ihr ständig."

„Weil Wochenende ist und weil wir's können."

Gegen diese Klippen der Freiheit könnte ich jetzt Welle um Welle aus dem Argumente-Ozean ihrer kreativen, impulsiven Vernunft anrollen lassen, aber der gemütliche Feierabend ist jahrtausendealt und erprobt. Er wird bestehen. Auch die stimulierende Wirkung von Rauschmitteln ist den Menschen nicht auszutreiben. Den einen knipsen sie die Erleuchtung an, den anderen machen sie vergessen, dass es keine gibt.

Im Übrigen durchlebte Dudine selbst ihre persönliche Partyjugend und die war nicht minder berauscht. Dudine war nur jünger als Ando und ich, und unruhiger und tat meistens mehrere Dinge gleichzeitig, sodass ihr der eigene Zustand nie so bewusst war.

Gegen Ende einer Vorlesungswoche ihrer Uni, am Donnerstagnachmittag, wurde sie rappelig und bastelte Proviant, Ausrüstung oder Lernutensilien zusammen, eine wöchentliche Eventkulisse, die für ihr Studium mehr Ausgleich als Komponente sein konnte. Auch wenn sie, wie ich manchmal aufschnappte, irgendwas mit Exkursionen studierte. Da fuhr man in der Gegend rum statt auswendig zu lernen. Leben zerfloss in beiläufigen Partydrinks, Gin hier, Sektchen da, und ihre Leute, die nicht immer persönlich aber immer per nachträglichem Social-Media-Beweis, manchmal auch Livestream dabei sein durften, taten es ihr gleich. Ein Studentenleben kennt drastische Abfälle des körperlichen Zustands nicht, da die Jugend, die nur sich selbst verantwortlich ist, alle Zeit und Energie besitzt, um das Auf und Nieder ineinander fließen zu lassen.

Die unterhaltsame Eventstimmung hielt bei Dudine meist bis Dienstag an, montags war sie wieder daheim oder ihre Gäste abgereist, aber es brauchte immer einen weiteren Tag, um das neue Geschehen einzuordnen – texten, telefonieren, endlos duschen, Tee trinken, Videos posten und so weiter. Dass Dudine gerade meinen Alkoholgenuss so auffällig fand, lag daher wohl eher an den Balken ihrer eigenen Weltsicht-Konstruktion.

„Du musst dich einmal herausfordern, Oltmann. Immer versackst du im eigenen Sumpf. Dein Bier und die Schafherde. Was kriegt ihr denn von der Welt mit?"

Ich löste ein Kreuzworträtsel.

„Die Aktivist", sie malte mit dem Finger so ein Gender-Sternchen in die Luft, „Innen starten demnächst eine Aktion. Wenn du ein Training besuchen willst, könnte ich dich vermitteln. *Extinction Rebellion* bieten Schulungen an für zivilen Ungehorsam: Wie behaupte ich mich gegen die Staatsmacht? Hättest du Lust?"

„Symbol der Romantik mit acht Buchstaben, der zweite ein U, der letzte ein D." Training und Action waren genau die zwei Gründe, weshalb ich Schäfer geworden war.

„Du musst mal raus aus der Box, Oltmann!"

Und es gibt Leute, denen tät es gut, sie mal von innen zu sehen. „M-U-E-H-L-R-A-D, danke Schatz."

„Gerne, Hase."

Musste ich dagegenhalten? Diskutieren, was ich von der Welt hielt… Dudine betrachtete alles Geschehen aus einer Warte, zu der sie ihr druckbefreites Dasein allein berechtigen mochte. Das stilistische Repertoire aus Feminismus, Postkolonialismus, Marxismus, Umwelt- und Jugendbewegung schwebte in Ausrufezeichen um ihren Kopf und ich konnte darauf zählen, dass ich mir täglich mein Schäferfutteral an diesem Windspiel aus Blasensprech aufreißen musste. Ein hell-tönendes Schlagwortklimpern. Dudine trainierte meinen Geist und mit der Zeit und einem Schmunzeln akzeptierte ich meine Rolle eines bräsigen, weißen, privilegierten, ignoranten und opportunistischen Chauvinisten, der ihr fürs Leben anscheinend noch fehlte. Gegen diese Wand spielte sie mich und so nahm ich die Chance mich bequem anzulehnen an und rieb mir daran wohlig den Rücken, wenn's mich juckte. Die echten Mücken eines feuchten Hirtensommers bei den Schafen im Feld würden auch diese Erfahrung noch früh genug wieder ins rechte Licht rücken.

Ein Donnergrollen schwoll an. Von echten Kämpfen hatte Fürze orakelt. Nun, hier kamen sie. Wohl nicht so, wie er sie sich vorgestellt hatte, aber für einige Tage begegnete mir die unbeschwerte Radikalität der Jugend in meiner Küche zurückhaltend und störte den Feierabend. Felia stiefelte durch ihren eigenen Wald, in der Eifel, und das selbst am Sonntag. Sie kam und ging zu Zeiten, da Dudines Küchenkabinett noch in den Federn lag, respektive Isomatten und Schlafsäcken. Ich aber kehrte von meiner Arbeit in den gewohnten Schuhen heim und traf am Küchentisch auf eisiges Schweigen. Gespräche rissen ab, wenn ich den Raum betrat oder schwenkten zu Unverbindlichem.

„Is was?"

„Wieso?"

„Grad eben habt ihr über schwarze und rosa Finger geredet, und ich bin neugierig und dachte, ich erfahr's vielleicht, wenn ich mich zu euch setze, und jetzt scrollt ihr im Handy oder macht Small Talk."

„Colin, das ist ein Strategietreffen."

„Schön, was sind die Spielregeln? Ich versuch's auch mal."

„Das ist kein Gesellschaftsspiel!"

„Nicht?"

„Geschlossene Gesellschaft."

„Aber in meiner Küche."

„Colin, du bist mein Untermieter. Wir mögen dich alle, danke auch für die Nudeln. Wenn du möchtest, darfst du später kochen helfen, aber was wir zu besprechen haben, ist nicht für außenstehende Ohren bestimmt."

„Glaubt ihr, ich renn zur Polizei oder was?"

„Nimm's nicht persönlich", wandte einer der Gäste nun ein, „wir machen das immer so. Ist ein Prinzip, das *Extinction Rebellion* so festgelegt hat. Wir machen das absichtlich nicht über Telefon oder Chat, es gibt grundsätzlich kein

Handy im Raum bei Besprechungen – weiß er das übrigens?", fragte er Dudine.

„Er hat kein's. Kein Smartphone."

„Okay. Jedenfalls glaubst du gar nicht, wie hinterhältig der Staatsschutz ist. Jeder, der nicht unverdächtig ist, kann ein Spitzel sein. Du müsstest eine Reihe von Checks durchlaufen, Colin, Empfehlungen von Insidern haben, um mithören zu dürfen."

Ich verstand, zuckte die Schultern, ging ohne Groll und beschloss mich nicht weiter aufzudrängen. Ich ließ mir ein Bad ein, machte einen Roten auf und versenkte den Leib im Schaum, während die Seele es sich in einem Comic bequem machte.

Weißt du, einige der Entscheidungen, die du triffst, sind ernsthaft daneben.

…

Hört er mir zu?

Er liest gerade. So ist es oft, wenn man Menschen erreichen will. Voll aufnahmefähig ist ihr Geist, wenn sie sich versenken, aber wenn sie versunken sind, hören sie nicht mehr zu. – Ich wollte ihm gerade sagen, dass er vorsichtig sein soll. Weil er sich bestimmt einen Sturm aus Scheiße einhandelt, wenn er es nicht schafft, diesen schwulen Friseur anders darzustellen. Und die Muslime und die Aktivisten, Asterisk-Innen und so weiter. Keiner kann mehr richtig lesen, alle sind so anmaßend humorlos. Wenn man einmal damit zu leben gelernt hat, gut. Meinereiner kann das ertragen. Über Gottheiten lacht die Menschheit, so lange sie denken kann. Aber doch meistens über die der andern. Bei Oltmann ist das so ähnlich…

Kaum zehn Minuten hatte ich mich vertieft, als mich Marti anrief, mein alter Freund aus dem Studium. Marti Löwensonne.

„Was für ein Zufall, letzte Woche habe ich noch von dir gesprochen!"

„Ich bin schlimmer als alle Teufel, wie du weißt", wortspielte er. Wir plauderten so dahin, bis Marti auf den Grund seines Anrufs kam. „Klimawandel haben zwar alle kapiert, aber damit tatsächlich irgendwas passiert, müssen wir alle auf die Straße. Oder die Felder. Und wenn ich dich alten Gauner bei der Gelegenheit wiedersehe, umso lieber!"

„Sag mir aber mal, wieso du davon weißt, und ich erst aus meiner Küche rausfliegen muss, um zu schnallen, dass 'ne Demo abgeht."

„Tja, das muss eher mit dir zu tun haben, Oltmann, als mit mir. Ist die Schäferei ein schnelllebiges Metier?"

„Mmh, kann sein. Weltfremdes Gesindel."

„Eben. Also abgemacht: Im Oktober komme ich."

Mein Herz hüpfte. Fast fiel das Telefon ins Badewasser. Von Marti hatte ich seit Jahren nichts gehört. Er war wie ein Einhorn. Oder ein seltener Schmetterling. Wehte eines schönen Tages deines Weges, zwischen den lichten Bäumen des Waldrands, beglückte dich mit seiner Gegenwart und ward wenig später nicht mehr gesehen. Als wäre er nie dagewesen und nichts weiter als eine Einbildung der Fantasie, Lichtspiegelung des Regenbogens und unerreichbar.

Sicherlich gab es auch andere Zeiten. Damals in Verona. Wir wohnten während eines Auslandsstudiums Tür an Tür im Studentenwohnheim, studierten einen Sommer lang italienische Literatur, Anthropologie, Sinnologie oder was auch immer, genossen das süße Leben, den Wein, das Essen, das Eis, die Partys und die Frauen und waren wie Brüder. Dann war das Fest vorüber, ich kehrte in die Prüfungsabläufe meiner akademischen Modularisierung zurück, heim nach Deutschland und hätte mich tatsächlich auch gewundert Marti dort zu treffen.

Wo Marti Löwensonne in all der Zeit seither gewesen ist, könnte ich niemals rekonstruieren. Halbwegs sicher erinnerte ich mich an eine Handvoll Städte, Cambridge, Delft, Paris, Capri, Eichstätt und Berlin. In wechselnden sozialen Netzwerken ploppten seine Meldungen so zahlreich auf, dass ich manchmal den Verdacht an Trolle hegte: bin hier, bin da und grüße aus. Wie konnte denn einer überall zugleich sein. Meine dringlichsten Wünsche trugen mich nicht annähernd an die Hälfte dieser Orte. Dieses Märchen konnte unmöglich echt sein. Aus tiefem Misstrauen gegen digitale Trackingabonnements hatte ich meinerseits irgendwann alle Schnüre gekappt und damit auch die Schleppen von Marti Löwensonnes biographischem Gepränge abgeschnitten. Lebte ganz analog. So viel Glanzloses leuchtete online wie Gold und so viele Schätze dieser Welt waren dort plötzlich nutzlos. Wer Marti wirklich war, konnte ich nach all den Jahren und Chat-Nachrichten jedenfalls nicht mehr sagen. Es würde spannend sein, ihn wiederzusehen.

Meistens weiß man Erinnerung von Einbildung zu trennen. Ich weiß ja auch, dass ich damals in Verona war. Aber wie oft wirken erinnerte Begebenheiten derartig fremd, als hätte sie ein anderer erlebt. Auch erkennen wir Menschen, die uns vor zwanzig Jahren vertraut waren, auf der Straße kaum wieder. Zu anders sind die Umstände dieser Jahre und alle Jahre seither graben sich wie in die Physiognomie und Physis auch ins Gedächtnis ein und verrücken die Tektonik. So könnte ein Mann auch irgendwann ein Einhorn sein oder wie ein Einhorn doch mystisch nur existent, nicht aber als Mensch. Wen würde das wundern?

Nun jedoch, da er anrief, kann ich sicher sagen: Es gab ihn. Das mit dem Einhorn war nur so dahingesagt. Wenn ich erzähle, dass ich jahrelang nichts von ihm gehört hätte, stimmt das natürlich nur so halb. Nicht nur über besagte Netzwerke konnte man seinen Weg verfolgen. Auch ganz klassisch war er in Medien, Zeitungen etwa, aber auch in Bild und Ton, anwesend. Er hatte auch in der alten, nicht digitalen Welt seine Duftspuren an die Bäume gerieben. Institutionen und Zirkel, die auf sich hielten, leckten sich die Finger danach mit ihm in Verbindung gebracht zu werden und luden ihn auf allerhand Plauderpodien. Eine Celebrity des kulturellen Lebens.

Marti Löwensonne ist Geisteswissenschaftler reinsten Wassers. Auch wenn es der Begriff noch nicht auf den Punkt bringt. Für destillierte Reinheit vielleicht eine Spur zu quirlig. Promoviert ist er zwar, durchtigert aber *alle* Wissenschaften wie sein ur-einziges Revier. Er könnte eine jener seltenen dann noch Jahrzehnte später bewunderten Koryphäen werden, die im eigenen Land als Prophet nicht genug geliebt werden, um es auf den erstbesten Universitätsversorgungsposten zu schaffen. Er versteckt immer noch einen Kadaver in Reichweite, mit dem keiner gerechnet hätte, zieht den Trumpf aus dem Ärmel und siehe da: Auch zu diesem Thema hat Löwensonne Geistreiches zu singen und sagen. Auf eigenem wie angeeignetem Territorium scheut er keinen Tümpel und springt auf alles, was sich bewegt. Nichts ist zu groß oder klein, um nicht in die Netze seiner Welterklärung zu gehen. Plötzlich belehrt er im Feuilleton im großen Soziologenstreit des Jahres die Platzhirsche und hält ihnen die eigenen Balzrituale vor. Keck gewürzt mit fachfremden Federn, an die sich kein Spezialist nie herantraut. Löwensonne ist interdisziplinärer Improtheatraliker und ein Autodidakt in allem, was man mangels Zeit und Notwendigkeit nicht selbst studiert hat. Kann halt ein Abstract schon von oben erkennen, verstehen und einordnen, was in einer Talkshow oder Kommentarspalte vielleicht auch schon reicht, ganz zu schweigen vom digitalen Kanalnetz – Twitter, Insta und so weiter. Womöglich war Marti auch zu gelangweilt von diesem Stinkedunstkreis des Doktorvaterlehrstuhls, wo man nur in den Nuancen furzt, die der Alte vormacht. Martis Worte, Werke und Taten sind immer zu übergreifend, wo man sich Enge von ihm erwartete, populär, wo man scholarisches Gewichse wünschte, und zu pointiert, wo man sich nicht wehtun mag.

Ein Kulturmensch von Format aber wohl auch deswegen, weil er es seit Jahren schafft, nicht in Fettnäpfchen zu treten. Ein liberaler, internationalistischer Freigeist mit der richtigen politischen Einstellung. Gentleman genug aber, um sich nicht zur Radikalität reizen zu lassen und daher auf allen Partys gerngesehen. Während andre sich unmöglich machen, endlich mal unglücklich zuspitzen oder ihre Leichen nicht im Keller halten können, ist er ein schlauer Fuchs. Sitzt immer unter dem richtigen Baum, da wo der Rabe den Käse fallen lässt. Weiß, mit welchen Löwen er jagen muss und wie die dämlichsten Gänse erlegt werden möchten. Steppt immer am längsten und bis zum letzten Schritt mit einem Lächeln im Gesicht.

Dabei ist es vielleicht gar nicht selbstverständlich so ausdauernd zu lächeln, hat seine Familie doch ein schweres Los verarbeiten müssen, nämlich die Schoah. So war es, dass ich mich gegenüber dem Friseur an Marti erinnerte, ja auch deshalb gewesen, dass er Jude ist. Er stammt aus einer angesehenen, aber durch die Nazi-Verbrechen arg dezimierten Familie. An einem sehr melancholischen Abend, als wir mit anderen einen Ausflug zum Gardasee gemacht hatten, hat er mir einmal auseinandergesetzt, wen er alles auf tragische Weise an die deutsche Tötungsmaschine verloren hatte. Menschen, die er nie kannte, deren abgerissene Biographien aber in sein Selbst- und Weltverständnis hineinschreiben. Vielleicht war es nur ein einziger, der in seiner Linie den Holocaust überlebte; und in Marti sickerten, wie in jedem Menschen, in den einsamen Momenten, da man zur Ruhe kommt, Fragen der Schuld aus der Tiefe empor: warum ich, wo so viele ausgelöscht wurden… und ob ich ihn etwa besonders jüdisch fände… wie man all sein Glück bloß fassen könne… Manchmal habe er das Gefühl zu stereotyp gezeichnet zu sein, als jüdischer Glückspilz, seltsamerweise auch oder gerade bei mir, mit dem er sich eigentlich doch wohl fühle... In Einzelheiten erinnere ich das Gespräch nicht mehr, der Abend war rotweinschwanger und der Sonnenuntergang über dem Westufer bei unserer Rückfahrt aus Riva betörend. Gottseidank aber – was für ein leerer Fleck an nicht mehr möglichem Verlust wäre das gewesen. Ich konnte ihn beruhigen und ihn vor allem meiner eigenen Neidlosigkeit versichern. Er war gut so, wie er war. Ihn anders zu wollen, kam mir nicht in den Sinn, sei es auch um den Preis eines Klischees. Bezeichnend schien es mir nur, dass ich ihn, den einzigen Juden, den ich kannte, ausgerechnet abseits deutschen Bodens treffen durfte, in Italien.

So erklärt sich seine Ungebundenheit, seine leichtfüßige Ortlosigkeit und Fähigkeit überall zu Hause zu sein auch aus diesem erzwungenen Nomadentum, auch wenn es ihm die besten Schulen in den angesagtesten Städten zugespielt hat. Es ist am Ende doch alles eitel. Dieses Meisterwerk von einem Mensch, so groß an Vernunft und unbegrenzt an Können, in dem Gestalt und Geste wie wunders harmonisch verschmolzen, Schmuckstück der Welt – bestimmt hatte er mir auch einmal erzählt, in welcher Stadt seine Familie ehedem beheimatet gewesen war und wie sie bespuckt, geprügelt und abgeholt wurden. Auch vergessen. Marti Löwensonnes Glück wurzelte in Unglück.

Trotz einiger sumpfiger Julitage wurde also der Sommer wieder heiß und trocken. Einige Wälder bestanden nur noch aus Brennholz und Streichhölzern, käferzerfressen und bröselig. Felia war für die Forstbehörde im

Dauerstress, kaum sah ich sie noch. Holzeinschlag wurde zur Grundsatzfrage, sollte man aufräumen oder verwildern lassen? Neue Baumsorten züchten oder abwarten? Wald und Flur zu pflegen oblag nicht mehr nur Forstwirten, sondern interessierte jetzt eine breite Öffentlichkeit. Die Stürme des Winters konnte der Wald so nicht überstehen. Manches mehr, Wildschäden, Krankheiten und Jagdbelange zerrten aus allen Richtungen an Felias Gemüt.

Einen Teil unserer Schafe schlachteten Ando und ich vor der Zeit, weil das Futter nicht reichte. Sowieso waren wir gezwungen zuzufüttern. Immerhin durften wir einige Lämmchen erwarten im nahen Herbst.

Dudine war derweil zu einer Art fliegendem Pionier-Wiederaufbau-Einsatzkommando geworden, weil die Polizei ständig Protestneubauten im besetzten Wald räumte – die Dudine und Mitstreiter sofort nachrüsteten. Räuber und Gendarm. Mitstreiter benötigten Rechtsbeistand, Nahrung, Baumaterial. Nicht zuletzt mit Blick auf die nahende Großdemo. In unserem Haus lief einiges zusammen.

Auch Fürze brachte sich überraschend in Erinnerung. Etliche Wochen nach unserem Treffen und den Warnungen, die er mir auf den Weg mitgegeben hatte, rief er mich an, um sein wachsendes Unbehagen über die bedrohliche Lage zu teilen.

Er druckste. Wollte nicht am Telefon… die Familie… der Verfassungsschutz… Meine Güte, dachte ich. Sein Schwager, sein Neffe, ob ich die kenne. Nein, sagte ich. Wann ich in Bonn wäre… und ich versprach mich zu melden, beizeiten. Fürs erste reichte mir die Welt wie sie war. Nicht auch noch ein apokalyptischer Fürze.

„Pass aber auf, Oltmann. Es tun sich Risse auf, die können dich verschlingen!"

Keine Sorge, Geisterseher.

Wieso hegte denn ausgerechnet Fürze plötzlich solche Bedenken. Die ganze Litanei von der bald untergehenden Zivilisation und die klammheimliche Freude dabei kannte ich doch aus seinem Munde. Kriegte Perikles etwa kalte Füße? Oder fürchtete der Freund um mich, weil ihm ein Hexenorakel in seinen Altertumsträumen was gesteckt hatte? Wetterwechsel und Hofintrige gehen da gern zusammen. Oder die Perserflotte, wer weiß.

Ich selbst zweifelte ganz diffus an der Welt, auch ohne mich in wirrköpfige Zauberkämpfe einzufühlen. Es war heiß. Ich hätte mir einen frühen Herbst gewünscht, dass man gemütlich in die Sauna konnte.

Unser Weltrettungsgroßkampftag begann mit einem arglosen Spaziergang. Felia und ich verließen das Haus, trieben durch Mittelstadt und gelangten unweigerlich zu einer notgeborenen, zentralen Sammelstelle am Bahnhof. Die Welt war auf den Beinen und vertrat sie sich in unserm Städtchen. Jeder, der hier unterwegs war, hatte das gleiche Ziel. Wahrscheinlich wären es noch viel mehr gewesen, die sozialen Netzwerke munkelten von Massen, die auf dem Weg stecken blieben. Die Bahn war offenbar mit dem Unternehmen verbandelt, das die Kohle abbaggerte, und in Aktivistenkreisen wusste man, dass auch fadenscheinige

Gründe ausreichten, um Verbindungen zu canceln. Auch wir hätten gern mit der Bahn fahren mögen, regulär, und stauten uns nun in den Straßen. Verschwörung oder nicht, Fakt war: Sie fuhr nicht und die Gründe waren seltsam. Shuttlebusse brachten stattdessen Demonstranten von Mittelstadt aus zum Demogelände am Wald. Dudine war schon dort. Sie war in aller Früh aus dem Haus, pflichtbewusst. Ein wenig fröstelte mich, weil zum ersten Mal seit Monaten der Tag frischer anfing als erwartet. Felia zog als geübte Outdoor-Mieze ein Extratextil für mich hervor. „Hier Kleiner, wenn man für dich nicht mitdenkt." So war man nie verloren. Wir warteten auf den Bus.

„Daas hätt ich mir ja dänken können, Chapeau! Ich schließ mich einfach an, ja?" Die Stimme kannte ich, drehte mich um. Friseur Erti Lamprecht gab mir fünf.

„Er hat Heuschnupfen, ganz authentisch", stellte ich ihn Felia vor, die mich fragend von der Seite anschielte.

„Oond Polypen, haha!", bellte Erti. Damit war eigentlich alles gesagt und der korrekte Erzähler entthront. Ich würde es laufen lassen und klinkte mich geistig aus, während die beiden sich kennenlernten, dahinplätscherten. Ich dachte an Marti, mit dem ich Nachrichten vor Ort vereinbart hatte, was mir aber zunehmend fragwürdig erschien, weil das Netz überlastet war. Verloren stand ich an der Bushaltestelle und summte mir eins.

Neben uns stand eine vier-köpfige Familie. Ein Vater mit adretter Kurzhaarfrisur, sein Gesicht im Smartphone, sportlicher Rucksack, in dem gefaltete Pappschilder klemmten. Eine Mutter mit schulterlangem, glattem Haar, die die Kinder zutextete und der Nachwuchs, ein Junge etwa sieben, ein Mädchen vielleicht fünf. Sie trugen die richtige Kleidung und wo nicht, besserte die Mutter nach. Der Papa scrollte eisern.

„Eure erste Demo?", fragte ich die Kleinen.

„Papa, warum konnten wir das Pony nicht mitnehmen?"

„Weil wir auf eine Demo gehen und man da kein Spielzeug mitnimmt."

„Ihr wollt doch eure Schilder hochhalten." Ich wurde ignoriert und versuchte es erneut: „Eure erste Demo, Kinder?" Schüchternes Erstaunen und Weggucken. Dann reagierte der ältere, indem er forsch aufzählte, wo er schon überall dabei war: gegen Unterbezahlung in der Kita, Rassismus, für Flüchtlinge, Sankt Martin…

„Das ist keine Demo, Finni-Schatz, sondern ein Fest."

„Ja, aber da war ich auch dabei. Dann Fußball und mittwochs hab ich kein Fußball, da mach ich aber demnächst Klavier."

„Aha."

„Für Emmi ist es die erste. Früher war sie noch zu klein." Die Mutter sprach dies. Der Papa und die Kleine nickten dazu freundlich. Dann fuhr der Sohnemann fort, mir vom Fußball zu erzählen. Auf ihn wartete die Welt…

„Es ist ja auch für die Dörfer", warf die Mutter ein. „Alle Dörfer müssen bleiben."

„Dieser Energieträger hat ausgedient", unterstrich der Vater. „Schon heute kann ein erheblicher Teil der benötigten Energie kurzfristig aus erneuerbaren Quellen generiert werden, ohne Engpässe."

„Wenn man den Ausstieg vorzieht, entstehen ebenfalls keine Probleme, weil man die Energiegewinnung dezentral umbauen kann."

„Bürgervereine können das leisten."

„Man muss nur die großen Konzerne einmal entmachten. Die haben sich auf Jahrzehnte dem großformatigen Fossil verschrieben."

„Noch als längst klar war, dass es nicht nur extrem klimaschädlich war und eigentlich sauberer zu lösen…"

„Sondern vor allem auch unrentabel. Und das rächt sich nun. Eigentlich wollen die Städte, von denen hier in der Gegend alle Anteile an dem Unternehmen halten, schnellstmöglich raus."

„Aber sie können nicht. Die Haushalte brechen sonst zusammen."

„Die Sozialausgaben machen einen enormen Batzen…"

Es war wie Chormusik in Stereo zu hören. Von links und rechts redeten mir Vater und Mutter abwechselnd Sätze zu. Ich hätte einwenden mögen, ich wisse bereits alles. Was stimmte, weil auch Dudine zu Hause über nichts anderes sprach. Aber es hätte nichts gebracht. Höchstens mitsprechen hätte ich können. Aber dann hätte ich schneller denken müssen. Die Einsätze nicht verpassen. Und das wollte ich nicht. Also hörte ich den Chor zu Ende an. Im Theater geht man ja auch nicht zwischendurch, nur weil ein paar Verse langweilen. Hier ging es ja um Großes und Allgemeingültiges.

„Hier geht es heute um ganz Großes, das spürt man richtig."

„Die Kinder sind auch ganz aufgeregt, die merken das auch."

„Geht ja auch um ihre Zukunft. Eine ganze Generation ist auf den Beinen."

„Die müssen ja mit den steigenden Temperaturen leben, wenn wir schon nicht mehr sind."

„Wir haben es ja noch gut, wir gehen nicht unter."

„Zumindest nicht so bald."

„Inselstaaten wie die Seychellen oder Vanuatu haben die Zeit nicht mehr."

„Sie saufen heute schon ab." Untergang, das Stichwort hatte ich neulich noch gehabt. Fürze kam mir in den Sinn. Der Sermon ging weiter. Da hörte ich plötzlich eine Stimme.

„Oltmann! Gottseidank! Grad wollte ich schreiben. Ging aber nicht. Überlastet." Nicht Fürze war es, sondern Marti Löwensonne. Und manche Dinge lösen sich von allein. Gottvertrauen hilft. Oder Summen.

Nur der Chor verstummte nicht. Aber Mann und Frau sprachen sich ihre Verse jetzt gegenseitig vor, beide textsicher. Es hatte ein bisschen was von einer Theaterprobe, beobachtete ich noch aus den Augenwinkeln, denn ich umarmte den Freund und wir eröffneten einen neuen Dialog und klinkten uns aus. Ich musterte Marti. Er war hochgewachsen und wirkte wie ein berühmter Dirigent, der mal eben Patagonien durchwandern wollte. Strahlenförmig abstehendes, weiß-blondes Engelshaar auf einem dicken, wasserabweisenden, knallblauen Kapuzenkragen. Strahlen, und zwar solche der Freude, schossen auch aus seinen Augen. Es war, als hätten wir uns erst gestern verabschiedet. Wir verstanden uns sofort. Und der Bus kam.

Auf den Demofeldern angekommen gewann alles den Charakter eines riesigen Familienausflugs zum Volksfest. Mittelaltermarkt mit Sonntagsspaziergang, Sommerfrische mit Erntedanknote, Feuerwehrfest und Stadtteilmarathon. Alle waren sie da, alle bekundeten auf Bannern und Schildern ihre Ablehnung der schädlichen und schändlichen Machenschaften und besangen ihre Liebe zur Umwelt. Durchaus wortwörtlich, denn es wurde eine Menge gesungen und gespielt. Mobile Lautsprecher und Musikanten versprühten dieses Flair an den Kreuzungen der Feldwege. Sie wurden unterstützt von großen roten Ballons, die über dem Gelände schwebten und die flache Weite aus Äckern, noch mehr Äckern und Stoppelfeldern optisch strukturierten. Dixieklo-Reihen wie auf Festivals beruhigten bei dem Gedanken, dass man aus dieser erstaunlichen Masse an Menschen nie wieder herausfinden würde. Buden und Stände boten selbstzubereitete Verpflegung und Erfrischungen, Infomaterial, Spendenaufrufe und Buttons. Alles Volk strömte einer großen zentralen Bühne zu, auf der Reden gehalten und Musikgruppen erwartet wurden.

Felia, Erti, Marti und ich: Wir staunten ergriffen und ließen uns drauf ein.

Auch die vier-köpfige Familie war immer noch da und erörterte hinter uns Kleidung und Temperatur, Zeit und

Dreck, Moral und Stil, Hunger und Langeweile. In der Ferne die großen Lautsprecher.

Erti seufzte. Dann noch einmal theatralischer. „Ich liebe ja Kindär."

„Du hast keine?", erkundigte sich Marti. Kleiner Irritationsmoment. Martis Frage völlig offen, Erti zweifelnd, ob man ihn ärgern wolle. „Nein", sagte er dann, „ich bin schwul."

„Ah, verstehe. Ja, das ist tragisch."

„Immerhin kannst du warten, als Mann kannst du auch noch im hohen Alter", steuerte Felia ein weibliches Leid bei. „Wir Frauen haben die biologische Uhr."

„Tickt sie bei dir?", wollte Erti wissen.

„Wer weiß. Vielleicht habe ich noch etwas Zeit." Sie schickte einen langen, leeren Tunnelblick nicht zu mir, aber durch mich hindurch. Ich sah nichts.

„Vielleicht wird die Technik manches lösen", Marti schien das irgendwie Hoffnung zu machen, „wir leben im Einundzwanzigsten Jahrhundert und sind nicht mehr an die alten Grenzen gebunden. Metaphysisch nicht und auch physisch ist so vieles möglich."

„Aber entscholdige, ein Mann bleibt ein Maann, oder nicht?"

„In deinen Kreisen ist man doch schon weiter. Verzeih, wenn ich das so sage. Denkt, wer queer ist, da nicht quer?", erwiderte Marti.

„Das ist nicht meine Welt. Ich bin ein schwuler Mann, alte Schule bittesähr."

„Ich meine, die Geschlechtergrenzen lösen sich auf", für Marti war das hier ein faszinierender Querfeldein-Parcours zur Theorie.

„Nicht für mich. Ich bin ein Maann und interessiere mich für Männer. Punkt. Ich will diesen ganzen Genderscheiß nicht, auch eine Tunte ist ein Mann. Wenn ich denke, was sich alles an Schönem in der Welt auflöst, wenn ich die Männlichkeit abschaffe. Er seufzte. „Aber Kinder will ich."

„Ganz schöne Spannung", meinte Felia.

„Jaa, nicht? Spannend! Und soo tragisch! Das löst du nicht auf mit deiner Queerness, Süßer! Ich hab sofort gemerkt, dass du eher von der jungen Sorte bist, nicht wahr? So ein stürmischer, freier Radikaler, waas?"

„Na ja."

„Ha ha. Du willst dich nicht festlegen, was? Nicht mal, ob du ein Mann bist? Lass gut sein, musst du nicht. Nicht für mich, ha ha. Aber Kinder werd ich wohl nicht kriegen."

„Die Medizin macht Fortschritte. Es werden Körper entstehen, die männlich und weiblich zugleich sind…"

„Lass gut sein, sage ich. Das ist nichts für mich. Ährlich!"

„Ihr wohnt hier alle in der Gegend?", Martis neuer Anlauf ins Unheikle.

„Wir sänd quasi Nachbarn. Ich führe einen Friseursalon ums Eck", und deutete auf Felia und mich.

„Wie hast du hergefunden, Colin?", Martis beiläufige Einbindung aller Sprecher.

„Raus aus der Stadt. Zurück zur Natur."

„Verstehe. Klassisch." Martis weltgewandte Einordnung.

„Oder barock, wie du willst", zeigte ich Kennertum.

„Verstehe."

„Wo liegt da der Unterschied?", wollte Felia wissen.

„Definitionsfrage", begann Marti, „ich verstehe ihn so, dass er einen zivilisatorischen Rückschritt bewusst tut, um die Zufriedenheit zu steigern. Das ist klassisch, das findet man schon bei den Griechen, aber auch später. Die Leute sind immer wieder auf diese Idee gekommen, in den unterschiedlichsten Zusammenhängen. Im Barock gibt es einen starken Endlichkeitsgedanken, der nahende Tod: Bedenke, dass du sterblich bist. So gesehen, ist der Rückzug in die Natur weniger politisch als auch physisch begründet."

„Ich habe gleich vermutet, dass es um Sex gäht. Sofort als ich ihn sah." Erti nickte zur Selbstbestätigung. Ich schüttelte den Kopf, konnte aber nicht umhin, auch Felias und Martis stumme Fragen zu spüren. Meine Weigerung versandete in Stille. Marti überwand sie erneut.

„Fühlt ihr euch wohl? Lässt es sich gut leben?", smalltalkte er. Felia und ich nickten. Der Friseur zu meiner Überraschung nicht. „Bezahlbarer Wohnraum ist raar", sagte er.

„Aber es ist eine Mittelstadt?"

„Aber als Schwuler! Du hast es nicht gleich bemärkt. Vielleicht ährt dich das auch. Vielleicht denkt man anders, wo du här kommst. Aber sobald ich in Mittelstadt den Mund aufmache, sehen mir die Leute ins Gesicht und dann steigen die Mieten, das kannst du mir glauben!"

„Ich dachte, im liberalen Rheinland wär das anders."

„Mag sein, aber Mittelstadt ist nicht Köln. Ich habe auch eher den Eindruck, dass es wieder anstrengender wird, das Klima, also das soziale. Nicht weswegen wir die Demo machen."

Dann gab es Radau: direkt neben uns.

Stoffbahnen rissen. Splitterndes Holz. Erschrecktes Kreischen.

Schwarz Vermummte schossen wie Pilze aus dem Boden, waren plötzlich da und attackierten ein Grüppchen altertümlich gekleideter Menschen, die ein Transparent zu retten versuchten, das der Aktivistenmob zu Boden zerrte. Die lila Lettern darauf konnte ich nur fetzenweise noch entziffern und wusste nicht, worum es ging. Menschen in schwarzen Kapuzen zogen den Mütterchen ihre Kopftücher von den Haaren. Die duckten sich darunter in Scham. Hinter Sturmhauben bestätigten sich gestikulierende junge Menschen ihr Drohpotential mit Sprechsalven. Immer wieder skandierten sie gereimtes Zeug, dass die Dichtermilch ausflockte:

„Gewalt gegen Frauen ist kein Einzelfall – Sexismus bekämpfen überall!" Oder: „Schaut Euch die Pro-Lifer an – Ärger als die Taliban!" Oder, sachfremd aber universal: „One solution – revolution!" Und so weiter und so fort, gegen Rassismus, für Tierwohl, gegen Banken, wie eine präparierte Tonaufnahme. In Dauerschleife textete die Speerspitze des Widerstands die Reaktion nieder. Sprachlos suchten die Diffamierten ihr Heil in der Flucht und zugleich zerstoben auch die Kapuzen wieder im Nichts der blinden Masse. Hatte ich soeben ein fliegendes Antifa-Kommando erlebt?

Bevor ich mir selbst einen Reim darauf machen konnte, half uns die vier-köpfige Familie aus.

„Es sind Abtreibungsgegner. Sie protestieren für das Recht auf Leben. Der schwarze Block hat sie vertrieben."

„Also gegen Abtreibung, jede Form von ungeborenem Leben muss ausgetragen werden, sagen sie."

„Was ist Abtreibung, Mama?"

„Wenn eine Frau ein Baby im Bauch hat und das nicht bekommen will. Das kann schon mal sein, wenn die Frau zum Beispiel arm ist. Bevor das ein richtiges Baby wird, kann dann ein Arzt das wegmachen, bevor das Baby das spüren kann."

„Soo schade. Iich würd's ja nähmen."

„Und warum sind die hier? Steht das auf dem Laken, das die anderen haben wollen?"

„Wollen die schwarzen Leute die Babys wegmachen?"

„Niemand will hier Babys wegmachen. Auf dieser Demonstration geht es um Kohle."

„Wissen die Leute das nicht?"

„Doch. Aber sie haben sich mit ihrem Laken hierhin gestellt, weil sie hier viele Menschen treffen können."

Das Thema war wohl damit nicht durch, mutmaßte ich im Stillen. Weder für die Kinder noch für die Pro-Lifer. Niemand war überzeugt worden, nicht mal besiegt. Was wollte mir diese Szene sagen? Wenn die Antifa fischen ging, warf sie vermutlich Steine ins Wasser. Lauter gereimte Ungereimtheiten, ein unsortiertes Revolutionsgeballer.

Andererseits: Weshalb glaubte das Baptistentrüppchen hier einen Punkt machen zu müssen, obwohl jeder vernünftige Zeitgenosse den falschen Zeitpunkt bemerkte? Dann wiederum: Wie hätte ich denn darüber gepflegt diskutieren wollen? Und mit wem. Oder: Sollte man sich vielleicht doch lieber raushalten?

Vielleicht gab es gar keine vernünftigen Zeitgenossen und wir waren Tiere wie Schafe oder Fische, mit Transparenten und Sprechchören. Offene Gesichter hätte ich mir statt schwarzer Kapuzen gewünscht. Dann konnte man später nochmal nachfragen. Aber vielleicht war das unerwünscht und all diese Aktionen erfüllten exakt ihren Zweck, Pflöcke zur Gebietsmarkierung im Feld.

„Es brodelt", sagte Marti neben mir. Ich schaute ihn an. Er wirkte nachdenklich. „Ich bin vielleicht lange nicht so intensiv unter normalen Menschen gewesen. Ich meine, sonst sitze ich im Zug, im ICE. Da habe ich Kopfhörer in den Ohren und höre einen Podcast oder so. Oder ich treffe Menschen in der Uni oder beim Radio oder im Restaurant. Ich lebe in einer Blase. Hier sehe ich, was ich sonst alles nicht sehe, weil meine Wirklichkeit so partiell ist. Hier kommen heute viele zusammen, die sich sonst nie begegnen. Und das sind sie nicht gewöhnt. Das macht sie nervös. Hier draußen", er schluckte, „hier draußen brodelt es."

„Na ja, es ist trotzdem ein Familienfest, findest du nicht? Ziemlich friedlich."

„Ich weiß nicht, Colin. Das würde die Kelly Family, die sie da grad vertrieben haben, nicht unterschreiben. Zumindest jetzt nicht mehr. Warum dürfen die nicht da stehen?"

„Weil es nicht ihre Demo ist", meinte Felia, „die ist ja angemeldet und wenn da jemand mit Stalinplakaten oder Impfgegnerparolen stört, behindert das die Sache."

„Das ist halt die Frage, was der Sache mehr schadet."

„Also, wän ich hier in einem DäKahPä-Block laufen müsste, wär ich sofort raus. Das weiß ich aber! Sozialismus ohne mich!"

„Musst du ja nicht. Aber es ist so verdammt viel Platz hier. Wieso kann der Block die Pro-Lifer nicht einfach gewähren lassen."

„Ich glaub wir kommen da jetzt nicht zueinander, Marti."

„Genau mein Punkt, Colin, genau mein Punkt!" Aber wir ließen es. Für den Moment.

Abends in der Küche mit Freunden, zu denen nach diesem Tag auch Erti zählte. Dudine gab sich alle Mühe mit der Gemütlichkeit. Kerzen auf dem Tisch, ein Tischdeckchen von der Oma, die guten Gläser von der Hochzeit ihrer Eltern. Felia hatte am Vortag ein Brot in der Försterei gebacken und ein finnisches Stew vorgekocht, eine Art Borschtsch, das köstlich duftete, Wein, Wodka und Bier.

„Ein Rezept von meinem Vater", verriet Felia und wir waren ein bisschen andächtig, weil der ja noch nicht sehr lange tot war. Erti wusste das nicht und so brachte er, darüber aufgeklärt, bald den ersten feierlichen Trinkspruch auf den toten Herrn Papa aus.

Das aktive Leben, der kämpferische Geist, die frische Luft und nicht der überwältigende Erfolg der guten Sache hatte uns alle hungrig gemacht. Der Durst stand dem in nichts nach. Melancholischere Töne mischten sich in unsere Gespräche. Der Anlass der großen Aktion, die apokalyptische Dimension der Bedrohung, aber auch die Konflikte drumherum, die Szene mit den Pro-Lifern, ließen keine Ruhe.

„Dabei hatte ich gehofft, hier einmal in Einmütigkeit aufzugehen", bedauerte Marti.

„Sagtest du nicht, du kämest aus einer homogenen Blase?", wunderte sich Felia.

„Einerseits schon, richtig. Aber ich bin ja nicht blind. Was ich heute gesehen habe, kenne ich natürlich aus der medialen Distanz. Die Netzwerke sind voll von Empörung und Hass. Ich hatte gehofft, auf eine reale Welt zu treffen, die nicht so zerrissen und gefährlich ist, wie es die Aggressivität in den Kunstprodukten ankündigt. Es heißt ja, auch in Berlin, wo ich hinziehen will, gebe es Gewalt gegen Juden – ebenfalls draußen, auf den Straßen – und da sind die Geschichten extrem beunruhigend, um nicht zu sagen lebensbedrohlich. Unter jungen Muslimen, aber zunehmend leider auch unabhängig davon, wird Antisemitismus hoffähig. Die Dummheit nimmt wieder zu. Ich hatte die Hoffnung, die Menschen wären vielleicht besser."

„Aber das sind sie, glaube ich", lallte Dudine. Sie war in der Stimmung zu umarmen, zu trösten und zu einer Menge Menschenliebe fähig. „Klar gibt es Nazis. Ich glaube aber gaanz, gaanz fest, dass wir eine bessere Welt baun können – wenn wir nur wolln!"

„Wo finde ich die bessere Welt denn, wenn schon nicht hier, wo Hunderttausende auf die Straße beziehungsweise das Feld gehen, um dafür abzustimmen?", fragte Marti.

„Also äch finde, Köln war schon zämläch goot, wärkläch", begeisterte sich Erti, den Mund voller dampfendem Stew.

„Köln ist ein Drecksloch!", drosch Dudine zurück, „da geht gaar nichts! Alles was du tust, versumpft im Klüngel!"

„Na bitte, das ist es, was ich meine", schnitt Marti ihr das Wort ab, „nur weil ihr es euch hier in Mittelstadt schön gemacht habt, heilt die Welt noch lang nicht aus. Schon streitet ihr euch!", die Augen eines Hundes wirkte er fast, als wolle er daran die Schuld tragen.

Das war mir nicht recht: „Das war eine harmlose Spitze. Ist doch schon gut."

„Nein, Colin. Es ist, als sprieße unausweichlich auf jeder vorangehenden Rede eine Gier sich daran zu produzieren, und zu echauffieren. Aus kleinsten Differenzen eine Empörung zu züchten. Und immer nährt sie nur wieder sich selbst…"

„Und wenn man nächt aufpaasst, wächst daraus Haass, nicht wahr?"

„Genau. Jeder ist immer bereit, im andern eine böse Absicht zu erkennen. Von allen außer mir geht Gefahr aus."

Einen Zeithauch lang war Stille, niemand wollte das nächste Wort draufsatteln. Da keimte in mir eine Lösung:

„Wenn das Fremde und Neue in Deutschland wieder zertreten wird – vielleicht müssen wir weggehen und eine neue bessere Gesellschaft begründen… heraustreten ins Licht… wir hier: vorzügliche Geister… alle zusammen?"

Alle schauten mich an. „Und wohin?"

„Atlantis?"

„Thule?"

„Capri?"

„El Dorado?"

„Amerika?"

„Zion?"

„Ich weiß nicht", sagte ich, „aber vielleicht… Was ist mit Dänemark? Das ist nicht so weit und soll ganz toll sein." Alle schienen nachzudenken. Dann sprudelten mit einem Male die Ideen.

„Als Kind war ich mehrmals in Bornholm. Ein Traum", Dudine verdrehte genüsslich die Augen, „ich erinnere mich an mega Strände! Total süße Dünen und wir hatten immer so ein schnuckeliges Ferienhäuschen. Echt: mega! Irgendwann sind wir nicht mehr dahin, weil meine Eltern mal was andres mit mir machen wollten. Aber ich hab es geliebt", und sie musste hinzufügen: „Geliiiebt!"

„Schöne Wälder. Nicht ganz Finnland, aber Dänemark hat durchaus schöne Wälder. Meint man ja vielleicht gar nicht so, weil das Land so klein ist und ohne Berge. Aber das ist ganz malerisch. Ziemlich intakte Wälder, auch was Naturschutz angeht, manchmal bis ans Meer."

„Die Dänen sollen sehr glücklich sein. Da gibt es Untersuchungen…"

Weil sie es verstehen, ihren Alltag mit „Hygge" zu verschönern. Deshalb zünden sie auch öfter Kerzen an als alle anderen Europäer. Auch ein Kaminofen und Lichterketten, weiche Decken, Kissen und schöne Deko machen aus dem eigenen Zuhau…

„Was soll jetzt der Scheiß? Das klingt exakt wie ein Werbetext. Einrichtungshaus-Scheiße! Ist das abgeschrieben?"

„Oder wie so eine Illustrierte. *Landlust* oder so."

„Ich glaube, man kann das ganz leicht im Internet finden, oder? Dieses Wort: *hygge*? Ist dänisch für gemütlich, nicht wahr?"

Handys leuchteten auf. Eine kurze, stille Suchwolke dampfte über uns.

„Hier hab ich's: ‚kleine Momente im Jätzt schätzen‘, Erlebnisse mit Freunden teilen‘, ‚Ohngleichheit akzeptieren‘, Gelassenheit…"

„Na geil: Anleitung zum Unpolitischsein. Das ist ja wohl total spießig, was?"

„Na ich weiß näch – so schlecht find ich das gaar nicht. Gelassenheit? Können wir aalle gebrauchen, Schätzchen."

„Ich hab hier auch etwas gefunden", ergänzte Felia, „gutes Essen, Gartenpflege, täglich in der Natur sich bewegen und das Wetter spüren."

„Was ich von den Dänen weiß", hob Marti zu einem auswiegenden Statement an, „ist eigentlich auch nur positiv. Das Land ist in ganz vielem ganz fortschrittlich, sehr wohlhabend und die sozialen Unterschiede sind gering. Die Hauptstadt Kopenhagen ist bekannt für ihr vorbildliches Radwegenetz. Die Energiepolitik, also ich meine die Hinwendung zu Erneuerbaren, funktioniert. Es gibt dieses Konzerthaus, das eine Skipiste auf dem Dach hat."

„War das nicht ein Kraftwerk?"

„Kann auch sein. Aber Kultur, Wirtschaft, Natur und Erholung geht in Dänemark alles zusammen. Auf engem Raum und gerecht."

Ich überlegte, wie die Landschaft da aussah. Wogende Kornfelder dachte ich mir und Viehhaltungswiesen und Küsten. Es würde reichen, um Schafe zu halten und einen Schäfer aus seinem Feierabend in die Tröstlichkeit hinaustreten zu lassen. Warum also nicht. Man könnte bescheiden sein, bis einem eines Tages „Glück" zufiel.

„…und politisch stabil", hörte ich Marti fortfahren, „im letzten großen Krieg haben sie schon einmal Flüchtlinge aus Deutschland aufgenommen. Brandt ist nach Dänemark geflüchtet und Brecht. Von da aus sind sie weiter nach Norden, aber Dänemark war ihr rettender Anker."

„Ich liebe Schafswolle", Dudine blätterte gedankenverloren in einem Öko-Lifestylekatalog, den wir frei Haus bekamen, weil Felia eine Regenjacke bestellt hatte. Ich spürte Ungeduld. Und wusste, es war der Zeitpunkt das Thema zu wechseln, aber vorher: meinen Punkt zu machen, wenn ich wollte, dass das zu was führte. Daher erhob ich mich, stemmte höchst feierlich mein Glas wie ein Kristallschwert empor und brachte einen Toast aus, dass auch Dudine noch einmal aus ihrer neuerlichen Langeweile auftaute: „Auf Dänemark! Für eine bessere Welt in Dänemark! Lasst uns alle nach Dänemark gehen!"

Ich erntete Wohlwollen für meine Theatralik, inhaltlich aber mildes Lächeln.

„Na, da warten wir erst mal", wiegelte Marti ab, „ich komme gerade erst aus den Staaten. Dänemark wäre da schon ein Abstieg."

„Selbst Kopenhagen?"

„Selbst Kopenhagen. Ich weiß, ja-ja, eine Stadt von Welt und mega fortschrittlich. Hauptstadt des Einundzwanzigsten Jahrhunderts. Aber gegen Berlin? No way! Nicht sehr spannend." Dudine stopfte bei dem Zauberwort Berlin Chips in den Mund und goss mit Sekt nach, verschluckte sich fast, und nickte noch dabei. Marti fuhr fort: „Sicher, wenn man hier in Mittelstadt dünstet, sorry Oltmann! Aber wisst ihr übrigens, was man unter Juden sich zu Weihnachten wünscht?"

„Nächstes Jahr in Jerusalähm?", wusste Erti. Dudine nickte fortdauernd.

„Richtig! Und ratet, wo ich am 15. Dezember hinfliege?", Marti breitete die Arme aus wie ein alter Fernseh-Showmaster.

„Naäein, spitzäh!", und wir andern stimmten mit ein. Glückwunsch, Marti.

„Danke, danke, euch allen. Colin, ich schätze deine Anteilnahme an meiner Fremdheit und ich finde deinen messianischen Anflug inspirierend. Und ich weiß, Berlin wird kein Spaziergang. Ob ich mich da heimisch fühlen kann, weiß ich mittlerweile nicht mehr. Oder zumindest noch nicht. Aber ich glaube, dieses Problem löst Dänemark für mich nicht. Bei aller Liebe, wie sie dieser schöne Abend in mir auslöst." Jetzt machten die Mädels und Erti Hundeaugen und -laute. „Wenn ich jedoch als Jude irgendwo bedingungslos zu Hause bin und mich auftanke für meine aufregende Zeit in Berlin, dann in Israel!"

Felia suchte nach finnischem Tango, weil alles so schön traurig war und Erti wollte Klezmer hören und Dudine stand, schon gut angeschäkert, neben mir, der ich mich nach meinem Toast gar nicht wieder gesetzt hatte, auf ihrem Stuhl, bereit zu allem zu tanzen; und dann war mit einem Mal Marti am schnellsten mit irgendwas aus der Neuen Deutschen Welle, All-Time-Party-Krams. Aber von da aus war es nicht weit nach Finnland und gleich daneben lag das Schtetl, bevor, ach ja – wie gesagt, alles ganz traurig, aber auch rührselig. Und so schwoften und schunkelten wir alle Arm in Arm.

„Oltmann, so gibt das nichts. Wenn ich dir sage, du sollst die Viechlein füttern, dann verlass ich mich darauf."

„Aber du hast selber gesoffen."

„Na und? Abgemacht ist abgemacht!" Wo er Recht hatte... Ich war dran gewesen, hatte es vergessen und die Tiere blökten allzu leidvoll, nachdem ich mit mega Kater nach der Demo eben nicht meinen schäferlichen Pflichten genügt hatte. Scheiße. Kaum dass man sich einen Augenblick vergnügt. „Aber was sag ich. Ich sehe, du hast ein schlechtes Gewissen. Willst du weiter mitmachen?"

Ich nickte stumm.

„Waas? Ich hör nichts?" Er war schon drüber weg, hatte mir verziehen, aber wollte meine Treue.

„Ja-ha."

„Na also, mehr will ich gar nicht hören." Und wir gingen wieder zu den praktischen Fragen des Alltags über. Auf dem Weg zu den Schafswiesen, im Bulli, hatte ich Ando von der Demo, unserer feuchtmelancholischen Zusammenkunft und den Dänemarkhuldigungen erzählt. Wie auch von meiner Idee auszuwandern geschwiegen. Alles hatte er mit einem leicht hochgezogenen, kaum merklich lächelnden Mundwinkel quittiert und, erst auf Nachfrage, als elitäre Hirngespinste abgetan. Nichts konnte er einem Klimaschutzgedanken abgewinnen, der nicht Normalos wie ihn ansprach, das gemeine Volk befragte und etwa beantwortete, wie er künftig zu den Tieren ins Feld kommen sollte, wenn der alte Diesel-Bulli, den er liebgewonnen hatte, nicht mehr fahren dürfte.

„Die grünen Eliten machen uns das Leben schwer. Die beschließen Lösungen für ihre Städte, wo die Professoren wohnen und für den Rest – da gibt es nur Vorgaben und über die soll dann jemand andres nachdenken! Und wo bleiben wir? Sei nicht so naiv, Mann!"

„Aber in Dänemark geht es."

„Ach was, Dänemark. Sternhagelvoll seid ihr gewesen. Du hast die Schafe vergessen, mein Freund." Damit war alles gesagt.

Das Jahr ging glimpflich zu Ende. Erti sahen wir nach jener denkwürdigen durchzechten Nacht nicht wieder, aber ich nahm mir vor, beizeiten nach ihm zu schauen. Er war ein lieber Kerl, den wir alle mochten.

Marti verließ unsere WG erst am Montag – auch er litt nächsten Tags einen Kater vor dem Herrn – in Richtung Berlin, sich eine Wohnung zu suchen. Die nächsten Wochen schmiss er uns zu mit Befindlichkeitsanzeigen und Meldungen, welches Schnäppchen er beim Trödel erstanden, wie die Möbel- und Accessoire-Einkäufe verliefen, Fotos von U-Bahn-Stationen, welche hippen Geschäfte in seiner Nachbarschaft lägen – alles Sozialmedien-Gedöns gehypt. Wollte ich das wissen? Nein. Aber die Mädels deckten mir den Frühstückstisch verlässlich allmorgendlich, das Smartphone neben dem Käsebrot, mit solchen Überflüssigkeiten. Praktischerweise musste ich Marti daher in Berlin nicht besuchen. Ich kannte seinen gesamten Hausstand schon von Instagram. Auch die Eckkneipen und Schallplattenläden, mit den Liebhaberstücken, die er dann doch nicht gekauft hatte. Wozu ein Weltenbummler übrigens in Zeiten von Spotify LPs benötigte, die dann immer irgendwo zwischeneingelagert werden mussten, wird mir ein Rätsel bleiben, aber das nur am Rande.

Aus Tel Aviv und Jerusalem erreichten uns dann zunächst vergleichbare Wasserstandsmeldungen. Familienmitglieder, die Familienmitglieder abholten, zur Begrüßung umarmten, anderen Familienmitgliedern vorstellten und gemeinsam zu Freunden fuhren, deren Freunden sie vorgestellt wurden. Mindestens eine Namensliste hätte der interessierte Betrachter gebraucht. Alle hießen ähnlich und sahen ähnlich aus. Wen interessierte das? Offenbar viele. Denn alle Mitteilungen wurden begleitet von der üblichen einhelligen Wand aus Likes, Herzchen, Däumchen,

Gratulationen und Jauchzern, die alles, was Marti anfasste, zu einem Amalgam aus Glück und Erfolg schmelzen ließ.

Dann jedoch sprengte eine Nachricht dieses Kontinuum auf. Und dies war das erste Mal, dass mir eine Dialoglinie in diesem Medium überhaupt der Rede wert erschien.

Marti kommentierte eine Ananas, die er anlässlich einer Einladung zum Brunch kaufte und fotografierte. Er tat dies mit den Worten „At a local Palestine Market. Support Justice! BDS rules!", wobei unklar blieb, woher dieses Stück Obst wirklich kam, ob er dies im augenzwinkernden Scherz postete oder überzeugt von der Aktion gegen die Ungerechtigkeit des israelischen Regimes über die Palästinenser. Das wollte aber offensichtlich auch niemand so genau wissen. Oder sie wussten alle nicht, wie man das durch wohlmeinende Nachfrage hätte aufklären können. Der Faden unvoreingenommener Zustimmung jedenfalls riss prompt ab. Einzelne, vielleicht Unwissende, liketen noch den Post, aber die Zahl seiner Follower sank schlagartig, von einem Moment auf den anderen Morgen, an dem Felia und Dudine in unserer Küche das Geschehen kommentierten wie einen Rosenmontagszug.

„BDS steht für Boykott, Desinvestition und Sanktionen", las Felia aus dem Internet vor. „Einfach gesagt, handelt es sich um eine Kampagne, die den Staat Israel isolieren will, solange er arabisches Land völkerrechtswidrig besetzt hält."

„Es ist wieder sooo typisch!", erregte sich Dudine, „du musst absolut für eine Sache sein oder dagegen!"

„Wie beim Klimawandel", warf ich fachfremd ein. War aber nicht lustig. Blicke straften den Dummen. Ich versuchte ein mildes und ausgewogenes Urteil anzubieten: „Das Heikle an diesen drei Buchstaben ist ja, dass sie sowohl den Freiheitskampf der Palästinenser gegen illegale israelische Siedlungen als auch den Kampf Israels um seine Existenz symbolisieren – je nachdem, von wo man…"

„Oltmann, deine Dialektik ist so was von vorgestern, echt! Marti hat verdammt recht! Und er darf es sagen, denn er ist Jude."

„Na ja, offensichtlich darf er nicht."

„Es werden mittlerweile weltweit Personen des öffentlichen Lebens auf eine unkritische Haltung zu Israel durchleuchtet. Jede Kritik an Israel wird als antisemitisch gebrandmarkt. Eine Hexenjagd ist das! Das ist es! Hardliner, die die Welt in Freund und Feind teilen."

„Aber mal ehrlich", bemühte sich nun Felia selbst einen Grauton zwischen die Fronten zu pinseln, „ich weiß nicht, wie ich den Staat Israel isolieren kann, *ohne* seine Existenz zu gefährden. Selbst wenn ich es nicht antisemitisch meine…"

„Eben, dann muss es seine Politik ändern, und das wollen sie nicht! Sie haben Angst."

Ich ächzte. Empfindliches Terrain. Diesen Fettnapf hätte Marti gut und gerne auslassen können. Wusste er wahrscheinlich selber. Dudine und Felia diskutierten weiter. Ich hätte an dieser Stelle mit dem Hund rausgehen mögen. Aber wir hatten keinen.

Dudine verabschiedete sich, von ihren routiniert stolzen Eltern abgeholt, keinen Tag zu früh in die Feiertage. Übrig blieben Felia und ich. Wir verbrachten die Weihnachtstage gemeinsam mit einer ehemaligen Kollegin von mir, Jimmie, die, aus der Gegend stammend und, wie wir wiederum erst durch die Hinweise eines Sozialnetzwerks wussten, über zwei Ecken auch mit Felia bekannt, weil eine Pariser Studienfreundin… und den Rest habe ich vergessen, ist auch egal. Jedenfalls feierten wir ab Feiertag Eins zu dritt. Heiligabend waren Felia und ich noch ein trautes hocheinsames Paar gewesen, aber unglaublich harmonisch, zumal uns beschert wurde: eine weiße Weihnacht!

Völlig überraschend gewandete sich die Natur vor unserem Fenster so gegen acht in neue Kleider und noch mit den süßer nie klingenden Glocken stapften wir hinaus in winterweiße Felder, direkt vor unserer Türe, hoch und weit, so nah wie nie zuvor. Wir inmitten der reinen Natur. Kein Räumfahrzeug kam nach. Eiskristalle klirrten wie Champagnergläser und Flöckchen blinkten wie Sternschnuppen. Wir bauten Schneemänner alle paar Meter und rollten Bälle zu einer jauchzenden, wundervoll sanften Schneeballsause. Grellste Schreie gepolstert im Schneebett. Landeten wir in den Böen? Froren wir? Einen Flachmann in der Jacke, wärmten wir uns immerhin aneinander, tauschten Whiskey hin und her, von Mundstück zu Mund, und ach! Soll ich sagen, es waren die schönsten Weihnachten meines Lebens? Vermutlich würden Felia und ich das so sehen. Wir schenkten uns, per Übereinkunft, nichts und waren einander doch das größte.

Mit Jimmie im Nest, Felia kannte den Namen schon, ich hielt sie noch für Beate, wurde es nicht unfeierlicher, wir harmonisierten um einander herum und machten uns einen schönen Tag. Meine Vermutung, Jimmie wäre lesbisch, die ich früher immer schon mal hatte, als sie noch Beate war, schien sich zu bestätigen, denn sie übernachtete offenbar bei Felia im Bett und ab Feiertag-Zwei-morgens stand irgendetwas zwischen uns, aber keiner sprach es aus. Gegen siebzehn Uhr kehrte Dudine in unsere Mitte zurück und strafte Jimmie mit Missachtung, wie es nur die Prinzessinnen schaffen. Jimmie wollte dann sowieso längst abgereist sein, wie wir überraschend beiläufig erfuhren. War dann im Nu verschwunden, wir bestellten Pizza und Dudine zerplapperte die Reste von Unbehagen mit dem Radio ihrer eigenen Selbstzufriedenheit. Nur Miesmacher sehen in der ruhigen Idylle den alten Atem des wieder aufziehenden Sturms. Noch herrschte Friede!

5
Gefahr für das Einhorn

Nimmt man dem Erzähler die Restprise Überraschtheit ab, wenn er sagt: Ich hatte es ja gewusst?

Ich hatte es also gewusst. Als ich Marti Löwensonnes Chat-Post las, war da dieses mulmige Gefühl. *BDS rules!* Vorhersehbar wie das Wetter, wird in Digitalien immer irgendeiner paranoid umwölkt, weil missverstanden, andere liken dann sein Leid, seine Turbulenz explodiert zum Tornado und schon ist es ein Shitstorm. Es konnte also nicht gut gehen. Aber wie will man mit lauter Scheren im Kopf leben: Das wäre ein quälend langsamer, angepasster, schweigsamer Tod. Und absurd obendrein, wenn man Recht gehabt hätte zu reden.

Marti Löwensonne war ganz Hipster, der gegen die Konvention sein eignes Ding verfolgte. Ein existenzialistischer Torero, der sich den Mut einer nonkonformen Meinung leistete, obwohl die wutschnaubenden Hörnerpaare darauf nur warteten. Wie einen *white negro*, wie ihn Norman Mailer zur Erlösung des steifen Nachkriegsamerikas entwarf, so verstehe ich Marti hier jetzt mal, einen Rebellen in eigener Sache. Möglicherweise traf manches von Mailers Diagnose heute wieder zu. Dass wir in ängstlichen Zeiten lebten, sozial übernormt. Dass unser statistik-ersticktes Nummern-Dasein unkreativ und sinnlos wäre. Dass der Hipster die sozialen Bande zerschneiden müsse, um seine Bedürfnisse zu befriedigen. Marti bewies den Mut sich zu stellen und spielte seine Karten kreativ aus. Nun ja, und schon hatte er den Salat.

Was wollte ich selber tun und sagen. Nun, der Unbescholtene, wenn er schon nicht mutig ist, muss seiner Sprache noch blind vertrauen können. Ein bisschen von alldem berichten, das kann ich hier sicherlich. Und so war ich Ur-Vertrauender, zu meiner Erleichterung, immerhin restüberrascht, wie unerbittlich die Wellen der Empörung über Marti zusammenschlugen.

Schon ein aufgebrachter Mob aus Fleisch und Blut ist quasi unkontrollierbar. Wenigstens gehorcht er den alten Gesetzen und ist so langsam wie menschlich. Ein virtueller Mob jedoch wächst uns über den Kopf, bevor du es nur ahnst. Ohne Herz und Hirn ist er über jeden Zweifel erhaben und wischt unsichtbar vorwärts auf ungezählten selbstgerechten Tentakeln. Sekundenschnell erklären sich Abertausende durch Cyberklicks betroffen, wo lokal nur Insektenflügel einen einzigen Sack Reis streiften. Sicherlich kann eine berechtigte Minderheit ihre digitale Macht in den Dienst einer guten Sache stellen. Nur wer weiß schon aus der Ferne, wann das der Fall ist. Dass Juden Opfer waren und sind, ist leider Fakt. Aber schon kehrt der Wurf der Emanzipation als Boomerang zurück. Nicht jede Mücke ist in Wahrheit ein Elefant. Wie oft stellt man zerknirscht fest: dass wir den Salat haben. Hätte man den Kopf gründlich gewaschen, wäre die Schüssel mit dem Reis nicht in den Wind gehupft, der Elefant nicht panisch aus dem Busch geflattert und der Dachdecker heile geblieben. Nein, so werden wir nicht glücklich.

Nach einigen Stunden laufender Kommentare standen auch unter Martis Post tausende anmaßender Schimpftiraden von beleidigten, rechtmeinenden Irren, während die, die die Sache für nicht so wichtig hielten, wussten, dass es den Aufwand nicht lohnte, überhaupt nur auf Like zu drücken. Vor allem, und hier ziehen die archaischen Reflexe der Hexenjagd, überlegst du dir zweimal, ob du deinen Kopf rausstreckst, wenn da schon ein Schwarm Wespen wütend kreist. Eine sich selbst verstärkende negative Dynamik.

Ich hatte es also geahnt. Und obschon Marti Löwensonne einer vergleichsweise kleinen, eher intellektuellen Schar Eingeweihter bekannt war, nicht aber eine wirkliche Berühmtheit, zog sein Fall Kreise. Da war er, der beschissene Scheiß-Sturmcharakter eines Shitstorms. Ein Wort und puff! – ein Wirbelsturm.

Zwei Magazine, eine Zeitung und das Radio, denen er vor Weihnachten Interviews geben wollte, sagten ihm ab. Ein unabhängiges Online-Format bot ihm noch Gelegenheit zu einer Richtigstellung. Da er sich aber nicht im Unrecht sah und nichts zurücknehmen wollte, ward der Sturm nicht beruhigt. Hier darf man zurecht fragen, ob Demutsgesten und opportunistische Zugeständnisse Zeichen von Charakterstärke oder auch nur hilfreich sind. Oder ob sie nicht vielmehr auch noch das Rückgrat brechen, von dem man doch auch in Zukunft noch getragen werden wollte. Oder ob sie, wie im Falle des Gefolterten, der zumindest seine Haut retten will, bittere Notwendigkeit sein dürfen. Der Strohhalm im Strudel der Selbstgerechtigkeit der

Anderen. Marti Löwensonne allerdings gab sich nicht geschlagen.

Und war es doch schon. Ein Symposium zweier Forschungsschwerpunkte im Süden Israels, die ihn für Anfang Januar als Podiumsgast eingeladen hatten und große Stücke auf ihn hielten, luden ihn nach Drohungen ultraorthodoxer Kreise wieder aus. Ein Treffen mit einem hohen Tier der Uni in Tel Aviv sagte sich ebenfalls gleichsam von selbst ab. Marti stand allein da und wusste kaum wie. Selbst die unvermeidlichen Diskussionen im Familien- und Freundeskreis, die sich nun anschlossen, bewirkten nach dem Für-oder-Wider-mich-Prinzip mehr und mehr seine Vereinzelung. So sah er seiner Rückkehr aus dem gelobten Land mit Eifer entgegen und hoffte auf Berlin.

Allein, die Stadt, die so schwer und ehrlich an ihrer bösen Geschichte trägt, konnte ihre Narben nicht juckreizfrei einer glatten Zukunft herzeigen, ohne auf den Fall Löwensonne zu reagieren. Leider haben die Entscheidungsträger hier wie dort, in Berlin ebenso wie in Tel Aviv, nicht die Eier einen Widerspruch auszuhalten. Leider haben Hexenjagden ihre eigenen Gesetze und leider sind auch die ganz gewöhnlichen Gerechten der schweigenden Mehrheit imstande, Teil einer erdrückenden gewaltigen Welle zu werden, wenn diese sich plötzlich überschlägt. Dem renommierten geisteswissenschaftlichen und anthropologischen Institut, an dem Löwensonne mit Beginn des neuen Semesters wirken sollte, wurden die Füße kalt. Man schämte sich offensichtlich nicht, dass man sich vom Mob die Personalfragen diktieren ließ und setzte Marti Löwensonne vor die

Tür, noch ehe er eingetreten war. Mit dem Judentum spaßt man in Deutschland nicht. Auch nicht die Juden.

Es klingelte mein Telefon einige Tage nach Neujahr und Marti, der matt und weichgedroschen klang, bat mich ihn am Köln-Bonner Flughafen abzuholen.

Weil sein Flug verspätet war und er hungrig, aßen wir noch bei Konrad Adenauer ein Steak mit Pommes.

„Tja, so kann's gehen."

„Ich kapier's ja noch nicht."

„So kann's halt gehen."

„Aber ich kapier's nicht."

„So isses halt."

„Aber ich kapier's nicht."

Was machte ich falsch? Oder lag es an ihm? Mir fehlte der dialogische Dreh, ihn da rauszuholen. Ich ließ es eine Weile gut sein, dann trieb mir in meinem trägen Hirn der Anker zu:

„Marti, kennst du den hier: Schmeißt ein Jude eine Handvoll Münzen in die Luft und ruft: ‚Herr, mach, dass ich gewinn die Lotterie!' Nichts geschieht. Das wiederholt er einige Wochen. Nach zwei Monaten tut sich plötzlich der Himmel auf und eine mächtige Stimme erschallt: ‚Gershon, gib mir a Chance, kauf dir a Los!'"

„Ja, ist alt", Marti schmunzelte. Fühlte er sich erkannt? Unterhalten? Gelöst? Vielleicht war mir der Humor stumpf geworden. Ratlos wischte ich mit einer Pommes im Salz. Musste ich mich vom Geist lösen, wie das Frittat von den Körnern? In Schlichtheit ergeben fragte ich:

„Was willst du jetzt tun?" Das war offenbar der richtige Knopf, denn:

„Ich habe ein Angebot von einem privaten Institut in Bad Godesberg. Die sind ehrlich interessiert. Ein bisschen unter meinem Niveau, aber ich kann es mir gerad nicht aussuchen."

„Heißt, du gehst nicht nach Berlin?"

„Nicht nach Berlin, richtig", und mit vollem Mund fuhr er fort: „Bomm. Ich komme nach Bonn. Dachte, ich könnt erst mal bei euch wohnen. Nur n paar Tage, bis ich was finde."

Klar doch. Ehrensache.

Nur dass es sich noch mehrere Wochen hinzog, während derer Marti mein Zimmer belegte und ich bei Ando unterm Dach auf einer Matratze hauste, unter zugigen Schindeln und mit Mütze und einem Heizöfchen. Klimawandel hin oder her, die Großwetterlage in diesem Januar war nordpolar eisig. Fast wäre ich zu den Schafen ins Feld raus. Wenigstens romantisch hätte ich es dann warm gehabt: ums Herz.

Erst im Februar lichtete sich alles. Da hält man Bonn für weltoffen und dann kommt ein Mann von Welt, beste Verhältnisse und vertrauenswürdig, von jedem Wohnungsbesichtigungstermin mit Absagen zurück. Weil man den Leuten nur vor den Kopf schaut, konnten wir ja nur verdächtigen, aber uns kam das nicht koscher vor. Wir waren uns einig: Vielleicht waren deutsche Vermieter heimlich judenfeindlich, immer noch oder schon wieder. Dass sie den

Fall Löwensonne recherchiert hätten, glaubte nur Dudine, von uns vieren die verschwörungsaffinste. Ich hielt das für übertrieben.

Endlich fand Marti seine neue Bleibe und ich stieg von meinem Armer-Poet-Dachboden wieder herunter. Ein Lob dem Fortschritt. In der ungesunden Heizungsluft meines Zimmers erkältete ich mich prompt und musste einige Tage krankfeiern. So konnte ich allerdings die Entwicklungen um Dudines Inhaftierung live mitverfolgen, denn ich hatte plötzlich Telefondienst.

Sie kam in den Knast und das hatte mit einer dieser Demos zu tun, bei denen Aktivisten die Grenzen des zivilen Ungehorsams ausreizten.

Im, am und um den besetzten Wald lief einfach alles aus dem Ruder. Ob die Demonstranten das so geplant hatten, weil die Überschreitung gute Bilder ergab oder die Polizei Chaoten produzieren wollte, wusste ich nicht. Es war ein sehr verregneter Dienstagabend im späten Winter, die meisten Menschen folgten den Bahnen, die ihr Alltagstrott vorgab, gedankenlos; Werktätigkeit, Familienlogistik, Lebensplanung lassen ja wenig Raum für revolutionäre Umstürze und Unfälle. Anders die Aktivisten, die für unsere Zukunft ihre Gemütlichkeit aufs Spiel setzen. Sie trotzten dem Wetter und blockierten immer irgendeinen Weg, den die Behörden der Gewohnheit umgehend freiräumen mussten. Die Demonstranten blieben beharrlich von der Richtigkeit ihres Tuns überzeugt. Die Polizei indessen erklärte sie zu Chaoten und für offiziell schuldig. Sie drangsalierte sie, kesselte sie ein, setzte sie stundenlang fest und beglückte so am Ende auch die junge Revoluzzerin Dudine mit einer Nacht Arresterfahrung.

Derweil schaute ich daheim im Bett gelangweilt fern und kurierte meinen Schnupfen. In der Küche surrte das Telefon. Felia wie immer im Wald. Also hievte ich meine kranke Existenz hoch, schleppend kam ich an den Apparat und verpatzte beinah den Anruf durch eine falsche Taste – es war das Kommissariat mit Nachricht von Dudine.

Dudine hatte mich in einem Nebensatz, während sie in ihre Boots und aus der Türe schlüpfte, darüber informiert, dass ich, ach übrigens, auf mein Telefon achtgeben sollte, falls ihr etwas zustoße. Nun also tatsächlich, ich versprach ihr einen Rechtsbeistand, für alle Fälle, verständigte ihre Eltern – beschämt und hilflos glucksten sie in die Leitung – aber immerhin rief der Papa bald darauf zurück und hatte sich an einen alten Freund und Rechtsverdreher erinnert. Auch der rief mich an. Als nächstes dann Marti, der sehr besorgt schien, dann wieder die Eltern, diesmal die Mama, die warme Kleidung bringen wollte und Kuchen und Brote – dabei war ich einfach nur krank und Dudine einfach eine Nacht in U-Haft oder so etwas in der Art, kein Grund zur Panik. Mir stand der Schweiß auf der Stirn. Als ich ihre Mutter endlich abgewimmelt hatte, die Glotze ausgeknipst, und ein Auge schon schlief, klingelte es schon wieder. Ich sah die Nummer: Was wollte Marti, der Depp?

„Hast du noch etwas gehört?"

„Nein."

„Meinst du, es geht ihr gut?"

„Woher soll ich das wissen." Schweigen.

„Na ja, ich dachte. Du bist halt der Telefonmann, nicht wahr?"

„So sieht's aus." Pause. „Du Marti, sei nicht böse, aber für heute ist's gut. Ich bin krank, ne?"

„Klar. Sorry. Erhol dich." Ich legte auf.

Allein an Martis neuer Nähe zu mir und unserer WG konnte es nicht liegen. Ich mochte ihn, aber kannte ihn von damals. Das war nicht seine Art. Er stand nicht in emotionaler Verbindung zu seinem Umfeld, schwebte eigentlich immer über den Dingen. Diese seltsame Involviertheit war eine Öffnung. Sie hieß entweder, dass er sich verliebt und Dudine sein Herz erweicht hätte. Daran glaubte ich nicht. Auch in meinem Exil in der Poetenmansarde wäre mir diese WG-Neuigkeit zu Ohren gekommen. Felia lebte zur Hälfte im Wald, aber sie hatte ein feines Sensorium und hätte es mir sofort gesteckt. Oder aber das Einhorn hatte von der letzten Hetzjagd eine Schramme davongetragen und musste gepflegt werden. Dies hielt ich für wahrscheinlicher. Vielleicht wurde es für das seltene Ding hierzulande zu gefährlich. Der Zauberwald in Gefahr. Wusste nicht Felia von intakten Wäldern in Dänemark? Sollte ich dem Freund ehrlicherweise doch raten auszuwandern? Ich schlief ein und träumte fieberhaft in explosiven Schlieren, verfolgt von Freund und Feind. Nur manchmal kamen saftige Wiesen, aber wer war es, der da durchs Gras schlich?

6
Von zarten Knospen und fiesen Knüppeln

„Lässest du dich auch mal wieder sähen! Hallo Schaatz",
und Bussi rechts und Bussi links. Ich ging wirklich nicht oft
zum Friseur, noch nie. Irgendwann wurde der Kopf zu einem formlosen Garten, den man entjäten musste, aber ganz
gewiss benötigte ich keinen wöchentlichen Barbiertermin
mit ausrasiertem Nacken.

„Einmal Strähnchen probierän? Was hältst du davon",
während er mir die Mähne kämmte, „du zeigst Ansätze von
grau."

„Wie jeder, der ein Wolf werden will oder Gorilla."

„Ha ha, du Hänfling von einem Gorilla. Du würdest mir
so was von keine Aangst machen. Wolf ist auch gut. Ich
sehe da eher so ein Schafsgrau. Heidschnucken-meliert! Ha
ha!"

„Sehr witzig."

„Mach dir nichts draus. Ich find ja, wir Männer müssen
nicht alle bedrohlich sein, oder? Wen will man denn schon
bedrohen?"

„Wenn jemand das Revier angreift, muss man sich ver-
teidigen."

„Hoho! Schau her. Du hast ein Revier? Verrätst du mir,
wo das ist?"

„Haben Heidschnuckenmänner nicht Hörner? Vermutlich sind das keine Zierhörner."

„Mag sein. Aber sie brauchen trotzdem einen Hoond
und einen Schähfer gegen den Wolf."

„Deshalb tut mir ein bisschen wolfsgrau gut, findest du nicht? Unter Wölfen...“

„Der Mensch ist des Menschen Wolf, heißt es nicht so?“

„Hobbes.“

„Wie bitte?“

„Hobbes. Das Zitat ist von Thomas Hobbes, ein Philosoph.“

„Siehst du, das wisst ihr Schäfer besser. Ihr sitzt da in eurer beschaulichen Einöde und lest die Klassiker und Philosophen. Wir Friseure haben dafür weder Zeit noch Geld. Ich muss für diesen Laden hier eine Miete zahlen, Liebelein!“

„Arme Socke.“

„Aber mal im Ernst: Das ist doch witzig, dass sich Männer immer mit so einer Tieremblematik aufladen, oder?“

„Ist auch nur natürlich. Buntes Gefieder halt. Sonst ginge vielleicht auch niemand zum Friseur. Die Wolle runterscheren könnte ich mittlerweile selbst.“

„Na und du kommst, um ein bisschen zu traatschen, oder? Tatata: Handabknick, schwule Poose, Wimpernklickärn sage ich.“ Und tat es. Ich schenkte ihm einen Kussmund und wir lachten. „Erzähl, was gibt's Neues?“

Ich gab die Story von Dudine im Knast zum Besten, wie sie reingekommen war, wie der Kumpel vom Papa sie mit vorabendserienreifem Auftritt rausgeholt hat und wie sie in einer Mischung aus Zerknirschtheit, Enttäuschung und Triumph sich im Unterhöschen in der Küche zu Bonnie Tyler und Blondie eine Privatdisco gönnte, der festen

Überzeugung, ich wäre bei der Arbeit. Und wie sie mich nach dem ersten Schreck zum Dank zwei Tage lang mit Tee gepäppelt hat, dass ich wieder gesund wurde.

„Ach gooldig! Klingt als gäht's euch gut."

„Du sagst es", über mir machte es derweil schnipp-schnapp, „und jetzt ist sie schon wieder auf dem nächsten Aktivismus-High, weil sie mit Online-Initiativen die Geschwindigkeit auf Autobahnen…"

„Nein!"

„Doch doch…"

„Jetzt wart mal – euch hab ich das zu verdanken?" Irritierend flink nahm ein Doppel-Stilett aus Kamm und Schere meine Nasenspitze ins Visier, Ertis Augenbrauen verengten sich, er holte Luft und plusterte seine eigene tierische Drohgebärde zurecht. Dann legte mein Friseur los.

„Seit achtunddreißig Jahren tue ich keiner Menschenseele was zu Leide. Ich bin ein gesetzestreuer Staatsbürger, habe keine Laster, trinke nicht, na sagen wir nicht übermäßig, rauche nicht, schon gar nicht in Gegenwart von Kindern; ich liebe alle Mitmenschen, habe nie jemanden geprügelt, nie Frauen belästigt – und Männer auch nicht – das einzige, was ich mir gönne, das ist mein Sportwagen. Und weißt du was? Ich halte mich an die Geschwindigkeitsbegrenzungen! Jaa-haa! Ich habe keinen einzigen Punkt in Flensburg, keiner kann mir was! Mein Wagen ist noch nicht mal besonders laut, keine Auspuffklappe. Ich habe einen Spoiler hinten, ich habe breitere Reifen, aber ich halte mich an die Regeln, die gelten. So ein Laaangweilär bin ich! Ich hole das, was in meinem Baby steckt, nur da raus, wo ich darf, A 555

Köln-Bonn, A 43 Recklinghausen-Münster. Baby, da klebst du in den Sitzen, nur lange dauern tuts nicht, denn mein Baby ist schnääll. Richtig schnäll, weißt du?" Er leckte sich die Lippen und schwang die Hüften.

„Und jetzt soll ich den Tacho bei 250 kappen, einfach so?" Ich zuckte zusammen, denn sein Skalpell zischte durch die Luft. „Verzeihung, alles noch dran? Ha ha. Und das habt ihr mir beschert?"

„Na ja, ich war's nicht. Dudine..:"

„Aber du findst es gut, das höre ich doch an deiner Stimmäh?"

„Ja, schon. Das Klima…"

„Das Kliimah! Der liebe Erti muss jetzt für das Klima auch mal zurückstecken! Ich darf keine Kinder haben, weil ich schwul bin, als Türke soll ich mich integrieren, als Friseur brav meine Steuern zahlen, während die Beamten alles in den Arsch – entschuldige bitte, ich gönn's ihnen, wirklich, ha ha! – und jetzt darf ich bald nicht mal mehr mein Baby fahren, richtig aaausfahren, meine ich?" Ich wollte antworten, da kam noch mehr: „Ich kaann's nicht glauben!" Er ließ seine Werkzeuge sinken und starrte mich im Spiegel an, völlig entgeistert. Von der Rolle. „Es tut mir leid, ich weiß nicht, wo ich war", er blickte auf meine Haare. „Hatte ich diese Seite schon? Da vielleicht noch die Fransen? Sorry."

Kein Problem. Hartes Schicksal. Das sah ich ein.

„Weißt du, jehdär darf sich sein Laster suchen. Fleisch darf man essen, Lämmchen schlachten, Urlaubsflüge gibt es wer-weiß-wohin, was mir völlig schleierhaft ist. Aber die Autofahrer, die müssen jetzt mal bluten, oder was?"

Was sollte ich sagen? Ja Erti, wäre die ehrliche Antwort gewesen. Und alle andern trifft es auch noch, keine Sorge. Aber das war mir zu mies. Ich war dann auch fertig, und weil er mir so leidtat und ich der letzte Kunde vor Feierabend war, lud ich ihn zu einem Bier ein. Er schloss sofort zu und fegte nicht mal.

Wir gingen nicht weit, zu einer Pinte gleich die Straße runter, Opa Heinz' Pilsfässchen. Setzten uns an einen Stehtisch am Fenster und versuchten durch die Butzenscheiben zu stieren, nicht möglich. Wenige Gäste, aber die garantiert Stammkunden. Das Pilsken prompt perfekt. Herrlich. Aber Erti war geknickt.

„Kopf hoch. Vielleicht gibt es ja Ausnahmeregelungen, Feiertage aufm Nürburgring oder sowas."

„Ach ja. Da müssen dann wieder spezielle Genehmigungen und Prüfstellen und Formulare und weiß der Geier... soll ich dir was sagen? Diese ganze bürokratische Kacke könnten wir uns doch sparen. Man müsste nur mal alles vereinfachen."

Wie recht ich ihm geben wollte. Im Grunde wollten wir alle das gleiche. Zurück zur Natur!

„Und sonst?" Ich wollte das Thema wechseln, er guckte verdattert und reagierte verzögert.

„Na ja, als Schwuler in Mittelstadt hast du kein aufregendes Leben. Kann ich dir sagen. Die Szene ist überschaubar. Zumal wenn du wie ich eigentlich ein prima

Musterleben willst, aber nicht darfst und außerdem immer auch mit der Wirtschaftlichkeit deines Tuns kämpfen musst."

„Warst du immer Friseur?"

„Eigentlich schon. Hab mal ein Abendgymnasium besucht. Hatte mir in den Kopf gesetzt, dass ich was studieren könnte. Soziologie wollte ich schaffen. Und dann bin ich zu so ein paar Veranstaltungen hin – damals ging das, sich reinsetzen und zuhören – also ich da rein, ein paar Mal – und hab ziemlich schnell gemerkt: Das war nix für mich!" Er lachte. „Und da hab ich auch die Lust aufs Abi wieder verloren. Das war einfach nicht meine Welt. So viele, die schlau daherreden. Ich fand das einfach nicht wichtig. Da hab ich geschmissen und wieder voll den Friseur gemacht. Vor ein paar Jahren hat der Betrieb dann dicht gemacht, besser gesagt, der alte Chef ist gestorben. Da wurde überlegt, wer den Laden übernimmt. Aber dann kam die Mieterhöhung. Da haben wir aufgegeben. Weil klar war, dass das in Köln nicht besser wird, hab ich den Schnitt gemacht und bin raus. Hier nach Mittelstadt. Prost! Freut mich, dich kennengelernt zu haben!" Ich ging mit. Heinz auch und stellte uns gleich zwei neue hin.

„Ja und die Liebe, das lief alles ganz erfreulich, als ich in Köln war. Aber wenn du Unternehmer bist und in der Provinz, dann bleibt nicht so viel Zeit für die glamourösen Eskapaden, die dich als junger Mensch an der Stadt reizen. Und dieses Gefühl von Heimat und Ankommen, das man danach verwirklichen könnte, mit Kindern und so weiter – *die* Revolution sollte deine Mitbewohnerin mal starten."

„Ich vermute, das kommt noch. Wenn das Klima gerettet ist." Ich hätte sagen können, dass ich's auch für objektiv
weniger dringlich hielt, aber gut.

„Es wird dauährn. Denn deine Dudine wird heiraten
und Kinder kriegen oder, wenn sie lesbisch ist, sich in Holland welche machen lassen, halblegal. Aber wir schwulen
Jungs, wir haben das Nachsehen. Wer hilft uns? Prost." Er
leerte das Glas in einem beeindruckenden Zug. Ohne zu
rülpsen. Es roch nach Manieren. Vielleicht war das sein
Problem.

„Und du, mein Liebär?"

Ich sagte, ich hielte mich für zufrieden und bescheiden.
Das wunderte ihn. Ich berichtete vom Abenteuern in der
Natur, trug vielleicht auch ein klein wenig zu dick auf, dass
es ihn ein bisschen neidisch machte, und fand schließlich
die sittliche Klimax in meiner Beziehung zu Felia.

„Sie ist deine Mitbewohnerin. Und das funktionieährt?"

„Wir haben nichts miteinander."

„Platonisch?"

„Vielleicht. Ich habe noch nicht darüber nachgedacht.
Wir haben es nie thematisiert."

„Aber ihr habt Weihnachten gefeiert zusammen? Will
sie dänn?"

„Ich weiß es nicht."

„Was soll das heißen, du weißt es nicht? Willst du sie
dänn?" Ich wollte antworten, da fiel er mir ins Wort: „Sag
nicht, du weißt es nicht!"

„Ich weiß es nicht."

„Mein Gooott, nicht zu fassän! Wenn du sie liebst, musst du sie nehmän! Nutze den Tag, erfasse die Chance, lass sie nicht vorbeigehen. Du bist doch kein dummer Jungä."

So ging das noch eine Weile weiter. Dabei hatte ich Felias Avancen, die sie mir um Karneval gemacht hatte, nicht mal erwähnt. Warum sparte ich das aus? Jeder Friseur war ein soziales Netzwerk eigener Art oder doch dessen Spinne.

Felia hatte mich auf eine Karnevalsparty mitnehmen wollen. Aber ich konnte mich gerade noch rausziehen. Karneval war mir zu bunt und zuwider, hatte ich beschlossen, und sagte ihr, ich müsste Schafe hüten und füttern. Genau das tat ich dann auch, setzte mich an den dollsten Tagen in den Viehunterstand und lachte mir ins Fäustchen, dass ich mit nichts zu tun hätte. Ließ mich von den Dingern kuscheln und mir zutraulich die Wangen lecken, schnitzte eine Flöte für Ando, machte ein Feuerchen, las ein Buch und versuchte mich an Gedichten. Felia schrieb mir zwischendurch Textnachrichten aufs Handy, ich gab vage Antworten und hielt die Flamme am Flackern, aber mehr nicht. Glücklich war ich in dieser Genügsamkeit. Nichts davon hätte Erti verstanden.

Dann kamen Heinz' Gaben Nummer drei und vier; oder schon vier und fünf? Es perlte ordentlich und wir waren lang nicht fertig.

„Was macht der jüdische Doktoor?"

„Marti Löwensonne?"

„Genau der."

„Er hat ja die Wohnung in Bonn. Aber die Stelle bei dem Institut, wo er arbeitet, ist zu klein, um die Miete, die er für seine Bude latzen muss, zu zahlen. Deshalb hat er angefangen an einer Privatschule zu arbeiten."

„Hat er auch darin Erfahrung?"

„Sammelt er gerade."

„Gott, der kann alläs, der Mann. Sogar Friseur, wette ich."

„Oder Postbote. Sicher."

„Mein Gott."

„Jedenfalls arbeitet er wie ein Hund, *Eight Days a Week*. Da ist er Perfektionist. Aber es kränkt ihn, als Lehrer zu jobben. Vor kurzem durfte er sich noch als kommenden Stern am Theoriehimmel fühlen. Er verwindet es so leidlich."

„Das will ich wohl glauben. Ist auch eine Sauerei."

„Aber im Augenblick nicht zu ändern. Vor allem spürt er die Knüppel zwischen den Beinen auch ganz real, wenn er auf die Straße geht."

„Was meinst du?"

„Irgendwelche Dummköpfe haben spitzgekriegt, wer er ist."

„Schüler?"

„Keine Ahnung. Er weiß es nicht. Aber sie haben Hakenkreuze an seine Hauswand geschmiert und Halbmonde."

„Verfluchte Schweine."

„Ja. Und das ist noch nicht alles. Neulich ein Zettel in seinem Briefkasten: „Nächstes Jahr in Jerusalem."

„Scheiße. Das ist der Satz, über den er so glücklich war, letztes Jahr im Herbst."

„Genau. Jetzt ist alles anders."

„Oh Gott. Können wir ihm helfen?"

„Die Mädels und ich haben ihn zum Bowlen eingeladen. Übernächsten Freitag, kannst gerne mitkommen. Komm mit, Erti!" Er schlug ein. Abends im Bett: Karussell im Kopf.

7
Bowling für Löwensonne

Meine Finger schmerzten. Gerade lief Dudine an und die Kugel bumste wie aus Gummi aufs Parkett, hüpfte in Kurven – und stieß dann bis auf einen alle Kegel um. Können war etwas anderes, aber ihr Elan räumte uns ab. Damit lag sie in Führung. Sie jauchzte, riss die Arme hoch, hüpfte, dass die Brüste wippten, drehte mit ausgebreiteten Armen eine Flugrunde und tänzelte zu unserer Sitzrunde zurück, wie fürs Bilderbuch. Marti beklatschte die Darstellerin.

Dudine versprühte Esprit, Felia hingegen lief wie eine Puppe. Ihre Stimme, die ohnehin kaum Höhen und Tiefen kannte, sickerte durch die Gespräche wie Regen. Ihr Körper spielte Bowling, aber ich erinnere mich an keinen sportlichen Beitrag zum Spiel, weil ihr alles so emotionslos geschah. Ihr Anlauf, fast im Gehen, dann mit körperlicher Wucht ein paar Punkte heimholen, immer in unserem Mittelfeld, und schließlich ohne Regung in Miene und Stimme unser Gespräch wieder aufnehmen. Zwar musste sie immer jemand erinnern und auffordern: Du bist dran – was schon wieder? Auch der Alkohol trug vermutlich seinen Teil bei. Wie ein Uhrwerk lief sie durch den Abend.

Die Schuhe, die man mir ausgehändigt hatte, waren eine Nummer zu klein und drückten, stanken nach Schweiß und Desinfektion und waren vom vorletzten Jahr, blass rosa und fast durchgescheuert. In einer träumerischen Betrachtung versunken hatte ich die Finger in der Rückholspur gelassen. Ein klassischer Fehler und doch war so doof sonst niemand. Ich musste in einer Zeitlupe steckengeblieben sein. Jetzt bewegte ich meine Hand und massierte. Hatte aber noch Glück, alles heile, kein Volltreffer.

Und dann Marti. Dudines Führung währte nicht lang. Mit kühler Brillanz wusste der Mann von Welt natürlich auch auf diesem Parkett, welche Finte man schlagen müsste, um sich noch in der nächsten Runde an die Spitze zu setzen. Welche Manöver, Mooves oder weiß der Geier, wie das hieß, man spielen wollte. Es krachte und alle Pins, die er wollte, lagen am Boden, und das wiederholt.

Auch Marti beherrschte die gängigen Posen, garniert mit dem Einfallsreichtum des geübten Kreativen. Wir bejubelten ihn – und da darf ich mich einrechnen, denn wir machten den Abend ja für Marti, um seine Seele zu streicheln. Die Mädels waren aber augenscheinlich tatsächlich ganz betört von seinem weltläufigen Charme. Oder ich verstehe die weibliche Verstellungskunst immer noch nicht.

Ich schaute periodisch auf die Uhr. Ein Bowlingabend verläuft ja in erwartbaren Bahnen. Zweimal ging ich aufs Klo, kam zurück und fand nichts verändert.

Dann aber kam alles anders.

Zurück von der Toilette bemerkte ich ein Schlingern. Das war wohl ich selbst, weil viele Biere. Außerdem war die Halle in heller Aufregung. Und mit der Verzögerung des Alkoholisierten erschloss ich mir in einem Folgeschritt diese Einsicht: Das Zentrum des Tumults war unsere Bahn.

Es brüllten Männer in langen Gewändern aggressiv durcheinander, in teils fremder Sprache, es kreischte Dudine, ein verwickeltes Handgemenge, eine flinke Rangelei, fliegende Arme, Hauen und Stoßen, jemand zu Boden und Beine in der Luft. Dudine griff zum Sirenenschrei, die Männer, allesamt Käppchen auf dem Haupt und zirselige Bärtchen am Kinn, verstummten für Sekunden, schämten sich kurz dieses Registers, das ihnen zu weiblich war, und schubsten im nächsten Moment jemanden zu Boden. Ich hatte einen deftigen Schlag gehört. Dann kam ein großer, breiter Nichtbärtiger ohne Nachthemd mit Baseballkappe und T-Shirt von einer Nachbarbahn und ging dazwischen, es klatschte und knallte, dann kam noch einer, Karohemd, der kriegte von einem Bartträger im Nachthemd mit der Faust auf die Nase und fiel sofort um. Eine Kugel, die jemand zweckentfremdete, rollte mir vor die Füße, ich erschrak, wollte zur Seite hüpfen, fiel aber auch um. Im Fallen, Vorwärtskriechen und fast schon bei dem Aufruhr angelangt, sah ich Felia, die mit einem Besenstiel einem der Nachthemden auf den Rücken drosch. Ich wollte aufstehen und ihr zur Rettung eilen – hier war Gefahr im Verzug – aber mir winkte ein weißer Kegel und traf mich an der Schläfe. Dann weiß ich nichts mehr.

Erregte, aber gedimmte Stimmen. Hosenbeine. Köpfe, besorgte Mienen. Der Sturm schien sich gelegt zu haben. Ungefähr gleichzeitig bewegte ich Nacken, Arm und Augenlider. Das Bild stellte sich scharf, drehte sich und mein Kopf sackte zurück. Alle Glieder regten sich, aber dem Uhrwerk fehlte ein Rädchen. Jemand testete meine Schaltstellen mit den Fingern.

„Der Puls ist da, aber schwach."

Ich sagte etwas.

„Er ist aber auch einfach sehr betrunken."

„Und er hat einen Kegel an die Birne gekriegt."

Wieder wollte ich an einem Gespräch teilnehmen. Ich war mir nicht sicher, mit wem. Ich war nicht ganz sicher, ob es dieses war. Die anderen offenbar auch nicht.

„Was sagt er?"

„Ich glaube, er ist wirklich ziemlich dicht."

Jemand hatte Blut, ein Pflaster im Gesicht und nahm meine Hand. Ich glaube: Dudine.

Gegen Mittag war das Pflaster verschwunden. Eine Schramme. Sie kreuzte meinen Weg, als ich das Bad verließ.

„Bist du's?"

„Bin ich wer?", fragte Dudine stutzig zurück.

„Dudine."

„Bist du in Ordnung?" Als wär ich von einem andern Stern.

„Ich weiß nicht. Glaub schon. Du hattest ein Pflaster. Da." Ich zeigte auf ihr Gesicht. Sie schüttelte den Kopf. „Doch. Hast du nicht meinen Puls gefühlt? Gestern."

„Nein." Noch immer inkompatible Wirklichkeiten. Ich musste angestrengt überlegen.

„Wir waren bowlen. Es gab ne Schlägerei. Und dann...", weiter konnte ich nicht kombinieren.

„Du hast irgendwann nichts mehr mitgekriegt, oder?"

Ich sah vermutlich nicht intelligenter aus als ein Hütehund. Er bedurfte der Führung und folgte ihr treuherzig in die Küche, wo ich mich auf einen Stuhl sinken ließ. Am

Leben und mental wiederhergestellt waren zweierlei. Ich zitterte. Sie gab mir Wasser. Ich lechzte.

„Du hast gesoffen, als kämst du aus der Wüste. Wirklich. Wir waren alle nicht schlecht. Aber deine Frequenz war irgendwann einfach doppelt! Ich meine: *doppelt*, verstehst du? Während wir eins hatten, hast du zwei getrunken. Und dann warst du so dicht und auf einmal verschwunden, ziemlich lange. Du wurdest auch immer schlechter beim Bowlen."

„War ich vorher gut?"

„Nein, das nicht. Aber irgendwann ging's nur noch in die Gosse." Sie schüttelte den Kopf und streichelte mir übers Haar.

„Und die Nachthemden?"

„Ja. Also." Nun baute man vor mir die Auflösung auf. Ich harrte gespannt. Da kam Felia rein.

„Wie geht's ihm?", fragte sie.

„Es geht. Er hat Erinnerungslücken." Das konnte man wohl sagen.

„Er hat ganz schön was abgekriegt." Stimmte.

„Sind die Pupillen okay? Hat er sich übergeben?" Ich nickte betreten. Es war mir unangenehm, aber die Geräusche der Nacht ließen sich nicht leugnen. Immerhin hatte ich es vor dem Taxi hinbekommen. Und ins Klo.

„Nicht du! Idiot!"

„Wie? Doch."

„Nein."

„Was?"

„Nein!"

„Na doch."

„Nein."

„Wieso? Na klar. Meinst du etwa, ich wär stolz drauf?"

Dudine und Felia schauten sich unverständig an, zuckten die Schultern, hoben die Arme, ließen sie fallen, verdrehten die Augen – das ganze Programm.

„Ich habe einen amtlichen Kater. Etwa nicht?" Wer war denn hier wohl beschränkt?

„Und ob. Davon reden wir aber nicht", seufzte Dudine, „es geht um Marti."

Ach ja, richtig. Was war mit Marti, war er hier? Dunkel erinnerte ich mich, dass er im Taxi gewesen war. Mein Kopf nickte.

„Ahh! Es kommt die Erinnerung", grinste Felia und jetzt, endlich, durfte ich mich ins Bild setzen lassen. Ich bemerkte, dass ein Topf Pellkartoffeln auf dem Tisch stand. Dudine rührte im Quark.

„Die Nachthemden. Ich wollt's ihm gerade erklären."

Als der Bowlingabend fortgeschritten war, ich mich in den Dilettantismus ergeben hatte und eher mit Pinkeln denn Trinken befasst war, konnten auch die Mädels nur mehr torkeln und lallen, aber nicht mehr dem Paroli bieten, der uns vormachte, wie man anspruchsvoll zu kegeln verstand: Marti Löwensonne.

Marti inszenierte vor unseren Augen eine Show, ja eine Gala des Sports. Bei mir an der falschen Adresse, war ich doch nicht empfänglich für derlei Sperenzchen, bewegte er die Mädels zu Begeisterungsstürmen. Wimpern klimperten und Küsschen flogen.

Man jauchzte und jubelte und es waren Felia und Dudine, die anfingen jüdische Ausrufe zu zelebrieren. Sie feierten ihren Galan. Lauter unsinniges, klischeehaftes Zeugs jubilierten sie heraus, „Masseltov!" und „Havanagila!" – nur so zum Spaß und Marti stimmte mit ein. Sie hakten sich unter und tanzten im Kreis, wenn er wieder einen Coup gelandet, alle Neune erwischt oder eine Finte demonstriert hatte. Und dazu konnte Marti im Eifer seines Triumphs auch tatsächlich ein ganzes jiddisches Liedchen singen, vergaß alle Demütigungen des letzten Jahres und sie klatschten und prosteten sich zu – bis, ja bis sie der bösen Blicke aus der Tiefe der Halle gewahr wurden.

Es waren unsere übernächsten Nachbarn. Nebenan rollten ein paar nette, große Jungs die Kugel. Wonnige, runde Typen in Jeans, Hoodies, Karos und Baseballcaps. Die lachten und hätten wohl irgendwann miteingestimmt, wären da nicht die Nachthemden eine Bahn weiter unten gewesen.

Dort, hinter den netten Jungs, waren zwei Bahnen von jungen, verhuschten Männern belegt, die spaßbefreit und andächtig ihre Bahnen belegten, Punkte sammelten und Runde um Runde verstörter wirkten. Alle trugen Strickhäubchen auf dem Schopf, außer einem Rotschopf alle dunkel und ausnahmslos mit Ziegenbärten geschmückt. Spannenlange Fohlen und nudeldicke Pummel, und alle im Nachthemd, unter dem braune Stinkestrümpfe hervorlugten. Muslime nicht nur, sondern Salafisten. Das wurde klar, als irgendwann ihre Geduld erschöpft und das Maß des Propheten voll war.

Sie riefen erboste Parolen, lobten Allah, verfluchten die Juden, so, meinte jedenfalls Felia, habe Marti es ihnen erklärt, der sofort verstand, was geschah.

„Warum bowlen Salafisten?"

„Hybride Kriegsführung. Zuschlagen, wo der Teufel Wellness sucht."

„Mmh, na gut." Ich war nicht sicher, ob ‚Teufel' eine muslimische Erfindung war oder nicht eher was Christliches, wollte aber für den Moment lieber nicht stören.

Marti war es auch, der versuchte, zu retten, was zu retten war, und Dudine und Felia um Mäßigung bat. Aber weder waren die Salafisten einzuhegen noch Dudine, die lauthals jubelte und ihren Hintern in Richtung der Meute schwenkte, während sie ein letztes Mal „Havanagilaa!" krakeelte. Es war zu spät, der Teufel aus der Kiste.

Die Nachthemden formierten sich zu einem planvollen Mob, der Rothaarige schien der Anführer zu sein. Aber es spielte keine Rolle, alle schienen sie ihr Ziel zu kennen: den Juden zu erledigen und dem jiddischen Frohsinn ein Ende zu machen.

Es flogen Kegel und Fäuste, diesen Teil der Abläufe habe ich selbst erlebt. Dann, da war ich schon im Limbo, ging Marti zu Boden, mit knüppelnder Wut getroffen, lag benommen ramponiert unter nachtretenden Stinkesocken und wurde nur durch das Eingreifen der netten Jungs von der Nebenbahn vor schlimmeren Macken bewahrt. Eine Gehirnerschütterung blieb aber zu befürchten.

„Und die Polizei?"

„Kam erst, als alles schon vorbei war."

„Sie haben Marti kalkuliert vermöbelt, und als die Typen neben uns eingriffen, professionell eingespielt das Weite gesucht. Die waren weg, bevor du Chomeini sagen konntest."

„Ich?"

„Oltmann, halt den Mund."

„Laut geflucht haben sie, wüste Gesten gerade auch gegen Dudine und mich…"

„… und dann waren sie einfach weg. Schlag-Ar-Tig! Einer von den andern Jungs meinte, er hat sie wegrauschen sehen wie ein Überfallkommando, in ihren Karren."

„Und Anzeige…?"

„Ja klar, haben wir. Mal sehen, was da kommt. Vielleicht ist einer aktenkundig."

„Das Walross?"

„Oltmann, halt den Mund."

„War ein Witz. – Und Marti?"

„Liegt in meinem Bett. Schläft noch, der ärmste."

Der ärmste. Da wäre die Psyche des Prinzchen doch wieder gesalbt. Erst beim Bowling triumphiert, dann im tragischen Kampf heldenhaft unterlegen und von der Edeldame gesund gepflegt. Aber das würde ich ihr nicht sagen.

„Oltmann, du bist ein offenes Buch! Der Mann hat eine Gehirnerschütterung. Zumindest müssen wir damit rechnen. Er schläft und schläft. Wie ein Stein! Da ist nichts gelaufen!"

„Auch wenn sie gern würde…" – Na also, Felia teilte meine Deutung.

„Du Schlange!", spielte Dudine nun auf, lachte aber zugleich schon einmütig mit Felia. Sie wussten es beide. Welche Dreierromanze hatten die Salafisten da verhindert.

Dabei hatte ich mir das alles ganz anders gedacht.

Wir wären bowlen gegangen. Ich konnte mich an einen Abend erinnern, an dem ich, seinerzeit mit Fürze und irgendwelchen christlichen jungen Männern aus seinem Wohnheim, Partie um Partie gewonnen hatte, abgeräumt wie ein König. Ich der Kegelkönig. Warum der gestrige Abend so anders verlaufen musste, war mir vollkommen schleierhaft.

Ich wollte Marti helfen, vielleicht wäre er durch unsere freundschaftliche Milde wieder entknittert worden, hätte Fuß gefasst im Rheinland – und gleichzeitig dankbar in mir seinen Helfer erkannt. Der gute Deutsche, der zu ihm hält. Stattdessen schäkert er mit den beiden Damen, der Zierde meines Abends, und düpiert eine ganze Halle voller Anfänger. Denn sicher, mit Ruhm bekleckert hatte ich mich wirklich nicht. Dass aber die netten Provinzler erst ihn retten mussten, bestätigt mich nur in meinem Eindruck: Der Weltbürger unterschätzte die Welt und überschätzte sich selbst. Die Zeit des Überfliegers Löwensonne war um und es hätte sich besser alles in meinen Plan gefügt.

So hatte ich nämlich auch mit den Damen anderes vor. Dudine, schwebte mir vor, wollte ich eigentlich einmal Ando Udoban vorstellen. Wo sie doch schon so von den Schäfchen und allem beeindruckt war. Auch Ando war Junggeselle. Er träumte von einem Leben in den Wiesen, von und mit der Natur. Dudines Augen glänzten, wenn ich ihr davon erzählte. Dass er Dänemark albern fand, behielt er für sich. Wenn Ando sich als Landmann perfektionierte, bräuchte er eine gute Bäuerin und Dudine und er würden ein glückliches Paar.

Ich selbst hätte mir Felia vorstellen können. Als was genau, war mir noch nicht klar. Aber ich hatte ein Gefühl, dass da was gehen könnte. Es gab diese Momente, in denen ich glaubte, seicht sirrende Stromschläge in der Luft zu registrieren, wie Wellen, nano-alpha-delta, sowas. Schwingungen des Zwischenmenschlichen, Lieder aus elfischen Sphären, ätherischste Zuneigung, Hauchsendungen der Liebe. Da wollte ich einfach mal zugreifen. Nun ja, es war anders gekommen. Jetzt hatte ich den Kater.

Es rumpelte. Felia schrak hoch, aber Dudine war schneller und schon bei der Türe, als der Herr in seiner Unterwäsche im Türrahmen des Krankenzimmers erschien. Ich sah ihn vom Küchentisch aus, er hing in den Seilen, aber nicht so wie ich.

„Du bist in Sicherheit. Im Hause Elrons", witzelte ich. Man lachte. Froh über jede Priese Frohsinn war ich ihnen die Brücke ins seichte Wasser des neuen Tages, nach den stürmischen Wogen nächtlicher Kämpfe. Dudine und Felia standen im Flur wie bestellt und nicht abgeholt, als Marti Löwensonne ins Bad geschlüpft war.

Jetzt ist er im Bad.

Ob es eine Gehirnerschütterung ist?

Da betätigt er die Klospülung! Schscht, leise.

Der Wasserhahn.

Hast du ihm ein Handtuch gegeben?

145

Bald wird er rauskommen.

„Wann gibt es denn Mittagessen?" Zugegeben, ein etwas profaner Einfall von mir. Aber mein Magen war sehr leer.

„Oltmann!"

„Gedulde dich!"

Da kam er wirklich heraus und sah genauso aus wie immer.

Es war wohl keine Gehirnerschütterung, dem Himmel sei's gedankt, und er zog noch am selben Nachmittag ab, nicht ohne das Versprechen, wiederzukommen, bald, recht bald, Küsschen, Kontaktetausch, Nummern, Netzwerke, in denen auch Dudine rumgeisterte. Nochmal Küsschen, ciao, und nochmal Küsschen, und dann aber, jetzt aber:

„Ciao!"

Schafe füttern vergaß ich diesmal nicht und war erleichtert, dass alles wieder beim Alten war. Auch Marti würde so schnell nicht zurückkehren. Ich kannte ihn. Er hatte ein paar aufs Maul gekriegt und würde diesen Kampfplatz meiden. Dass ich der Bote einer noch ganz anderen, unerwarteten Wende sein würde, sah ich nicht vorher.

8

Wo das Glück zu finden ist

Die Woche drauf: Wie er dann doch wiederkam, ging's mir besser. Nun waren wir, gottlob, beide wieder ganz die Alten, schien mir. Ein Abend mit hausgemachtem Börek, Hummus und so weiter in unserer Küche. Armenischer Wein! Alle hatten wir uns ins Zeug gelegt. Selbst Erti und Ando hatte ich gewinnen können. Die ganze Familie beisammen. Alle Schrammen verheilt. Nur leuchtete durch Martis helle Miene auch ein dunkles Licht, das mir ansagte: Wir sind mit dem Thema noch nicht durch, Oltmann.

„Was ist dir, Marti?", horchte ich in diesen sinistren Flackerschein hinein, als wir uns zugeprostet hatten.

„Wir sind mit dem Thema noch nicht durch, Oltmann." Na bitte.

„Die Salafisten? Das Bowling?"

„Genau. Bowling mit Taliban. Nobody-fucks-with-the-Jesus. Die Typen sind zu irre, um Ruhe geben zu können. Für die ist das kein Spiel, für die ist das ein Endkampf, auf Leben und Tod. Wie wir dort getanzt haben und gelacht, das hat sie in ihren Grundfesten erschüttert, komplett infrage gestellt. Ich meine: Auch wenn es keine Gehirnerschütterung war – wär es doch eine gewesen!"

Meinte er das dramatisch, theoretisch?

„Sei doch froh!", jauchzte Dudine bei Fuß und streichelte seine Hand.

„Ach klar doch. Aber es wäre wenigstens ein harter Grund, zerknirscht zu sein. Und in einer Woche vorbei. Aber so: Mir schwant etwas, das ich nicht fassen kann."

„Was genau meinst du?", wollte Erti wissen, den wir zwar ins Bild gesetzt hatten über besagten Abend, der aber Recht hatte: Auch ich verstand es nicht.

„Wie gesagt: Auch ich verstehe es nicht. Ich selbst nicht!"

„Eine Bedrohung?", fragte Ando.

„Ja, ich glaube, die Bedrohung ist real. Ich werde euch etwas erzählen", er rückte sich bedeutungsvoll in Szene, „erst diese Woche hatte ich zwei grenzwertige Begegnungen. Als ich am Montag von meinem Arzt kam, den ich wegen der Gehirnerschütterung zur Sicherheit befragen wollte, fand ich eine gelbe Armbinde in meinem Briefkasten."

Ando hatte Lücken: „Ich verstehe nicht ganz –"

„Die Armbinde, die die Juden im Dritten Reich seit den Nürnberger Gesetzen 1935 tragen mussten. Zur Erkennung, systematische Stigmatisierung. Im Übrigen", wandte er sich beiläufig an Erti, „gab's das ja auch für Homosexuelle, nur war da die Farbe eine andere."

„Und für Unangepasste! Hoch leben die Unangepassten!", skandierte Dudine.

„Jedenfalls hatte ich diese gelbe Binde in meiner Post – und nichts weiter. Das ist Mobbing von der finstersten Sorte. Mir ist das Herz bis in die Knie gesackt, als ich sie in der Hand hielt, diesen Stoff fühlte. Es war kein Original, einer hatte sich die Mühe gemacht sie zu nähen. So macht man jemanden mürbe, der gehen soll."

Wir saßen betreten und wussten nichts zu sagen. Regungslos. Auf dem Tisch brannte die gemütliche Kerze und flackerte sanft.

„Das zweite, was mir diese Woche passiert ist: Ich kam von der Schule, ein guter Tag, es war der Mittwoch. Ich war ganz erfüllt, hatte guten Unterricht gezeigt, mir Mühe gegeben. Die Schüler zufrieden – das hat nichts zu tun mit dem, was kommt. Ich meine die Schüler trifft überhaupt keine Schuld, sie haben nichts damit zu tun. Ich fühle mich an der Schule wohl, alle halten auch zu mir, würde ich denken. Aber da seht ihr's: schon allein dieser Konjunktiv!"

Fragezeichen in unser aller Augen.

„Ich komme also aus der Schule und gehe zur U-Bahn hinunter. Drei muslimische Jugendliche, Rotzbengel nur, nichts Gefährliches, niedliche Hiphopper, wie sie nach links und rechts rotzend und mit Billo-Goldkettchen überall vorkommen, in einer Jackentasche kratzt leis ein Rap als tickernder Soundtrack. Dieses hopsende Pubertätstripple kommt mir entgegen. Und Absicht oder nicht, einer rotzt und der Rotz landet auf meinem Schuh. Sein Freund raunzt ihn noch an: ‚Pass doch auf, Alter-du-Hurensohn!' Da sagt der: ‚Ach, Scheißjude!' Und sie lachen alle drei. Ich dreh mich kurz um, blicke sie fassungslos an, nichts an mir deutete darauf hin, ich trage ja keine Kippa, nichts. Nichts! Sie kichern und jetzt können sie schlecht zurück, wollen das Gesicht nicht verlieren, und deshalb ruft auch der dritte: ‚Jüdischer Hurensohn!' Ihr Lachen wird zu einem

Auslachen in Formation. Jetzt soll er doch mal kommen der Jude, wir sind schon länger hier, sind hier zu Hause.

Ich drehe mich langsam, wende mich ab, die Stufen hinunter. Da rufen sie hinter mir her: ‚Jude! Scheißjude! Verpiss dich!‘ Und dann: ‚Wir wissen, wo du wohnst!‘" Da macht Marti eine Pause.

Keiner sagt etwas.

„Wir wissen, wo du wohnst. Da konnte ich nicht mehr gehen. Nicht mehr denken. Ich hätte heulen wollen. An Ort und Stelle flennen. Und verschwinden. Einfach weg sein, wo es gut ist."

„Meinst du, sie waren es? Mit der Armbinde?", fragte Felia.

„Nein, ich glaube nicht. Nicht ihr Stil."

„Ich glaube auch", meinte Ando, „die meinten dich auch nicht persönlich. Oder kanntest du die?"

„Nein. Nie gesehn."

„Ich meine, das macht's nicht besser, versteh mich nicht falsch."

„Ich versteh schon. Ich gebe dir recht. Und trotzdem: Einerseits kannten sie mich nicht, es war eine zufällige Begegnung. Andererseits aber: Wenn jeder Dahergelaufene mich zufällig beschimpfen darf, weil er's mir zufällig an der Nasenspitze ansieht und mir antisemitisch kommt – wo bin ich denn dann bitte, hallo?!"

„Weil er sich erschrohcken haat und er sein Gleichgewicht suucht und wie praaktisch: Ich muss nicht um Verzeihung bitten, denn es ist ja der Sündenbock. – Ich fühle soo mit dir, Juhde, cheers!" Vielleicht löste das etwas in

Marti. Er atmete sichtbar auf, stieß an, trank sein Glas in einem Zug leer. Erti konnte so glaubwürdig mitleiden, als schwuler Sündenbock, dass man nicht mal über die Ehrlichkeit humanistischer Gesinnung und langer Klischeevokale nachzudenken brauchte. Wir alle aber tranken auf Martis Gesundheit.

„Was wirst du tun?", erbrach ich das Andächtigkeitssiegel als erster. Und die Stille, die aufplatzte, verriet mir, dass niemand, auch Marti selbst, diese Frage ernsthaft erwogen hatte. Auch ich selbst hatte sie nicht planvoll angesteuert. Niemand hatte diesen Moment der Wahrheit kommen sehen.

„Ja. … Ja. … Keine Ahnung. … Ich schätze, wenn Leute, die mich kennen, mich verscheuchen wollen, kann ich kämpfen. Kann bleiben und mich beweisen. Sie eines Besseren belehren und, wo sie sich strafbar machen, den Rechtsstaat in Anspruch nehmen. Nach Dienstag könnte ich das tun."

„Vielleicht war es der Mann der Putzfrau deines Vermieters. Und du erwischst ihn das nächste Mal und zeigst ihn an. Peng!", schlug Ando vor.

„Ganz genau. Aber Ando, so ist es nicht. Nicht nach der Sache vom Mittwoch. Denn das war größer. Groß und unheimlich. Groß und unheimlich und gestaltlos. Und wenn diese Kultur um sich greift, die da durch diesen U-Bahn-Schacht aus der Tiefe mich anwehte, dann bin ich verloren."

„Dann sind wir alle verloren", ahnte Felia.

„Wir alle, ja, aber ich zuerst", beharrte Marti. „Es ist schön zu wissen, dass ihr mit mir seid, da wird mir ganz wohlig. Aber den Juden trifft es wieder zuerst." Ich schaute ihn an und er wich meinem Blick nicht aus.

„Und was du mich fragst, Colin, kann ich dann nur so beantworten, du spürst es schon: Dann muss ich weg. Der Jude muss weg. Dann *will* ich weg sein. Aus Deutschland."

„Und wohin?", fragte Dudine, die seine Schulter streichelte.

„Ich weiß es nicht." Stille. Kerzenschein. Leere Gläser. „Ich weiß es nicht."

„Wir haben doch neulich über Dänemark gesprochen", goss Dudine nach, Ideen in die Runde, Wein in die Gläser. Flasche leer, plopp, neue auf, Felia übernahm.

„Ernsthaft, meinst du das, Marti? Meinst du, du könntest auswandern? Ich meine, sieh mich an, ich bin Finnin, ich bin auch ausgewandert."

„Du hast Wald zu Hause, oben im Norden. Du bist nur auf Besuch, im Praktikum, du wirst eines Tages zurückgehen in deine Wälder und dort glücklich leben, wie einst", hielt Marti ihr entgegen, „ich bin schon immer heimatlos gewesen, wenn ich's recht bedenke." Er schaute in so etwas wie Leere. Bodenlose Melancholie jetzt.

„Das ist kein Witz, Marti, ich spinne nicht", nun ließ ich nicht mehr los, „hast du mal über Dänemark nachgedacht?"

Ando verdrehte die Augen. „Oltmann, ich habe dir schon mal gesagt: Du bist naiv."

„Und ich sage euch: Ihr seid es! Es ist doch exakt die Lösung zu unserem Problem. Marti, gerade hast du gesagt, du willst weg, und weg heißt auswandern."

„Das ist wohl so."

„Und erinnerst du dich? Du wolltest nicht in die USA, nach Frankreich willst du auch nicht…"

„Schlimmer noch als Deutschland. Mindestens so viele ungebildete…"

„Eben! Israel hast du probiert und es ist grandios danebengegangen…"

„Grandios. Ganz richtig."

„Da bleibt –?"

„Dänemark."

„Dänemark! Genau. Nicht?"

Nicken. Ganz viel Nicken. Alle außer Ando nickten, als wenn ein inneres gemeinsames Lied die Köpfchen bewegte oder die gemeinsame Fahrt auf einer holprigen Piste.

„Wisst ihr, was ich rechärchiert habe? Ich habe einen Kollähgen in Aarhuus, der hat da ein kleines Studiou, einen kleinen Salon. Er sagt, Dänemark soll gaanz doll liberaal sein. Keine Islamisten und die Chauvinisten nicht der Rede wert, und wenn, dann zivilisiert, aber insgesamt nicht so schlimm und so provinziäll wie hierzulande."

„Sag ich doch! Genau so hab ich das in Erinnerung von damals, wenn wir auf Bornholm waren! Ein ganz schnuckeliges, sympathisches Land!"

„Ebähn. Und was ich sagen will: Marti, vielleicht schließ ich mich dir einfach an, wenn's räächt ist."

„Und was ist mit meinen Haaren? Wer schneidet mir die Haare?", wollte ich wissen.

„Du bist eine soo unkomplizierte Hete, Colin. Und außerdem so ein Süßär, du wirst da was finden."

„Wie wär's", Dudine strahlte und umarmte in ihrer stürmischen Art zugleich Marti und Ando, die beide neben ihr saßen, „wie wär's, wenn wir alle gehen? Auf nach Dänemark!"

Marti wusste gar nicht, wie ihm geschah, so viele neue Gefährten, und das ihm, dem genialen Einzelgänger. So viel Herzensliebe an den Hacken, er war unsicher gerührt.

Ich schaute Ando an. Er stand fest auf... nun ja, der Scholle. „Meine Meinung kennst du, Oltmann. Ich halte nichts von solchen Plänen. Das sind Hirngespinste. Auch Dänemark ist nur von dieser Welt und die Welt, die ich hier um mich habe, die Eifel, meine Schafe, die liebe ich."

„Heißt du bleibst?", Marti.

„Klar bleibe ich."

Ich nickte.

„Und du Colin?" Gute Frage. Farbe bekennen? Immerhin war es meine Idee. Wobei, andererseits...

„Immerhin war es deine Idäh", röhrte Erti sanft und streichelte die Tischplatte. In meinem Kopf drehten sich Zahnräder, aber griffen nicht ineinander. Und in diesen endlosen Sekunden, da sie mich alle anstarrten, erkannte ich, wie ich alle Chancen einer neuen Welt mit Füßen treten – und bleiben würde.

„Oltmann, hallo, träumst du?", hallten Fragen durch das Hauptschiff meines Denkens. Ja, vielleicht. Ich driftete. Ich war hier zum Schafhirten geworden. Abseitig genug und nicht mehr auf der Suche.

„Herr Oltmann", winkte Marti vor meinem Gesicht, „einer zu Hause?"

„Wollen wir alle gehen?", fragte vorsichtig Felia, und durch die Schlieren meiner schon einsetzenden inneren Eremitage spürte ich, wie es ihr etwas bedeuten könnte, käme ich mit.

„Klar gehen wir alle!", knallte Dudine heraus, „Oltmann!"

Noch einmal zählte ich im Geiste bis drei, oder vier. Dann war es sicher: „Nein."

Alle schauten sich an, stöhnten um die Wette. Marti gluckste lachend. Nur Ando hob die Schultern: Seht ihr? Haben doch das Glück längst gefunden.

In Felias Wonnekuchengesicht, in dem eben noch sich die anstehende Mitsommernacht angekündigt hatte, der nie mehr enden wollende Tag, erkaltete und überfrohr die Freude wie mit einem Schlag.

„Boah, Oltmann", Dudine beschloss noch einmal in mich zu dringen. „Gib dir einen Ruck! Wir sind dann alle weg, weißt du oder? Du kannst hier nicht wohnen bleiben. Meinst du, meine Eltern halten die Bude nur für dich? Irgendwo muss ich auch in Dänemark leben. Und billig ist das vermutlich nicht." Was sie nicht sagt.

„Was du nicht sagst." Das war Ando. Er grinste. Aber auch Dudine hatte nicht Unrecht. Das schöne Leben, das wir hier gerade mit einander genossen, wäre vorbei.

„Aber was ist in Dänemark? Wir wissen noch nicht, was wir dort finden. Und wenn ich ehrlich bin: Ich habe hier etwas zu verlieren." Und ich wusste nicht, wo ich hinschauen sollte. Wollte. Zu Ando, zu Felia, zu Erti – eigentlich wollte ich genau das, was wir hier hatten. In diesem Augenblick. „Und unser Hirtenleben: Auch die gelebte Landlust entsteht nicht einfach wieder aufs Neue."

„Zumal die Schafe und ich hier bleiben."

„Zumal Ando und die Schafe auch hier bleiben", ich blickte in lauter angestrengt enttäuschte Gesichter, die sich ernsthaft bemühten mich zu verstehen, „und deshalb kann ich glaub ich nicht gehen. Ich will hier nicht weg."

„Aber wieso", wollte Felia, desillusionierter Blick ins Leere, wissen, „hast du das dann vorgeschlagen."

„Weil es eine schöne Idee ist. Nur eben nicht für mich. Momentan."

Dudine schüttelte den Kopf. „Oltmann, du bist ein Kauz. Das sagst du alles jetzt. Dann bist du echt ein Schwätzer. Du hast einfach Angst vor der eigenen Courage. Wir werden dich noch ein wenig anschieben in den nächsten Tagen, dann überlegst du dir das", endete sie an Felia gerichtet und nahm ihr Glas. Marti und Erti reagierten sofort und überpinselten den traurigen Dissens lautstark:

„Auf Dänemark!"

„Auf Dänemark!", stimmten alle ein. Alle, sogar Ando war so frei – nur ich nicht. Beklommen hob ich das Glas. Hatte das Gefühl in einem Feld aus Scherben zu stehen. Die feierlichen Augen, die einander suchten und gerade Felia auffingen, schlossen mich aus, denn in mir war kein

Blick sicher, fiel hinab ins Haltlose. Vor allem Felia, so schien mir, hatte sich in meiner Idee gemeinsam nach Dänemark zu gehen ein Geländer zurück in die Kindheit gebaut.

„Moment mal, zur Sicherheit – ihr seid schon ziemlich verrückt", Marti kamen Zweifel, „das heißt, bis auf Colin wollt ihr jetzt alle, ich meine: auch du, Felia…?"

„Wenigstens ist Dänemark ein bisschen näher an Finnland", gestaltete sie einen sinnvollen Aussagesatz, nicht überschwänglicher als die Finnen es für gewöhnlich tun.

„Ein klares Ja! Süße, lass dich umarmen!" Aber Felia und Dudine saßen auf unterschiedlichen Seiten des Tisches. So stieß man halt erneut an, auf Dänemark!

Nachtrag: Marti war weg, nach Bonn in sein Leben zurück und kehrte nicht mehr wieder. Das gedankenlose Glück des Alltags in Erwartung einer lichten Zukunft. Nur durch Dudine, die mit ihm textete und flirtete, erfuhr ich in leicht abnehmender Frequenz, wie gut es ihm jetzt gehe. Blendend! Fabelhafte Erfolge! Er sei beeindruckend schnell in die Spur zurück. Und schließlich: Ja, tatsächlich seine Auswanderung vor Augen!

Dass er zu uns in die WG nicht mehr kam – nun, die niederträchtigen Erlebnisse auch in Bonn, wiewohl sie sich jederzeit wiederholen könnten, schreckten ihn, den freien Radikalen, wohl nicht so sehr wie das Übermaß an sozialer Wärme, wie er sie mit den Mädels unserer WG ertragen musste.

Ich durfte es hingegen und fühlte mich darin wohl. Es war jeden neuen Tag wie ein letztes Mal. Womöglich war es diese nun uns allen bewusste Begrenztheit des Glücks. Sie ließ uns noch einmal zusammenrücken. Dass wir uns für entgegengesetzte Richtungen entschieden, und damit gegen einander, hielten wir uns nicht vor. Auch versuchte keine der beiden, mich etwa noch einmal umzustimmen. Die Schere, die das Tuch zwischen uns zertrennt hatte, lag einfach auf dem Tisch, zur ständigen Erinnerung, und niemand rührte sie an. Sie war ein Mitbewohner Nummer vier geworden. Wir ignorierten sie beharrlich und umso intensiver, je näher die Zukunft rückte. Vielleicht weil wir die Zeit, die uns blieb, auskosten wollten.

Der Frühling knospte. Die neuen Pläne sprossen.

Ertogrul Lamprecht plante ernsthaft sein dänisches Exil. Sondierte Immobilien und Sprachkurse sowie Verkaufsoptionen für seinen Laden hier in Mittelstadt, von denen er mir bei einer kleinen Bartscheererei und einem Tee berichtete. Auch er ging über meinen Entschluss zu bleiben hinweg.

Und immer hütete ich mit Ando die Schafe. Ging ins Feld, kehrte wieder, ging ins Feld, kehrte heim in die WG und was beglückte mich mehr? Nichts.

Außer vielleicht Felia. Die Wege, die wir tagtäglich nahmen, wenn wir daheim waren, kuschelten auf einander zu. Ich glaubte zu bemerken, wie wir um einander herum schnurrten, wie Fellknäueltiere, die sich beschnuppern.

Zu Ostern war Dudine zu ihren Eltern gefahren. Felia und ich lümmelten am Ostersonntag schon den dritten Tag endlos in den Sofakissen – wenn man von meinen gelegentlichen echten Schäferstündchen einmal absieht – und schauten uns irgendeinen uralten, endlosen Bibelschinken im Nachmittags-TV an. Da waren ihr Mund mit einem Male so nah an meinem und unsere Hände unter die Wäsche des anderen geraten und wir übereinander hergefallen – wie magnetisch berechenbar die Lebewesen sich manchmal benehmen.

Es war eine wilde Liebe. Zwei Tage lang. Dann waren wir ein bisschen verschämt, weil Dudine wieder da war. Sie merkte nichts, weil Felia kaum etwas so gut konnte, wie Gefühle zu verstecken und Dudine mir nichts so wenig zutraute wie Action. Außerdem passierten in ihrem Leben vor allem Ereignisse, die sie selbst betrafen. Die Action aber sollte bald vor allem mich heimsuchen.

9

Fluch und Segen in Wald und Leben

Es lagen die Hirten, nämlich Ando und ich, im Felde und um sie die Lämmer. Das Feld – in alten bukolischen Dichtungen bilden Olivenhaine die Szenerie, ein sogenannter Hutewald. Zwischen einzelnen Bäumen bleibt so viel Platz, dass auf niedrigen Bewuchs genug Sonnenlicht fällt. Weidetiere hält man zwischen den größeren Pflanzen. Schatten spendet der Hain mit seinen vereinzelten Bäumen und so können Mensch und Tier unter den Kronen ruhen und grasen.

Moderne Felder sind quadratisch, mit fahrzeugbreiten Öffnungen im Stacheldraht, dass die Landmaschinen rein können. Alle Ecken und Zipfel des Feldes zugänglich, sofern die Hanglage es irgend erlaubt. Felsklüfte, Steinhaufen, größeres Gebüsch oder Sumpfsenken waren früher. Deutsche Fluren sind mit dem ausgehenden zwanzigsten, und auch noch im etablierten einundzwanzigsten Jahrhundert bereinigt. Ertrag auch dem Kleinbauern möglich, vom landwirtschaftlich industriellen Komplex, wie er die endlosen Flächen der Ebenen bespielt, ganz zu schweigen. Auch solch klagende Töne sind so alt wie die Bukolik selbst.

Mir als Laien – so wenig wie Ando, der da vermutlich nicht drüber nachdachte – wird seinerzeit nicht bewusst gewesen sein, ob wir uns auf einem Feld oder in einem Waldstück befanden. So ad hoc hätte ich auf eine Schwelle getippt, Baum und Gras gaben sich die Hand. Wir hatten die Herde umgezogen, waren mit den Tieren zwei Tage langsam gewandert und lagerten nun auf einer Kuppe im Hürtgenwald. Tief und dunkel war er in großen Teilen, ein Heer aus Fichten gegen die jenseitige Welt, mannstarke Buchen als Saum und Rückgrat und knorrige Eichen in den Knoten. Dazwischen gewiss eine Vielzahl anderer Gewächse, aber diese drei vorherrschenden geben ein gutes Bild seines Charakters. Man konnte sich unvorsichtigerweise so sehr darin verirren, dass die Nächte, vor deren Anbruch man nicht wieder herausgefunden haben würde, Sagenwesen vor dem inneren Auge heraufbeschwören mussten. Geräuschreich, so hatte uns ein Eigentümer, dessen Randparzelle wir durch Pachterlaubnis beweiden durften, mit Zauber in der Stimme wissen lassen, melde sich im Dunkel die ganze Ahnengalerie der deutschen Mythen in seinem Wald. Käuze, Uhus, Bussarde und Eichelhäher, Hirsche, Sauen, Katzenartige und gar Wölfe riefen ihre Losungen in die Nacht, dass der Wald einem Dschungel in seiner Unheimlichkeit in nichts nachstehen müsste. Drachen erstanden auf, Hexen hockten an Feuerstellen im tiefen Tann und Männlein hutzelten in den Wurzeln.

Der Hürtgenwald war wilder und, der Forstwirtschaft wegen, undurchdringlicher als das Szenario der antiken Hirtendichtungen. Vermutlich war die lichte, mediterrane Landschaft Griechenlands oder Kleinasiens, die die alten Lyriker besangen, einst grüner, saftiger, aber auch etwas waldreicher als heutzutage. Allerdings griffen auch die Oden, wie sie die Literaten der Römer anstimmten, schon höher als in die Wirklichkeit Arkadiens. Arkadien war ideale Natur mit idealer Belebung, musizierende Poeten mit sanftmütigen, pflegeleichten Fellknäueln. Arkadien bedeutete keine Götterdämmerung und keine Drachentötung, keine Rattenplage, keinen Stierkampf, keine Killerbienen. Die erträumte Gegend auf dem griechischen Peloponnes lag schon damals in einer Öde, die das urbane römische Auge entweder nicht kannte oder übersah. Auch die Griechen kannten als Seefahrervolk schon den ökonomischen Nutzen von Holz. Liebliches Blattwerk weckte bukolische Sehnsüchte, aber Holz konnte schwimmen. Die moderne Nachhaltigkeit haben Vergil und Theokrit ebenso wenig erfunden wie den Realismus.

Eigentlich bauen alle Schäfchenerzähler, damals wie heute, auf den Resultaten einer Welt auf, die sie beklagen. Arkadien war eine menschgemachte Kulturlandschaft, genauso wie der Wald, in dem Ando und ich hockten. Ohne Holzeinschlag, Jagd und Viehhaltung gab und gäbe es die viel besungene liebliche Harmonie aus Wiesen, Eichen- und Olivenhainen nicht. Ohne die Holznot nach dem radikalen Raubbau, wie er auch Deutschland bis ins achtzehnte Jahrhundert rasiert hatte, hätte wiederum niemand den tiefen, schwarzen Forst besingen können. Einzig Tacitus, der den Römern vom urtümlichen germanischen Wald erzählte, hätte ihn kennen können, wäre er in Germanien gewesen, was er nie war. Als Fichtenmonokultur darf man sich so ein Gebüsch aber auch nicht vorstellen.

Ich, Hirtenpoet Oltmann, lagerte also, lag rücklings auf dem weichen Waldboden und mir schwindelte, wie ich so in die Wipfel schaute, wie sie droben schwankten. Hier war bunter Mischwald, ich erkannte Fichten, Tannen, Buchen,

Eichen, Ahorn und Lärchen. Es duftete beruhigend nach Harzen, Erde, Kräutern, Moosen und Moder. Ando, der Kundige, hatte mir viele Wörter ins Gedächtnis und, um ehrlich zu sein: durchs Gedächtnis hindurch gesagt, von Pflanzen, die wir hier unter den Bäumen im kühlen Grunde schätzen durften. Nur die wenigsten erinnere ich: Lerchensporn, Duftveilchen, Feuerkraut. Aber es waren noch mehr, auch wenn es alles in allem vor allem grün und teppichartig wuchs. Lag man eine Weile stille, kamen auch die Tiere hervor. Meisen erkannte ich, Spechte, Eichhörnchen, Spinnen, Schnecken, Tausendfüßler, Käfer und Schmetterlinge. Alle kamen sie zu mir, ich musste sie nicht jagen, und bliesen in meinen Geist, so leicht, so freundlich und porentief hinein, dass mir jedes Wesen ein Hauch von etwas Göttlichem schien. Dafür muss man bereit sein; einhalten, eingedenken ohne etwas Bestimmtes im Sinn, seine Zielstrebigkeit verfaulen lassen, ja: faul werden. Das heißt, ich versenkte mich in den unsagbar langsamen Gang der Schnecke wie in das Tacke-Tacke-Tack des Spechts und wunderte mich über ihre Eigenart. Wenn zu einem Zwecke, so tat ich es höchstens, damit ich mich wunderte. Und genoss das zerfließende Gefühl, darin zu zergehen, sich selbst aufzulösen, auch im Flattern der Meise, im Farbentragen des Schmetterlings, im Nachempfinden der Balance des Eichhörnchens. Endlose Momente reihte ich dergestalt, gestaltlos, und nicht neugestaltend, sondern lediglich mich verlierend aneinander und löste so die Zeit auf, und schließlich mich selbst. Mein Puls sackte ab, meine Glieder wurden schwer und lasteten in Moos, Nadeln und Laub. Läge

163

einer länger so, würden die Käfer kommen, die Fliegen, die ihre Eier ablegen, die Mikroben, vielleicht würden Füchse an ihm nagen und Raben und die Wildschweine, nachdem auch der Wolf seinen Teil ergiert hätte, seine sterblichen Überreste untergraben mit ihren stoßenden Schnauzen. Ameisen würden ihre Eier in seinem Schädel heranzüchten und Pilze die Stirn beweiden.

So bist du nah dran an der Seligkeit, mein Sohn. Du schleckst an den Früchten der ewigen Kunst! Zu meinem Gefallen. Ganz sicher bin ich nicht, ob du die Größe hast… aber dann wiederum, auch einige von den Großen waren kleine Lichter, in dieser oder jener Hinsicht. Wenn ich an Schubert denke, Weber auch. Da ging es immer irgendwie um Wald und Jagd, aber ich bin nicht sicher, ob sie einen Pilz von einem Kuckuck unterscheiden konnten. Künstler eben… Was muss der Künstler alles verstehen? Ein Genie muss ja nicht gleich ein genialer Techniker seines Fachs sein. Man muss ahnen können, Gesichte haben, Petersen… äh Oltmann, meine ich, 'tschuldige. … Wo waren wir? Dir träumt… dein Anschluss an das große Gehuber deiner Zunft… es sei: Ich segne dich und gewähre dir Inspiration…

Soll ich mal Libretti googeln?

Wie? Was?

Ist schnell geschehen. Was sagtest du? Schubert, Weber?

Wag es nicht, Leser! Hier herrscht Waldeinsamkeit.

Meinetwegen, ich dachte bloß… dass man's versteht halt. Aber bitte: Deine Welt ist auch so wunderbar.

Danke. Schön, dass du das sagst.

…

Der Petersen selbst ist nicht hier diesmal, oder?

164

Nee, weiß auch nicht, wo er steckt. Vielleicht ist er mal ganz eins mit seinem Helden.

Sicher gab es Poeten, die auch den deutschen Wald schon besungen hatten, Schubert kannte sie, und Mendelsohn-Bartholdy und Weber, und sie gaben der Sehnsucht nach dem Eins-mit-der-Natur die Töne. Chöre stimmten ihre Hymnen an und feierten den Wald, ihren Gott und einander, fast bis zur Unerträglichkeit feierlich. Balsam heilt und schmiert so schön. Auch ich ließ mich gehen, quetschte die Poesietube und bestrich meine Seele mit der Musik, die hier, genau an diesem Ort wohnte. Mochten neuere Ideologen den deutschen Wald nicht mehr lieben, weil ihnen zum Pluralismus ein paar Neophyten fehlten, mochten Einstige die Bäume als geistige Lanzen missbraucht haben – dieser Wald war zu schön. Er verzauberte mich, zog mich mit Haut und Haar in sich hinein und überwucherte mein Herz, meine Finger, meine Zehen und mein Hirn. Aus den Wipfeln nieselnd erklang in meinem Ohr, gleichsam als meine ureigne Frage, dies: *Wer hat dich, du schöner Wald / Aufgebaut so hoch da droben?* … und ich rief ihn mit lautloser Stimme hinter meiner Stirne an: *Lebe wohl, Lebe wohl, du schöner Wald!* Mehr noch, ich erklomm Höhen, die mich weit höher ins Gebürg aufsteigen und in Tiefen schauen ließen, als die mittelgebirgische Eifel das erlaubte: *Tief die Welt verworren schallt / Oben einsam Rehe grasen / Und wir ziehen fort und blasen / Dass es tausendfach verhallt: / Lebe wohl, Lebe wohl, du schöner Wald!* Warum aber dieser Abschied? Was machte mich zu einem, der bläst? Dumpfer

Ahnungen war ich ledig. Friede. Vielleicht schwoll mir bisweilen der Kamm, draußen in der Welt, aber doch nicht hier, im Fichtenduft; tausendfachen Hall hatte auf Butterbrotpapier auch noch keiner erzeugt und mehr beherrschte ich nicht. Ich wälzte mich ein wenig zur Seite und sah mich Aug in Aug einem Trauermantel gegenüber, wie ich seltsam intuitiv erriet. Er flappte ein-zwei Male mit den Flügeln und probte Rüsselbewegungen auf einem Kräuterplateau. Vielleicht war es auch ein Weibchen bei der Eiablage. So rollte mich der Wind der Dinge in die immergleichen Abläufe der Natur hinein und ich gelobte still in mir, einverstanden zu sein und ebenfalls der Alte bleiben zu wollen. Ich würde warten, bis mich aus meinem nun falterhaften Dasein der Zahn der Zeit wieder aufklauben und in menschliche Höhen und meiner Zivilisation wieder zutragen würde.

Noch aber waren die waldeinsamen Klänge des ewigen Urgrunds nicht verflogen. Dabei sank die Sonne schon dem Horizont entgegen. *O wie schön ist deine Welt,* drehte sich mein inneres Auge in die rotgoldenen Strahlen. *Wenn dein Glanz herniederfällt, / Und den Staub mit Schimmer malet.* Das Abendrot floss in mich, wie in eine weit offene Kehle, und ich schlürfte und trank die volle Pracht des glühenden Lichts, ölig wie Whisky, stechend wie Wodka, sämig wie Sahne. Ich schwenkte den Drink, indem ich die Augen wie bunte Kreisel verdrehte, und an der Schwelle zum Schnarchen erwachte mein Bewusstsein jäh, bevor mir die Zunge in den Rachen rutschte. Der Wald rauschte ringsher, mein Schädelinneres hallte. Eins mit dem Waldboden, eingegangen ins Licht, zeitlos auf Jahrhunderte ausgreifend und im

Herzen ein Insekt, dabei auf dem Sprunge schon in ein fremdes, neues Element, fühlte ich mich erlöst.

Es wurde dunkel und auf mancherlei Weise war ich besoffen. Sicherlich konnte es Bier gewesen sein. Ando und ich waren nicht untätig gewesen. Doch nach der Sonne goss nun auch der Mond sein Silber über die Wälder und ich hielt ein ums andere Mal die Zunge in seinen Nebelglanz, um kein Gran Zauber verloren zu geben, duschte im nebligen Schein, bis ich tropfnass in diesem schwarzgrünen Ozean der Nacht aufging, nicht besser hätte mich tarnen können gegen alle Unbill der Zeit, wenn ich mir wie ein Elf Laubwerk umgewunden hätte. Ich war im Wald. Ich *war* der Wald!

Es ging bald ernstlich auf zwölfe zu und Ando trällerte seit einer Stunde auf der Flöte. Indo-griechisch-nordisches Düdelü. Weitschweifige Improvisationen auf dorisch-gälischen Skalen in feinen Nuancen des metrischen Rahmens variiert. Pan hatte ihm die Sinne vernebelt und leitete sein Spiel. Pilze, die er gegessen hatte, taten ein Übriges und das Bier sprach die Flöckchen seines Geistes an, die noch nicht in die saftig urtümlichen Bergwiesen der Urheimat entsprungen waren.

Ab und an stieß er mich mit dem Fuß an, dann musste ich ihm die Bierflasche reichen, er setzte die Flöte ab, behielt aber den letzten Griff der Linken bei, benetzte mit einigen Schlucken die Kehle, gab mir die Flasche zurück und nahm das Motiv unfallfrei wieder auf.

Ich saß neben ihm am Feuer, legte von Zeit zu Zeit ein Scheit nach und schnitzte Verzierungen in meinen Stab.

Dann hörten wir das Heulen.

Blickten uns an. Andos Trance war im selben Augenblick zerplatzt und die Flöte fiel ihm mehr aus der Hand als dass er sie sinken ließ.

Jetzt erst sah ich in seinen Augen, wie breit er war. Er fokussierte gar nicht mehr. Geräusche entstiegen seiner Kehle. Er fuchtelte mit den Armen. Ich verstand nicht gleich, was er wollte. In einer undeutlichen deutsch-kroatischen Melange aus Fluchen und Wehklagen entdeckte ich dann die Botschaft: Er beschimpfte meinen Stecken. Ja vor allem auch meine geschnitzten Ziermuster, die er den ganzen Abend über schon mit Argwohn geduldet und nie direkt angeschaut hatte. Der Hirtenstab sei ein Talisman des Teufels. Er habe es von Anfang an gewusst. Offensichtlich von den guten seiner Geister verlassen, krakeelte er herum, mein Stecken fordere den Wolf geradezu heraus. Uns drohe Unheil, augenblicklich ins Feuer damit!

Ich blieb baff sitzen, ob dieses Anfalls von Aberglauben, warf mein Werk natürlich nicht in die Flammen. Dass der Teufel einem, der seinen Zaubersegen kauft, Freikugeln schenkt, hatte ich schonmal gehört, aber in Andos Verdrehung machte die Sage für mich keinen Sinn. Ando hingegen sprang auf und verschwand torkelnd in der Dunkelheit. Den Geräuschen nach zu urteilen, stolperte er zum Wagen und kam offenbar mit einer Flinte zurück. Ich hörte, wie er hastig durchlud, im Schwarz des Waldes.

Klack-klack. Stille. Kurz darauf ein Knacken, ein Schlag, ein Schrei – und das Ding ging los. Ich erschrak zu Tode. Der Schuss krachte dicht neben meinem Bein ins Feuer, so dass feine Splitter und Funken aus der Asche aufstoben. Dampf! Als sei der Leibhaftige der Glut entstiegen!

„Maaaaann! Ando!"

Vermutlich war er über etwas gestürzt, eine Wurzel oder ein Ast.

Jedenfalls war er noch überhaupt nicht wieder auf den Beinen. So viel Schemen konnte ich abseits des Lichtkegels erkennen. Benommen kringelte er sich in der Finsternis und kämpfte mit dem Gewehrgurt. Fluchte. Drehte seinen Fuß umständlich unter etwas heraus. Fiel aber dann, kaum auf den Knien, schon wieder hin, weil der Schwindel seinen Kopf regierte. Die Waffe hielt er beidhändig und begrub sie im neuerlichen Fall mitsamt seinen Händen unter dem Bauch.

„Ando?"

Eine gemuffelte Antwort. Er steckte mit dem Gesicht in der Erde. Weil das Lagerfeuer durch den Volltreffer zerstreut lag, musste ich mich unsicher zu ihm hinüber tasten und fand ihn unverändert in Bauchlage. Drehte ihn rum, rief ihn an, mehrmals und bekam nichts als Kauderwelsch zur Antwort. Der war jenseits von Gut und Böse.

„Gib mir das Gewehr." Ich zog, aber er klammerte mit beiden Händen. Ich zog erneut, und als wollten wir einen Baum zersägen, ruckten wir hoch und her. Nichts konnte er mehr, nicht stehen, nicht laufen, nicht sprechen. Aber als ginge es um sein Leben, umkrampfte er den Lauf der Waffe. Glücklicherweise kein Finger am Abzug.

„Gib das Gewehr, du Idiot!" Ich sprach mit einem toten Pferd. „Du bringst uns doch um! Du bist so dicht, du kannst nicht mehr stehen, Ando! Du würdest den Wolf nicht treffen, wenn er sich mit der Mündung am Hintern kratzt." Keine Antwort.

Wieder heulte ein Wolf. Diesmal näher. War mir das erste noch weit entfernt erschienen, wie aus dem Nationalpark herübergesungen, so musste dieses Tier ganz in der Nähe sein. Die ersten Schafe wurden unruhig, hatten sich bislang im Pirk sicher gefühlt.

Da wieder! Nun antwortete wiederum das Tier in der Ferne. Kürzere Frequenz.

„Ando!"

Keine Reaktion. Keine Regung. War er jetzt etwa eingeschlafen? Sekunden nach dem letzten sturen Aufbäumen?... Der war echt eingeschlafen.

Mit sanften Fingern löste ich seinen Griff. Tatsache. Schnarchte sogar schon. Wollte noch was sagen: „Mmpfnrgrsltn. Jgrgrchs." Dann hielt ich die Waffe in der Hand.

Adrenalin durchschoss meinen Körper. Eben noch ein Schmetterling. Jetzt war ich Jäger. Urplötzlich, immer schon gewesen, ganz zwangsläufig. Mir zitterten die Knie, trat der Schweiß auf die Stirn, rutschte der Prügel in den feuchten Fingern – noch nie hatte ich solch ein Ding bedient. Wie ein Seifenblasennebel umwehte mich die Erinnerung an ein Schnellfeuergewehr, das ich einmal in Händen gehalten haben musste.[1] Wenn ich mich treiben ließ. Feuern... – aber wie die Blasen zerplatzte die Fantasie sofort. Erfahrung in dieser Waffengattung und in diesem

---

[1] Vgl. Petersen, Sandro: *Trashy White Submarine*. Twentysix 2020.

Metier konnte man das nicht nennen und so stand ich mit einer Jagdwaffe im dunklen Wald allein.

Lauschte.

Bewegung bei den Schafen. Sonst ruhig.

Ein Heulen. Fern.

Ein Schnarchen. Neben mir.

Ein Blöken. Nah bei.

Heulen. Näher.

Schnarchen.

Blöken.

Schnarchen.

Gleichmäßiges Schnarchen.

Blöken.

Knurren.

„Uuaahrgh!", ich fuhr herum, halb um die eigene Achse. Und wieder – welche Richtung? Wo kam das her? Mit angelegtem Lauf, das Gewehr wie einen Revolver in Hüfthöhe, wirbelte ich herum, links, rechts, links – wo sollte ich suchen? Drehte mich im Kreis. Sollte ich zu den Schafen, weg vom Feuer? Wo waren sie überhaupt, ich verlor die Orientierung. Es war plötzlich, als blökten rings um mich her die Tiere und ich stünde schon mitten unter ihnen, ausgeliefert dem Biest; und dieses Gewehr, wie bediente man das überhaupt? Ich erinnerte mich, dass die Unerfahrenen in den Filmen sich die Schulter brachen, vom Rückschlag. Ich presste probehalber den Kolben mit aller Kraft gegen die Schulter. Indianerschatten kreuzten mein Auge. Verfluchte Rothäute. Nun kommt, ihr Biester! Nein, lieber doch nicht.

Minuten vergingen. Herzschlag. Die Unruhe unter den Tieren verging nicht.

Schnarchen.

Ein Königreich für ein Heulen! Wenn sie doch wenigstens heulen würden!

„Heult doch, ihr Hunde!" rief ich, wie um mir Mut zu machen. Da war wenigstens meine eigene Stimme. „Heult, ihr Mistfiecher!", brüllte ich.

Nichts. Nur Schnarchen. Auch die Schafe waren jetzt ganz still.

Es war auch um mich her fast ganz dunkel, das Feuer runter gebrannt und die Glut ein matter Teppich. Ein Glühwürmchen sauste durch die Tannen, ausdauernd, zwei miteinander… das waren… nein… oh Schreck, das konnte nicht sein!

Ich schoss!

„Mmpfnrgrsltn." Ando schlief wie ein Stein. Schafe blökten. Ansonsten gespenstische Stille. Die Würmchen waren ein Augenpaar gewesen und keine sieben Meter entfernt an mir vorbei gestrichen, lautlos durch das Dunkel. Ungeniert in die Richtung unserer Tiere. Hatte ich ihn erwischt, den Wolf? Und jagten Wölfe nicht in Rudeln? Dies durchschauerte mich so sehr, dass ich ganz, ganz, ganz dringend pinkeln musste! Sollte ich das Gewehr fallen lassen? Wieviel Schuss hatte es überhaupt, war es so eine zweiläufige Schrotflinte, nein, dann hätte ich schon längst Blei im Bein. Ich befühlte das Ding und schob, klack, irgendetwas, das sich daran bewegte; und apropos Blei-im-Bein. Das hatte ich nun auch noch, und Kleister im Hirn! Wölfe,

Schafe, schießen, Oltmann, schießen, pinkeln, oh nein, Glühwürmchen, Augenpaare, eins, zwei, drei… sogar drei? Schieß, Oltmann!

Ich drückte ab, einmal, bewegte instinktiv dieses Dings am Lauf noch einmal, und bums! Das musste so ein Gerät sein, wie in den amerikanischen Filmen, wie eine Pumpgun… ich konnte keine Wolfsaugen mehr sehen, aber hörte ein Rascheln! Peng, durchladen, peng! Peng, peng!

Klick-klack. Das war's. Wenn jetzt noch ein Wolf mich fressen wollen würde, war ich erledigt.

In verzweifelter Wut schmiss ich die Waffe auf den Boden und trat mit dem Fuß dagegen. Ando bekam sie gegen den Kopf. „Mmpfnrgrsltn."

Er hatte aufgehört zu schnarchen. Die Schafe blökten nicht mehr.

Ich fror an den Beinen. Ich hatte mir vor Angst in die Hose gemacht und quatschte in den Schuhen. So viel Bier, verschleudertes Gold!

Würden sie zurückkommen? Es nochmal versuchen. Ein ganzes hungriges Rudel, eine ganze verlockende, kleine Schafherde. Panisch tastete ich um mich her, erwischte einen Baum und befingerte ihn nach Ästen, an denen ich empor klettern könnte. Nur morsche, tote, spitze Stummeln, autsch. „Mmpfnrgrsltn."

Auch das noch. Was sollte ich mit Ando machen, ich konnte ihn unmöglich so liegen lassen, wenn die Wölfe zurückkamen.

Ich fasste mir ein Herz und schleifte den massigen, leblosen Körper zum Wagen. Wie weit? Hundert Meter bestimmt, und er schnarchte dabei! Ich hätte ausrasten können.

Schnarch, machte Ando. Pfffletsch, machten meine nassen Schuhe. Schnarch-pfffletsch-schnarch-pfffletsch… es dauerte eine Ewigkeit. Dann hatte ich ihn hochgehievt und mich auf den Beifahrersitz. Dann musste das Adrenalin raus sein, denn mich übermannte Erschöpfung.

„Oltmann. Oltmann!" Es war Ando, der mich weckte. „Oltmann! Bist du okay?"

Er war schon bei den Schafen gewesen. Alle waren noch da, wie durch ein Wunder hatte kein Wolf sie gerissen. Offenbar hatte ich sie alle in die Flucht geschlagen – alle bis auf einen.

„Du hast einen Wolf erschossen, Oltmann, kann denn das sein? Warst du das?!"

Ich weiß nicht. Ich würde sagen ja. Ando rümpfte die Nase. Ich schielte vor Müdigkeit rechts und links an ihm vorbei, wankte aus der Karre und streckte mich.

„Wo ist das Gewehr?"

Wir fanden alles, wie ich es verlassen hatte. So gut es ging, brachte ich Licht in das Dunkel der letzten Nacht, während Ando mich ungläubig anstarrte. Manchmal blickte er sich um, ob jemand zuhörte, so unheimlich war ihm wohl zumute. Dann zeigte er mir das tote Tier. Ein Wolf, wie er im Buche stand. Er war riesig, groß, grau und böse, nur dass er statt einer Stirne eine zerfetzte, rotblutende

174

Höhle voller Fliegen hatte. Ein Volltreffer, ich hatte ihm die Kugel genau zwischen die Augen gejagt. Immerhin würde er nicht lang gelitten haben.

Es war ein kalter Morgen. Mit Nebel. Meine Hose war klamm, aber nicht auffällig mehr verfärbt, als der Förster eintraf.

Ando hatte telefoniert, mehrmals und damit war jetzt der Schaden gemeldet und hoffentlich beglichen. Die Schuld?

„Ist es denn meine Schuld?", herrschte ich Ando an, der zur sprechenden Gattung so früh am Morgen auch nicht mehr als nötig zurückgefunden hatte.

„Ist das irgendeine Schuld?" Ich bekam keine Antwort. Ich hatte die Schafe gehütet, den Wolf getötet, eine Rettungstat, nicht ganz koscher, das war mir klar, aber zumindest der Förster war ein nüchterner Mann. Er füllte Formulare aus, machte einige Fotos, telefonierte ebenfalls; und dann mussten wir den Kadaver entsorgen, was ziemlich eklig war, weil die kleinen Gesellen der Verwesung schon ihre Arbeit angetreten hatten; mussten ihn den ganzen Weg bis zum Auto zerren. Fliegen sirrten, Maden schlüpften. Deshalb nahm der Weidmann seine Beute immer gleich aus. Hier war schon einiges unterwegs, kroch und fleuchte, blutete, tropfte und klebte und wir mussten das tote Viech bei uns auf die Ladefläche verklappen. Also fünfzig Kilo stinkenden, toten, madendurchkrochenen Tod auf der eigenen Schulter und mit Schwung…

Die ganze Fahrt über durchzuckten mich abwechselnd Grauen und Ekel. Irgendwie war ich ein Opfer. Wenn nicht

mein Fehler, so umgrinste mich wenigstens meine blindwü-
tig umnachtete Entschlossenheit nun von allen Seiten.
Ando taute auf und saß mit mir im selben Kahn. Unter
Schock versicherten wir uns wiederholt, wie all dies unausweichlich gewesen wäre.

Der Förster fuhr hinter uns her zur Tierkadaverentsor-
gung, für die wir ein ganzes Stück weit, fast bis nach Belgien
fahren mussten. Dort erwartete uns die Polizei.

Die Forstdirektion hatte Meldung gemacht und man
empfing uns rechtzeitig, bevor der ganze Vorgang in die
Verbrennungsanlage abging. Erneute Aufnahme, noch
mehr Formulare, noch mehr Beweisfotos. Naserümpfen,
weil wir beide nach Schaf, Alkohol, Schweiß, nassem Wolf
und Verwesung stanken und ich zusätzlich nach Urin. Als
die Sache ihre bürokratische Aufnahme gefunden hatte,
kam ein Vorderlader und wir mussten, als letzten Akt, das
tote Tier auf die große Schaufel rücken. Kippen konnte unser Bulli nicht und niemand mochte den Wolf anfassen.
„Das machen Sie mal schön selber. Schieben Sie ihn meinetwegen mit dem Fuß auf die Schaufel."

Aber es war zu viel. Ich hatte im Wagen einen Rest Ba-
guette von gestern gefrühstückt und Mineralwasser und es
kam alles hoch. Ich kotzte einmal quer über den Wolf und
in die Frontladerschaufel. Der Baggerfahrer wendete sich
mit einem Stöhnen ab und bedeckte beschämt seine Augen.
Die Polizisten grinsten und sahen ebenfalls weg. Ando
schüttelte den Kopf und fluchte leis. Er hatte ja selbst
Kopfschmerzen, konnte sich aber beherrschen.

Nach diesem Bad im Blut des Drachen war die Sache dann wohl hoffentlich erledigt. Ando setzte mich zu Hause ab. Auch wenn der Edelmann vergeben würde, war er doch ganz schön angefressen. Beide Täubchen, Dudine und Felia, waren ausgeflogen. Ich duschte schier endlos und verkroch mich ins Bett.

Der nächste Tag war wie Watte. Milder Sonntag, Glocken läuteten, Kinder in weißen Gewändern spielten in den Straßen und die Sonne trocknete die Tränen der vergangenen Ereignisse. Sozusagen. Wenn man so will. Nun ja. Ich musste mich nicht verstecken, niemand begegnete mir. Beide, Felia wie Dudine waren wie vom Erdboden verschluckt, ohne Nachricht abgängig, aber es kümmerte mich nicht. Diese kleine Freiheit, gepaart mit unsäglicher Erleichterung schlimmeren Dingen entgangen zu sein, machte mich lächeln.

So gegen drei – ich hatte einen Spaziergang unternommen, ein Lammragout von Andos Schwester aufgetaut und streckte die Plauze in ein paar Sonnenstrahlen, die durchs Küchenfenster fielen – klingelte es an der Tür. Erti kam herauf gestapft, ernste Miene, mit dem Smartphone winkend.

Sagte nichts, kam herein und hielt mir dann das Gerät vor die Nase. Fassungslos blickte ich in mein eigenes Gesicht.

Die lokale Presse machte im Netz auf mit der Schlagzeile: „Schäfer erschießt Wolf!" Daneben ein großformatiges Bild des Tierkadavers, kurz bevor ihn der Abdecker entgegennimmt, noch auf unserer Ladefläche – offensichtlich ein Polizeifoto. Eingeklinkt neben dem großen aber ein weiteres Bild: ich selbst, wie ich das Haus verlasse, heute Morgen, vor wenigen Stunden, Colin O. aus Mittelstadt.

Das Herz musste mir zugleich in die Hose gerutscht und zu Kopf gestiegen sein, denn das Lammgericht war ein Klumpen Wackersteine in meinem Bauch geworden, während mir die Schläfen pulsierten und Pfeile in die Stirn schossen. Stechendes Gewitter und drückende Schwüle zugleich. Ich musste mich setzen.

„Colän, was ist los mit dir? Wie kann ich dir hälfen, mein Liebär? Was bedeutet das alles?"

Ich versuchte ihm meine Version zu schildern, brachte aber nur Fetzen hervor.

„Ja, Erti, was bedeutet das? Ich kann es dir nicht sagen. Entweder ein klein wenig zweifelhafter Ruhm für einen unbedeutenden Landschaftsgärtner und Schäfer. Ein kleines Missgeschick, eine Nachricht auf dem Boulevard durchaus wert, so lange, bis die nächste Sau durchs Dorf getrieben wird. Ausreichend skurril war es schon, das muss ich zugeben. Grotesk schräg, wirklich. Ich kann es ja selbst kaum glauben."

„Oder?"

„Oder das Unheil hat noch gar nicht recht begonnen. Vielleicht kommen die wahren Wölfe erst noch. Die Medienmeute. Morgen steht's in der Zeitung. Und dann in der nächsten und bevor drei Tage um sind, hat die erste Shitstormwelle sich nicht nur formiert, sondern überschlagen und fällt über den Medienhäusern zusammen; und dann müssen sie alle berichten und ich trau mich nicht mehr aus dem Haus und versteck mich unterm Bett, weil sie vom Haus gegenüber in mein Zimmer hineinfotografieren."

„Wieso sollten sie das tun?"

„Weil Peta und diese ganzen Idioten, die Tierschützer, die Grünen, die Moralisten sich daran aufgeilen, dass ein Wolf tot ist."

„Er war ja auch gerade ährst zuröhck. Endlich wieder frei."

„Sicher, ja. Symbol der neuen Wildnis. Ende menschlicher Vorherrschaft. Es tut mir ja auch leid für das arme Biest. Ich bin weder blöd, noch bin ich ein Mörder."

„Es war Notwähr."

„Ja, Notwehr, aber wen interessiert das. Vor allem ist dieser Wolf: tot. Wie gesagt, kann sein, dass wir Glück haben und es passiert ganz schnell was anderes Aufregendes, ein Leck im Atomkraftwerk, die Festnahme eines unsittlichen Regisseurs, ein spektakulärer Auftragsmord der Mafia, was weiß ich. Dann bebildern sie das, dann stürzen sie sich darauf. Aber kann auch sein, dass…" Ich sah ihn mit riesigen Augen an. Er nickte.

„Verstähe. Ja, Colin, alles ist möglich."

Abends klingelte das Telefon. Marti.

„Hab dein Foto gesehen. Mensch Oltmann, du machst Sachen. Pass mal bloß auf, dass du dein Glück nicht riskierst."

„Immerhin hat's die Schafe nicht erwischt."

„So gesehen bist du der heilige Georg." Was sollte das wieder heißen? „Du, ich wollt' noch was anders: Mir hat die Einwanderungsbehörde geschrieben, aus Kopenhagen. Sie prüfen mein Gesuch und listen einen gnadenlosen Rattenschwanz von bürokratischen Schritten auf, die ich unternehmen muss, wenn ich Däne werden will. Ein Selbstläufer wird das nicht. Bei einigen Nachweisen ist mir schleierhaft, wie ich die erbringen soll. Und eine Staatsbürgerschaftsprüfung muss ich auch machen."

„So einen Test?"

„Genau. Mit historischen Daten und so."

„Ich dachte immer, wir Deutschen wären schlimm. Oder vielleicht noch die Schweizer."

„Ist bestimmt auch so. Aber die Dänen sind auch nicht von schlechten Eltern. Hör dir das mal an: Blablabla… *requirement that the alien passes a Danish language test…* blabla… *must have been passed no later than nine months after the date of the alien's application for registration in the National Register…* und so weiter."

„Großes Tennis. Klingt tough. Dann mal viel Spaß, Löwensonne. Wünsch mir Glück, vielleicht komme ich mit einem Bildzeitungsauftritt günstiger davon als du." Er lachte. Wir legten auf.

Ein Schlüssel in der Türe. Felia. Während sie als erstes ins Bad ging, nutzte ich die Gelegenheit mich in mein Zimmer zu verziehen. Ihre Meinung zum Wolf konnte ich mir ungefähr ausmalen. Sicher hatte sie im Forstamt schon davon gehört. Außerdem war sie letzte Nacht nicht zu Hause gewesen. Noch so ein wunder Punkt. Die verlorene

Tochter läuft umher, alle Zuneigung wird ihr zu viel und dann will sie aber plötzlich wieder unter deine Bettdecke krabbeln, als wäre nichts geschehen. Es könnten die Allüren einer Hauptfigur sein. War ich zurecht eingeschnappt? Eifersüchtig? Mmh. Ich schloss die Tür hinter mir. Sie klopfte, aber ich bat mir aus, allein zu sein. Ihre Enttäuschung blieb an meiner Türe kleben und ich spürte sie bis in den Schlaf.

Gegen halb drei in der Früh weckte mich das Telefon erneut. Was war denn bitte los hier. Felias Tür stand offen, wie ich im Vorbeihuschen zur Kenntnis nahm. Das Telefon lag in der Küche rum. Offenbar war Felia schon wieder fort. Das war nicht ungewöhnlich. Manchmal ging sie mitten in der Nacht in den Jagdstand und beobachtete Wildtiere bei Sonnenaufgang.

Es war Dudines Vater. Das dumme Ding hatte sich schon wieder bei einer Waldbesetzung verhaften lassen, diesmal aber gehörig Widerstand geleistet, ein wahres Gefecht mit der Staatsmacht, mit Farbgeschossen gegen Sondereinheiten. Nachdem die sie von den Bäumen geholt hatten, stand ihr jetzt eine richtig ausgedehnte U-Haft bevor. Wiederholungstäter, Beamtenbeleidigung weil frech geworden, Exempel statuieren.

Ihr Papa wollte ein paar Sachen von ihr holen, die sie offenbar im Knast haben durfte. Er käme gleich am Morgen.

Gern geschehn. Legte mich wieder hin.

Um sechs ging der ganz reguläre Wecker, und während mich das Schicksal, ebenfalls ganz regulär, vor der Arbeit noch kurz duschen ließ, schellte mich das Telefon noch nass aus dem Bad heraus, ein weiteres Mal, und das war's dann mit dem Arbeiten, denn:

„Marti, ist alles in Ordnung?", keuchte ich tropfend, gerade noch rechtzeitig am Apparat.

„Gottseidank, dass du da bist. – Nee, kann man nicht sagen. Pass auf: ..."

Ich musste zu Marti nach Bonn kommen, genauer gesagt ins Krankenhaus, ihm ein paar Sachen bringen, Zahnbürste, Pyjama, Laptop. Den Arbeitstag konnte ich mir abschminken und meldete mich krank. Ist das schon blau machen, wenn man's für einen Freund tut?

Gestern Abend nach dem Theater hatten ihn ein paar türkische Schläger abgepasst.

„Sicher? Hast du sie erkannt?"

„Das nicht, aber ich kann Türkisch von Arabisch unterscheiden. Es waren vier Türken."

Und die hatten ihn vermöbelt nach allen Regeln der Kunst, so dass er mehrfach operiert werden musste, gebrochenes Handgelenk, gebrochene Rippen, Platzwunden am Kopf, Schnittwunde an Bein und Bauch.

„Wenn man mich nicht gefunden hätte – wer weiß."

„Scheiße, Mann."

„Jedenfalls bin ich froh über meine Entscheidung nach Dänemark zu gehen. Hier hält mich wirklich nichts mehr. Deutschland kann meinetwegen verrecken."

Das kränkte mich dann doch. „Du sagtest, es waren Türken."

„Aber ihre Geisteshaltung verrieten sie mir lieber auf Deutsch: ‚Heil Hitler' und ‚Jude verrecke.' Ich verstehe es noch nicht richtig. Aber da hat sich eine unheilvolle Allianz entwickelt. Ist das Zufall, dass die das hier machen?"

Ich empfand das als ungerecht. Zu einer haltbaren Kausalkette häkelte es sich mir nicht.

Was für eine Tagesbilanz. Die Mitbewohnerin im Knast, der Freund schwerverletzt im Krankenhaus. Ich schlenderte noch melancholisch am Rhein entlang, wo ich schon mal da war und frei gemacht hatte, fand aber nicht recht zur Beschaulichkeit. Hatte auch vergessen, ihn zu fragen, welches Stück er gesehen hatte – deswegen nochmal anrufen?… Dann nahm ich den Zug zurück nach Mittelstadt.

Mein Rad wartete auf mich am Bahnhof. Drahtesel, dachte ich, alternatives Wort. Gemächlich stieg ich in die Pedale und fuhr noch einige Lebensmittel besorgen. Was man so braucht, ein Minimarkt ums Eck, ein Stückchen Käse, Brot. In den Regalen Dinge, die man nicht braucht und die trotzdem ins Käufergemüt lachen. Schreien. Wenn ich's noch mal bedenke – vielleicht brauche ich doch Wein, Schokolade und… nein. In den Gesichtern der Anderen sehe ich die gleichen abgerissenen Fragen. Und in einer Schlange, die zwischen eng stehenden Regalen bis zum Eingang reichte, öffnet sich ein Zeitfenster zum echten Nachdenken… das ich aber nicht nutze. Das Zentrum des Denkens unter Beschuss, Einkaufsradio, Kinderquengeln, elektronische Kassenscanner-Beeps.

„Kennen wir uns?", hauchte man mich von hinten an. Ich drehte mich um. Vage Erinnerung. „Die Klimademo, wissen Sie noch?"

„Sie waren mit Freunden dort." Aber sicher, die Styler-Family mit dem Laberflash. Hier und jetzt ging es anschlusslos weiter, nicht umsonst waren sie zu viert auf meine Pelle gerückt.

„Ihre Freunde waren so bunt. Dieser Mann von Welt, die Försterin, die Aktivist*Innen. Das hat uns ja beeindruckt, wie friedlich die Menschenmassen an diesem Tag waren. Der Friseur aus der Mittelstraße? Den kennen Sie auch, nicht wahr? Eigentlich hätten wir den da nicht erwartet."

„Es ist wichtig, dass die Gesellschaft wieder zusammenfindet."

„Die politisch-kulturelle Polarisierung nimmt ja zu, wissen Sie?"

„Die Bevölkerung ist eben auch nicht mehr so eine nivellierte Mittelstandsgesellschaft…"

„…nicht mehr so wie früher…"

„…glücklicherweise muss man ja sagen", ein bisschen verschämt blickte sich der Mann um. Er hatte ein freundliches, sanftmütiges, sorgfältig gepflegtes Gesicht. Erst jetzt fiel mir auf, dass er etwas Orientalisches hatte, indischer Zug. Wohl genau darauf spielte er an, als er sich erklärte: „Früher hätte ich es nicht so weit geschafft. Ich bin ja nicht weiß", er deutete auf seinen Teint, „dieses Land ist aber viel offener geworden…"

„…leider auch viel neidischer. Leistung gilt nichts mehr. Dabei hat man uns auch nichts geschenkt. Meine Eltern haben ihr Leben lang gearbeitet. Emmi, bitte stell das wieder zurück", bekam die Kleene die erste Ansage, „sicher ist es eine Befreiung. Aber die Menschen kennen keine Grenzen mehr."

„Das Fortschrittsnarrativ nährt eben auch Hoffnungen bei denen, die wir gar nicht… nun ja, wie soll ich sagen…"

„Wir haben ja nichts gegen… jeder muss seine Chance bekommen…"

Nun fuhr selbst der Filius dazwischen: „Manche nutzen ihr Potential halt auch nicht."

„Emmi, bitte stell das wieder ins Regal, das kaufen wir nicht."

„Ich sehe da einerseits eine Art Stagnation, andererseits bräuchte es Begrenzungen, um Fehlanreize zu unterdrücken. Schauen Sie mich an, ich bin der letzte, der…"

„Nehmen Sie das dänische Modell. Man muss das Gesicht eines Landes auch moderieren und wenn der Integrationswille fehlt…"

„Wir können nicht immer nur Symbolpolitik machen. Wenn wir uns an Fragen wie Finanztransaktionen, Höchsteinkommen nicht rantrauen, verspielen wir das Vertrauen in die Demokratie."

„Emmi, bitte stell das ins Regal zurück."

„Papa, bist du für die Linken?" Die Schlange war schwerfällig, als hätten wir gemeinschaftlich ein Wasserschwein in den Rippen zu pressen. Stumme Mienen stierten auf die Finger der Kassiererin und zitterten ihrem

Feierabend entgegen. Vor dem Continuo des Einkaufsradios hatte die vierköpfige Familie mittlerweile ein Publikum gewonnen. Dem Vater war dies jetzt unangenehm. Immerhin war er hier Kunde, nicht Kommunist.

„Das habe ich nicht gesagt, Finni. Aber was für uns selbstverständlich ist, muss auch anderen möglich sein. Viele hart arbeitende Menschen können heute kein Vermögen mehr erwirtschaften. Das Land ist immobil geworden."

„Und was ist der dänische Weg, Mama?"

„…das… erklären wir dir später, Finni-Schatz", sie streichelte den Kopf des Sohnes, was ihn drei Jahre jünger und niedlicher machte.

„Es muss so etwas wie Verteilungsgerechtigkeit geben. Und wir brauchen eine gemeinsame Erzählung. Die Moderne vereinzelt die Grüppchen, wissen Sie? In der Zukunft..."

Ich schaltete auf Durchzug, bereit zum Sprunge ans Kassenband, wo die hart arbeitende Frau ihrem eigenen Feierabend ebenfalls ein kleines Stück näherkam. Bald war ich an der Reihe. Schönen Abend auch!

Dass Erti wie ein Gnom vor unserem Haus sich herumdrückte, verhieß nichts Gutes. Es war zunächst nur ein Gefühl, dass in die Lage, wie sie nun mal war, zu gut passte. Vielleicht roch ich auch nur Gespenster.

„Oder? Erti? Es ist nichts, oder?", raunte ich, durchaus mürrisch. „Haben sie dir deinen Laden dicht gemacht? Steuerhinterziehung oder so was?"

Er schüttelte den Kopf. „Es ist einfach nicht zu glauben."

Schlimmer noch: Es war rundheraus furchtbar.

Mittags war ein Polizeiwagen aufgetaucht. Die Beamten befragten im Rahmen einer Ermittlung Passanten und kamen auch zu ihm in den Salon: „Kennen Sie diese Frau?" Hielten ihm Fotos unter die Nase. Ja, er kannte sie. Felia. Sie war tot.

„Die andere kannte ich nicht. Hatte sie eine Freundin? War sie läsbisch?"

Die Informationen der Polizisten, die lieber fragen als antworten wollten, waren spärlich. Kombiniert mit dem, was die einschlägigen und natürlich nicht zuletzt aus den Reihen der Polizei semiprofessionell informierten Medien wissen ließen, ergab sich bald aber ein tragischer Verlauf.

Felia war wohl, nachdem ich sie am Samstag ignoriert hatte, noch einmal Hals über Kopf zu ihrer Geliebten bei Aachen gefahren. Jimmie. Von dort war sie vorher auch gerade erst zurückgekehrt. Laut den noch unfertigen Ermittlungen hatte es zwischen den beiden Frauen einen Streit gegeben. Da diese Informationen aber nur auf Zeugenaussagen von Nachbarn der Geliebten beruhten, stand das Motiv noch nicht zweifelsfrei fest. Man vermutete einen Eifersuchtsmord. Die Tote hatte ein Beil im Nacken und die Andere war geflohen.

„Mmh." In meinem Gehirn hatte jemand den Stecker gezogen. Am besten war jetzt vermutlich Logik. Logik und Selbstschutz. „Warum muss mich das jetzt beunruhigen?"

„Weiß näch – wo warst du zur Tatzeit?"

„Wann ist das?"

„Circa zwei oder drei Uhr früh."

„Dann im Bett. Und am Telefon. Dudines Vater. Dudine sitzt in U-Haft wegen der Waldbesetzung."

„Ach du Schrähck, auch das noch." Und von Marti erzählte ich ihm auch.

„Aber dass sie flüchtig ist. Wenn es Eifersucht war, kommt sie vielleicht genau hierher. Vielleicht will sie mich auch noch…"

„Halte ich für unwahrscheinlich. Wenn sie eine Axt im Rücken trug, geschah's im Affekt, würde ich behaupten. Außerdem wird sie sich denken können, dass sich die Polizei für Felias Wohnung interessiert. Schön blöd wär sie, wenn sie da ausgerechnet hier her käme. Ganz ährlich. Wo die Grenze doch so nah ist. Ich mein: Holland, Belgien, Frankreich."

Noch immer standen wir auf der Straße vor unserm Haus. Niedergeschlagen träge, fast gelähmt. Da hielt ein Bulli, ein paar Typen mit Motorradmasken, Kapuzen und Sonnenbrillen, alles in schwarz, stiegen aus, formten blitzartig eine Reihe, griffen in Stoffbeutel und bewarfen mich mit etwas – rote Farbbeutel!

„Mörder!"

„Jäger sind Mörder!"

„Rettet die Wölfe!"

Menschen sind auch nur Tiere, wollte ich zurückrufen. Aber da waren sie schon wieder in ihren Bulli gehüpft und ab. Ich stand wie ein geprügelter Köter neben Erti, nur bunter, und wir schüttelten beide den Kopf. „Gehen wir was trinken?", fragte ich, „ich zieh mir nur schnell was Sauberes an."

Wir gingen zu Heinz in die Pinte und stellten uns eine saftige Anzahl Pils in die Birne. Ich meine mich zu erinnern, dass mir Menschen auf die Schulter klopften, weil ich den Wolf abgeknallt hatte. Dann gab ich mir alle Mühe den Trost auch als Tröstung zu empfinden. Für alles, was passiert war. Ich fühlte: Was für ein Wechselbad. Und was für eine beschissene Klimax. Hatte ich mich nicht in einer Komödie wähnen wollen? Der Unwille, falsch zu liegen, belegte mir das Gemüt und kratzte daran wie ein Sommerhusten. Woher kam sowas, mitten in der milden Witterung. Wo wir doch alle gerade auf dem Weg ins Heile waren. Lachen und lustig sein wollten wie ehedem. Musste das sein?

10

Wie Colin Oltmann der Kugel einen neuen Dreh gibt

Irgendwie war nach diesem denkwürdigen Tag klar, dass es nicht weitergehen konnte. So nicht und anders auch nicht. Alle Gedankenbahnen verheddert oder abgerissen, versuchte ich nervös einige Was-tun-Fragen zu basteln. Aber wie überschießende Kohlensäure verstieg ich mich immer sofort in Panikschleifen, die dann die Gedanken erneut verklebten. Allein der Gedanke an Tränen der Trauer zermatschte mir schon Herz und Hirn. Das mit der Empathie nahm ich mir deshalb für irgendwann später vor und wurde ein bisschen ruhiger. Eine unsortierte Seele hält sich selber nicht aus und ein zerschundener Leib ist ihr kein Zuhause.

Selbst zu Hause unbehaust zu sein war das eine, das andere: Meine Freunde waren entweder in Haft, verprügelt in der Klinik oder tot. Ando war eingeschnappt, weil ich seinen Frieden gestört hatte. Einzig Erti war geblieben, und der setzte alles daran von hier fort zu kommen. Hatte sogar schon einen Dänischkurs begonnen.

Dabei war Ando doch derjenige, der sich so ins Delirium gesoffen hatte. Ich musste sein Gewehr abfeuern und seine verdammten Schafe retten. Die Tatwaffe jedenfalls hatte das Forstamt eingezogen, bis auf weiteres. Nicht zuletzt, weil für die Waffe kein deutscher, sondern nur ein kroatischer Waffenschein existierte. Der außerdem gar nicht auf Ando, sondern auf einen seiner Vettern eingetragen war. Der noch dazu mit irgendeiner dubiosen politischen Aktion zu tun hatte, gegen die polizeiliche Ermittlungen liefen, Ustascha, illegale Grenzkontrollen, irgendwas in der Art. Es war wirklich alles sehr blöd gelaufen. Ando harrte nun der Dinge. Gemeinsam Schafe hüten mochten wir für den Augenblick nicht. Wir sahen uns auf der Arbeit und sprachen wenig. Die Gemütlichkeit war dahin. Die Konstellation deutete auf eine lange, einsame Wanderung hin.

„Ah, Oltmann, das wird dich freuen", begrüßte mich Fürze auf der Museumsmeile. Er hielt sein Smartphone in die Höhe wie ein Megaphon, als müsste ich aus mehreren Metern die Schlagzeile wittern. Ich steckte einfach nicht in seinem Kopf. Aber er war ein alter Bekannter und ich war nun mal in der Stadt; eigentlich, weil ich Marti aus dem Krankenhaus abholen wollte. Der eigentlich Dudine vor dem Krankenhaus stehen sehen wollte, aber die saß ja in U-Haft. Nun also auf einen Plausch mit dem kindlich begeisterten Fürze.

„Was ist es?"

„Die Axtlesbe ist gefasst und geständig."

„Tatsächlich? Warum hat sie's getan?"

„Eifersucht. Oder Liebe. Wird noch untersucht. Ihr sei gewesen, als habe ihre Freundin die Tötung von ihr verlangt. Sie sei spät abends mit einem Beil bei ihr erschienen, nachdem sie sich erst Stunden zuvor im Streit getrennt hätten. Dann sei sie eben wieder aufgetaucht und habe sie mit einer für ihr Wesen völlig untypischen Tirade aus haltlosen Vorwürfen und Beleidigungen zur Weißglut getrieben. Das

Beil habe Felia plötzlich hervorgeholt und in den Küchentisch gerammt, um ihr dann den Buckel hinzuhalten. Sie habe sie verbal niedergemacht und provoziert: „Schlag doch zu! Schlag doch zu!"

„Die Menschen sind alle verrückt, Fürze."

„Die Kampflesbe sagt, sie habe es als einen letzten Liebesdienst verstanden."

„Oh intellektuelle Sanftheit!"

„Übrigens, sagt die Polizei, sagt die Presse, besteht ein begründeter Verdacht, dass sie schwanger war."

„Felia?"

„Ja."

Das war dann zu viel, mir wurde schwindelig und ich lehnte mich gegen eine Mauer. Unterdrückte Tränen. Wir waren im Begriff das Haus der deutschen Geschichte zu betreten, wenn auch nur auf einen Kaffee, da kam mir der Traueranfall nicht so zupass.

Als wir das Museum wieder verließen, erzählte mir Fürze von seinem Vetter: „Übrigens, dein Löwensonne mag Ärger mit den Türken haben, den Arabern oder sonst wem…"

„Sag einfach ‚mehr oder weniger zufälligerweise muslimische Vorurteilsbehaftete'."

„Oder Islamisten, mir egal, darauf will ich grad nicht hinaus. Ich will sagen: Wir müssen uns nicht nur vor diesen in Acht nehmen."

„So? Vor wem noch?"

„Ich habe dir mal von meinem Schwager erzählt."

„Kann mich nicht erinnern."

„Hat meine Schwester geheiratet. Wohnt im Bergischen, Eckenhagen die Ecke. Der ist schon immer ein klein wenig speziell gewesen. Der hat mir neulich einen Bunker gezeigt, den er bei sich im Garten, die wohnen in so einem Kaff und haben einen riesigen Garten, direkt am Wald, den er da gebaut hat. Irre. Nicht einfach nur so – ich sag dir: Das hat für die System." Fürze machte ganz große, besorgte Augen und wartete, dass ich das bemerkte. Dann sprach er weiter: „Er hat Kontakte, früher auch schon, ganz dubiose Freunde, immer schon. Aber jetzt gewinnt das an Organisation. Ich weiß nicht, ob das immer alles dieselben sind, durch diese Chatblasen im Netz kommen und gehen da die seltsamsten Typen, hab ich mir sagen lassen. Und was ich dir sagen will, Oltmann: Die planen da was, sage ich dir."

„Wer plant was?"

„Genau kann ich's nicht sagen. Aber mein Schwager hat damit zu tun, lass es mich mal so ausdrücken. Prepperszene." Ein Wort von Fürze mit Nachdruck aufgestellt wie ein Umzugskarton mitten im Flur. Als ich nichts sagte, fuhr er ungerührt fort: „Der ist also in die Prepperszene abgedriftet. Warten auf den Tag X. Hat ein unterirdisches Waffenlager angelegt. Das darf ich eigentlich keinem erzählen, Oltmann. Das ist gemeingefährlich."

„Und mir erzählst du's? Gehst du auch zur Polizei?"

„Bist du verrückt? Es ist der Mann meiner Schwester."

„Mmh."

„Dieser Typ ist also seit einem knappen Jahr auch noch in der AfD. Und sein Sohn", hier wurde sein Duktus erst richtig geheimnisvoll, hochgezogene Schultern und Augenbrauen, absichernde Blicke zu allen Seiten, leisere Stimme, „sein Sohn, also mein Neffe, stellt ihn noch in den Schatten. Der ist ein Boogaloo. Weißt du, was das ist?"

„Nein, sag's mir."

„Das ist so eine paramilitärische Rechtsradikalengruppierung in Hawaii-Hemden."

„Wie bitte?"

„Bewaffnete Rechte, White Supremacists in Hawaii-Hemden."

„Was zum Henker hat das jetzt wieder für einen Sinn."

„Genau kann ich dir das auch nicht erklären. Aber sie finden das cool und schick, nehme ich an. Gerne haben die auch so exzentrische Schnurrbärte bis über die Wangen."

„So Motörhead-mäßig? Eagles of Death Metal?"

„Ja, so in etwa."

„Ich wusste nicht, dass Motörhead in einen Rassenkampf verwickelt waren."

„Die Gemeinsamkeit ist pure Mode, sag ich mal."

„Na Gottseidank."

„Was ich sagen will: Verliert bei all den islamistischen Idioten nicht unsere ureigenste deutsche Variante des Faschismus aus den Augen!"

„Wenn das von dir kommt, Fürze, einem waschechten Konservativen, dann muss die Lage ernst sein."

„Sie ist es. Und nenn mich nicht immer Fürze, bitte."

Wir verabschiedeten uns. Ich hatte noch den Krankenbesuch vor mir. Grübelte vor mich hin, während ich durch

Bonn lief. Hatte nicht Fürze von der degenerierten Zivilisation gepredigt? Gab es in seiner Familie ein Gen für diesen Wahn? Während ich noch Gedanken entknotete, sprang mir aus einem Fenster eine Leuchtanzeige in die Augen: „Mitarbeiter gesucht." Ich ging darauf zu: Nachtportier in einem Hotel. Es lag in der Nähe des Hauptbahnhofs, Grandhotel Hirsch, irgendwie gediegen, ein bisschen verblasster Charme, Achtziger, Alte Republik, aber niedliche braungelbe Stehlämpchen in den Fenstern. Teppichboden in der Lounge, abgewetzte Ledersessel. Der Portier eine alte Dame, mindestens weit jenseits Siebzig, die meine Bewerbung sehr zuvorkommend begrüßte, die Inhaberin höchstselbst; per Handschlag wurden wir einig, ich nahm an ohne den Verdienst zu kennen. Den hatte sie mir zwar genannt, aber ich hatte ihn sofort wieder vergessen, genug, dass ich ihr die Kontonummer, auf die mein Lohn ginge, daließ. Bald war Monatsende, in einer Woche wäre ich also Nachtportier.

„Herr Löwensonne ist schon aufgebrochen", teilte man mir an der Information mit, „ich soll Ihnen sagen: dringend! Sie möchten hier auf ihn warten, zu seiner Wohnung kommen oder aufs Polizeirevier. Wissen Sie, wie Sie dahin kommen?"

„Viel mehr Optionen gibt's ja auch kaum. Vielen Dank." Ich kannte den Weg und verließ das Krankenhaus, ging zum Bus, hatte Glück, fuhr zu und rief Marti an.

„Hi Colin. Tschuldige, dass ich dich zum Krankenhaus hab kommen lassen. Ich dachte, die würden mich wieder rechtzeitig dort absetzen. Dann hat das hier auf dem Revier aber länger gedauert."

„Was? Haben sie dich verhaftet? Weil?… Arroganz gegenüber Ärzten?"

„Witzbold. Nein. Sie haben die Täter geschnappt. Tatsächlich hat sie ein DNA-Abgleich mit ihrer Datei drauf gebracht, Hautfetzen unter meinen Nägeln. Einer war aktenkundig, hat gesungen, die anderen verraten und ich musste noch zu einer Gegenüberstellung, was unterschreiben und so weiter."

„Gratuliere. Immerhin etwas. Wer war's denn?"

„Du wirst es nicht glauben." Er schluckte. „Ich erzähl's dir gleich. Bin auf dem Weg zum Krankenhaus."

„Wie bitte?"

„Hab ein Taxi genommen."

„Ich sitz im Bus, auf dem Weg zum Präsidium. Fahr grad übern Rhein."

„Ah. Was für ein Mist."

Verwirrspiele, die das Leben schreibt. Es dauerte viele Rheinwiesen und Rotphasen, bis wir uns trafen, hin und herüber, ein vortrefflicher Libanese beim Hauptbahnhof, in der Nähe seiner Wohnung.

„Du wirst Nachtportier? Wie kommst du dazu?"

„Ich hatte noch Zeit und bin zu Fuß vom Haus der Geschichte zum Krankenhaus. Alles Zufall. Ich wollte sowieso was ändern. Alles eigentlich."

„Versteh ich. Wo sich eigentlich alles ändert."

„Nicht wahr?"

„Und wie kommst du von Mittelstadt hierher? Oder ziehst du ins Hotel.“

„Ehrlich gesagt hab' ich an dich gedacht.“

„Du willst bei mir wohnen?“ Ihm klappte die Kinnlade runter.

„Nicht so, wie du denkst. Tauschen, dachte ich.“

„Ich versteh gar nichts. Ich soll nach Mittelstadt? Was soll ich in Mittelstadt? Und meine Arbeit?“

„Kannst du dir für die paar Monate auch in Mittelstadt suchen. Jemand wie du fällt überall auf die Füße. Auch in Mittelstadt nehmen sie Lehrer wie dich mit Handkuss. Vielleicht versuchst du's mal zur Abwechslung mit Grundschulkids. Da suchen sie händeringend Leute. Die Kleinen sind lieb und in Mittelstadt ist die Welt noch in Ordnung, anders als hier. Hier kriegst du andauernd auf die Fresse. Ehrlich, oder etwa nicht? Hier, und in Berlin auch. Und dann gehn wir eh bald nach Dänemark, da musst du für diesen Test lernen, den sie verlangen und…“

„Warte mal, höre ich grad ‚wir gehen nach Dänemark‘ – hab' ich was verschlafen im Krankenhaus?“

Offenbar gab es eine Lücke in unserem gemeinsamen Wissensstand. Möglich, dass das Versäumnis bei mir lag, wahrscheinlich sogar.

„Mmh, also ich hab's mir überlegt. Ich komme doch mit. Ich kündige bei der Stadt, in Mittelstadt, na ja… und ich arbeite bis zur Emigration als Nachtportier. Da kann ich tagsüber lernen, so wie du und Erti auch. Erti hat auch schon so einen Sprachkurs begonnen, in Mittelstadt, da sind auch noch Plätze frei, da könntest du auch…“

Marti lauschte mit offenem Mund. Aber er schien es sich ernsthaft zu überlegen. Ich glaube, das Argument mit den Prügeln, die er hier bezog, hatte ihn überzeugt. Jedenfalls tauschten wir tatsächlich die Wohnung. Und in gewisser Weise das Leben.

Wen die Polizei geschnappt hatte, ging irgendwie unter. Hoffentlich war's nicht wichtig, wo ich doch nun in sein Schneckenhaus einsiedelte.

Die Wirtin meines Hotels, Frau Hirsch, war Jüdin – zufällig, aber nicht unpassend. Vielleicht färbte, wenn ich mir mit der paranoiden Einbildung Mühe gab, so ein Paria-Gen auch auf mich ab, indem ich durch meinen Nachtjob bei der jüdischen Identität unterschlüpfte. Irgendwie in so Mustern musste die Kontaktschulddenke der Identitären ablaufen. Man würde mich als Sympathisanten markieren, und dann würde das antisemitische Naserümpfen bestimmt nicht unterscheiden, ob ich ein tatsächlich Sohn-Israels-Berechtigter oder nur rein zufällig mit großen Ohren und einer markanten Nase gesegnet war. Alle dämlichen Vorurteile würden stimmen. Womöglich verlieh es meinem Emigrantenansinnen erst die authentische Aura, wenn ich mich hier einklinkte, und verhalf mir zur Echtheit, wenn ich mich nun darum bewarb, Däne zu werden…

Also entschuldige mal, das geht zu weit, Oltmann.

Er hört dich nicht. Weißt du doch.

Dann rüttel ihn wach!

Kann ich nicht. Will ich auch nicht. Halt dich raus und lies. Wir sind überhaupt nicht dran.

Was heißt denn hier wir? Und was heißt dran?

Hier ist überhaupt kein Stichwort gefallen, dass mir eine Inspirationsgabe angelegen erscheinen lassen… zumindest habe ich keines gehört…

Du hörst doch den Knall nicht! Wie kann man denn mit Wörtern noch eindeutiger stechen? Entschuldige, aber für einen Gott bist du ganz schön verschnarcht.

Ein Gott greift nicht ein.

Jedenfalls reproduziert Petersen hier heftigste antisemitische Klischees. Wenn du nicht dran bist — er ist es, wenn er so weitermacht.

Oltmann.

Wie bitte?

Oltmann produziert die Klischees. Nicht Petersen.

Was heißt das schon. Außerdem soll ich als Ich-Leser ja auch Oltmann sein. Schon vergessen?

Und er ist sarkastisch.

Glaubst du, ja? Meinst du, das merke ich? Mit den Zitronen haben schon andere gehandelt.

Wenn du möchtest, such ich dir was Leichtes, in Einfacher Sprache.

Fang du nicht auch noch an zu diskriminieren!

Meine Güte, ein Königreich für einen wohlwollenden Leser. Gib jetzt Ruhe!

Mein Gott, willst du mir drohen? Und womit, ich denke du greifst nicht ein?

Ich wusste gar nicht recht, wie ich von hier nach dort gekommen war, aber spürte plötzlich die Schlüssel einer neuen Untermietgelegenheit in der Tasche. Stimmen hallten durch meinen Kopf, vielleicht die der dauertelefonierenden Passanten, von Kindern aus Hinterhöfen, Radios,

Erinnerungen. Vielleicht waren es eigene Gedanken. Ein Echo jedenfalls aus Kauderwelsch und ohne die Kontur einer Nachricht ans Haupthirn. Ich spürte Kopfschmerzen, was aber daran liegen konnte, dass ich mich im Gehen nach einer Dame in Latexhosen umgesehen hatte und gegen einen Laternenpfahl gestoßen war. Oder zu wenig Flüssigkeit… Aber vergessen wir das.

Marti wurde mein und ich sein Untermieter und er bewohnte die todesstille WG in der Mittelstraße von nun an allein. Dudine behielten sie in U-Haft. Das Makaber-Morbide dieser Konstellation störte Marti Löwensonne nicht. Ich glaube sogar, er fand es im Gegenteil irgendwie reizvoll. Er half dann, ob man's glaubt oder nicht, an drei Tagen die Woche in einer Grundschule aus und hatte Zeit für die Vorbereitung seiner dänischen Karriere.

Ich selbst gewann Abstand von den Farbbeutelaffen, die noch wochenlang rote Kleckse gegen das Haus warfen. Dann gaben sie's auf. Im Hotel schob man eine ruhige Kugel. Die ruhigste, die ich jemals hatte bewegen müssen. Es gab Stoßzeiten, da musste ich auf Zack sein – was hart ist für einen wie mich, vor allem wenn man nicht drauf gefasst ist – ansonsten aber erfüllte es mich mit dem gewissen Glück, das Camus Sisyphos unterstellte. Denn runter kommt die Kugel ja sowieso immer. Hier hatte ich Zeit dabei zuzusehen. Wenn sie mir nur nicht auf die Füße fiel.

11

Marti war so nett mir Bescheid zu geben: Er sei dann jetzt im Prozess der Exilierung, notierte er, noch einmal nachdrücklich, fernmündlich in meinem Ohr.

Wie bitte?

Exilierung. Emigration. Immigration.

„Na ja, Immigration halt noch nicht so ganz, das kommt dann erst später, auf der anderen Seite, bei den Dänen. Aber erst mal musst du ja hier auch raus. Dauert alles in allem ein Jahr."

„Aha." Ich hatte eine anstrengende, unglaublich langweilige Nacht hinter mir, in der ich aber nichts desto trotz vier Mal geweckt worden war. Einmal wusste ich nicht mal mehr warum, nur dass hinterher ein Zimmerschlüssel weg war, den mir aber gegen elf ein völlig Unbekannter wieder in die Hand drückte: „Haben Sie Dank!"

„Gern geschehn."

„Wollt ich dir jedenfalls sagen."

„Was?"

„Wie: was?"

„Was du mir sagen wolltest?"

„Na ja, dass ich meinen Auswanderungsprozess angeleiert habe. Hörst du mir überhaupt zu, du Depp?" Ich erzählte ihm, quälend langsam und schwerfällig, dass ich eine anstrengende, unglaub…

„Sagtest du nicht neulich, Nachtportier sei deine Erfüllung?"

„Schon, ja. Weiß auch nicht."

„Du schiebst eine unglaublich ruhige Kugel, sagtest du."

„Sonst *ist* es ruhiger, glaub mir." Ich gähnte ihm eine lange, hübsche Schleife. Schweigen.

„Du, Colin, ich muss los. Konferenz um Zwei. Tschüß."

„Alles klar, danke. Ich meld mich, ciao – " Aufgelegt.

Damit fing nun alles an. Ich hängte mich noch selbigen Nachmittag ans Telefon. Leider zu spät. Es war ein Montag und weder die verpeilten und unterbesetzten deutschen Bürokratenstuben noch die gemütlichen, lebensglücklichen Hyggedienstleistungszentren der Dänen konnten sich vorstellen nach fünfzehn Uhr noch Telefonate zu führen. Nach fünf verschiedenen Telefonloopings mit Ansagen, Datenschutzbelehrungen, sieben verschiedenen Wartemusiken, die mich eine halbe Ewigkeit kosteten, sank ich völlig entnervt auf dem Sofa von Martis Wohnung zusammen. Gern hätte ich jemanden erschlagen.

Kerzen anzünden? Gemütlichkeit schaffen? Wertvolle Zeit mit lieben Menschen verbringen? – Was für eine Farce! Es war so unsäglich absurd zu sehen, wie wir alle, die wir uns das bessere Leben in Dänemark vorgenommen hatten, über die ungezählten Knüppel fielen, die uns die Wirklichkeit zwischen die Beine warf. Nichts davon ergab einen tieferen Sinn, so dass man es als Botschaft eines gütigeren Willens hätte hinnehmen können. In Demut bei den eigenen Leisten bleiben etwa. Oder nochmal im nächsten Anlauf. Mit Geduld und Spucke. Mit Muße gelingt das Glück.

Kairos kommt zu dem, der lange darauf hinarbeitet. Kann es denn sein, dass man im Einundzwanzigsten Jahrhundert an der nächstbesten Telefonhotline scheitert, wenn doch vor fünfhundert Jahren Schiffe schon um die Welt gesegelt sind? Wenn vor hundertfünfzig Jahren Menschen es geschafft haben ein neues Leben in gelobten Ländern zu beginnen? Weshalb muss meine Gegenwart in den Vertröstungsösen einer Scheißbehörde stecken bleiben. Kein Schneesturm ist so unerbittlich. Sich freizuschaufeln selbst in Lappland immer noch möglich – aber eine hermetische Bürokratie? Knackst du nie!

Na warte, sagte ich mir: Die erste Wut musste doch zu meistern sein. So schuf ich mir für das kommende Jahr eine herculanische Aufgabe.

Zunächst aber huschten zwei Wochen anderweitig an mir vorüber. Ich verschlief jeden Tag, weil jede Nacht der Bär tobte. Es war Messesaison. Im Oktober war die Bude voll mit Delegationen, vor allem reinen Männergruppen. Egal aber ob im Verein oder allein – immer wollte mindestens einer eine Dame mit aufs Zimmer haben. War mir das auch sittlich wie moralisch egal, so hatte ich doch von der alten Frau Hirsch, der Chefin, die strikte Vorgabe auf Anstand zu achten. Man sei ein seriöses Haus. – Könnten nicht die Gäste im Zimmer lieben, wen sie wollten? – Ja und nein. Wenn man der Prostitution Vorschub leiste, werde man sie nicht mehr los.

Also war ich das Bollwerk bürgerlichen Anstands. Ob ich wollte oder nicht. Müde zu sein wurde mir zur zweiten

Natur, weil ich im Zweistundentakt den Haussegen gerade-
rücken musste und nicht immer den Schlaf wiederfand. –
Dabei ist ein ausgeglichenes Gemüt so wichtig, sagen die
Dänen. Hygge sein, heißt auch, seine Mitte finden.

Ich zimmerte mir eine Art kleinen Altar in der Ecke der
Portierslounge, dem dunklen Zimmerchen hinter der Rezeption, hinter dem Schlüsselregalkasten. Auf einem Tisch-
chen arrangierte ich Kerzen, eine Schale mit Keksen, ein
Tee-Service und hielt auch eine Flasche Schnaps vor, für
alle Fälle. Sie wurde mir vor allem bei nervösem Magen ein
vorzüglicher Rückhalt. Allerdings hatte ich die Cheffin im
Verdacht, dass auch sie sie gefunden haben musste, denn
sie leerte sich weiß Gott schneller, als ich kippen konnte.
Wir gaben uns wohl alle redliche Mühe die Mitte unseres
Wesens zu hegen.

Mittlerweile wurde es November, die Bäume kahl und
die Tapeten grau, immerhin aber die Glühweinstände auf
den Gassen der Bonner Altstadt aufgeforstet zu geballter
Heimeligkeit. Zu den Messegästen gesellten sich daher nun
die Weihnachtsmarkt-Touristen und sie kamen aus allen
Ecken der Welt. Kegelclubs von Sauerland bis Westerwald
auf zünftigen Tripps in die Stadt, Busse voller Holländer,
betuliche Seniorinnen, eine Ladung Japaner mit Schirm-
mützchen und Rentierhaarreifen.

Überhaupt die Rentiere! Nie riss diese Herdenwande-
rung ab. Es gab Tage, an denen ich ein Spiel daraus kreierte
Tiere zu zählen – das Ergebnis ging mir verloren, zumal
sich Bären, Elche, Nikoläuse, Dominas und sogar Wikinger
unter die Weihnachtsjecken mischten – aber zur Rushhour,

wenn sie betrunken heimtrudelten, war immer mindestens eine glänzende rote Nase in der Lounge, ob als Ludolph oder nicht. Häufig sogar singend und die Bude duftete nach Zimt, Zuckerwatte, Bratfett und Likörfahne. Gottlob war ich nur der Portier und nicht das Zimmermädchen.

Auch der Portier musste jedoch seinen Mann stehen. Bis zur Gemütlichkeit sollte es ein weiter Weg werden.

Es war am ersten Adventswochenende, als allein der aufmerksame Blick ins Gästebuch den Kranz zum Knistern brachte. Wer immer die Buchung administriert hatte – die Chefin war vielleicht resolut aber auch höllisch naiv – hatte mir ein Haus voller Zunder beschert. Neben den üblichen Rentier-Kegelclubs waren drei Cellisten aus Haifa, zwei Vertreter für wahhabitische Koran-Literatur aus Sarajevo, eine Gruppe Umweltaktivisten aus Heidelberg und, als hätte das nicht alles schon genügt, die White-Boys-Sektion Nordhessen eingebucht. Dass da jemand anfangen würde zu zündeln, war quasi vorprogrammiert. Zumindest die Nazis, die Juden und die Koran-Freaks hätte man durch ein bisschen Profiling geschickter auf zwei Wochenenden verteilen können.

Nun war der Schaden aber da und hielt seine Einladung zum Spott nur aus Schabernack zurück. Die Wahhabiten konnten ihren Flur nicht mit den Juden teilen. Die Juden wollten nicht neben die White Boys. Die Kegelbrüder wollten gerne zu den Kegelschwestern. Die Schwestern aber nur zum Teil zu den Brüdern und zerlegten sich fast noch an der Rezeption über diese Frage. Den beleidigten Ausstieg der Oberschwester wendete ich erst durch

Umbuchung auf einen anderen Flur ab. Es bedeutete aber, dass die Kegelbrüder nun ihren Flur mit den Umweltschützern teilen mussten – was mir zunächst unverdächtig erschien; aber der Abend war ja noch jung. Die White Boys checkten als letzte ein, alle andern zogen schon auf den Weihnachtsmarkt, und rümpften die Nase bei jedem, der die Lobby verließ. Ihr Unmut allerdings verpuffte, da sie einfach keine Wahl mehr hatten – nehmt es oder lasst es.

Neben welcher anderen Reisegruppe sich die White Boys letztlich wiederfanden, weiß ich nicht mehr zu rekonstruieren, auch weil tatsächlich mitten in der Nacht, besser gesagt, zweimal, nämlich um zwölf und um vier, die Gäste damit begannen ihre Zimmer zu tauschen, so dass mir der Überblick vollends verloren ging.

Bis um zehn war es friedlich. Dann kamen als erstes die jüdischen Musiker. Weil außer ihnen niemand daheim war und alle anderen noch Glühwein tankten, erlaubte ich ihnen ausnahmsweise eine Musikalprobe nach zehn Uhr abends. Vielleicht war es also mein Fehler, der die Abfolge aller unerfreulichen Ereignisse dieser Nacht auslöste und ins Chaos führte.

Bald darauf erschienen die Umweltschützer. Sie wirkten sehr erschöpft und angestrengt konzentriert zugleich. Mit müden Augen debattierten sie Protestaktionen im Advent. Sie gingen nach oben, brauchten aber keine drei Minuten, um mich telefonisch darüber zu informieren, dass unter ihnen ein Kammerorchester aufspiele. Erste Beschwerde.

Ich beschwichtigte und versicherte, mich umgehend… aber in dem Moment, ich gerade den Hörer aufgelegt, kehrten auch die Kegelschwestern zurück, glucksend und quietschend: tüchtig beschickert und sangen Weihnachts- und Schlagerhits, laut durcheinander – weshalb ich mich also erstmal um die Einfriedung dieser Fraktion kümmern musste. Ein Konzert genügte schließlich vollauf. Die Damen waren allerdings so eindeutig aufgelegt, dass der Nachtportier erst einmal klarstellen musste, wer garantiert nicht mit aufs Zimmer kommen würde, nämlich der Nachtportier. Ihr Gesang trug die Ankunft dieser Gruppe durch den kompletten Treppenaufgang und mochte es dem Cellisten-Zimmer noch zusätzlich erschwert haben ihr Zimmertelefon überhaupt zu hören. Jedenfalls nahm dort keiner ab. Als ich gerade hoch gehen und klopfen wollte, hielt ein Taxi vor der Tür, das die Koran-Lektoren anschwemmte.

Wenn jemand geglaubt haben sollte, der Koran verbiete den Genuss von Alkohol, hat er die Rechnung ohne die Dunkelheit gemacht. Jedenfalls konnte der Prophet nicht verhindern, dass von den zwei Gestalten immer einer mit dem Kopf gegen die automatische Glastüre stieß – obwohl sich diese gerade von selbst geöffnet hatte, was schon ein Kunststück an sich ist. Abwechselnd bauzten sie mit der Stirn gegen das Glas, weil sie so hammerdicht waren, dass die elegante, langsame Schiebeautomatik ihre Reaktion überforderte. Stand der eine auf, fiel der andere hin. Fassungslos sah ich mir das Schauspiel an. Genau wie der Taxifahrer, selbst ein Iraner und vermutlich Muslim: „Seltsam. Das schaffen sonst nur die Skandinavier, sich so auf Vorrat abfüllen."

„Im Dunkel des Nordens und der ideologischen Umnachtung hat man halt gern die Lampe an." Möglich, dass ich dem Mann damit zu keck entgegenkam. Jedenfalls überhörte er's.

Mit vereinten Kräften halfen wir ihnen über die Schwelle. Ich musste sie nur eine Treppe hochbugsieren, ihren Schlüssel ins Schloss führen, für den Rest war ich nicht mehr zuständig. Die Israelis hatten mittlerweile selbst ein Einsehen gezeigt, was man von den Damen nicht behaupten konnte. Lachsalven und Juxraketen drangen durch jede Wand. Das konnte heiter werden.

Ich hatte unten abgeschlossen. Als ich zurückkehrte, scharrte ein Trüppchen White Boys draußen unruhig wimmernd an der Pforte. Hundeaugen und Sabberlefzen. Ich öffnete und stellte fest, dass es einer weniger war. Ihnen war das auch aufgefallen, aber sie zuckten nur mit den Schultern. Der hatte eben noch was zu tun. Nun ja. Immerhin begaben sie sich umstandslos auf die Zimmer.

Es kehrte Ruhe ein. Mit einem Schachspiel auf dem Tablet zog ich mich zurück in meine Koje, hörte ein wenig Schubert und wackelte mit den Zehen – als plötzlich jemand schrie! Dann noch einer! Und im nächsten Augenblick einer die Treppe hinunter polterte – weil er hinunter *fiel*.

Es war einer der beiden Bosnier, er sah ramponiert aus vom Sturz, hielt sich ein Auge, wirkte aber ehrlich gesagt wacher als bei seiner Heimkehr. Die Schreie polterten nun ebenfalls den Flur herunter. Sie gehörten den White Boys, die den betrunkenen Prediger an ihrem Türschloss erwischt und wenig sanft zur Rückkehr ins eigene Zimmer bewegt hatten. Da war ihm dann die Treppe in die Quere geraten. Im Flur standen drei Kleiderschränke in Hawaiihemden. Einer sicherheitshalber mit Schlagringen auf der Faust.

„Mmh, er wird sich in der Türe geirrt haben", versuchte ich.

„Wollte sie aufbrechen!"

„Mit dem Fingernagel etwa?", gab ich zurück. Das schien ihnen etwas zum Nachdenken zu geben.

„Er hatte einen Schraubenzieher. Oder nicht?" Er sah die beiden andern an.

„Oder so eine Bankkarte. Er hat jedenfalls dran rumgekratzt." Der Bosnier selbst war zu breit, um auch nur den Kopf auf den Schultern zu balancieren. Da kam der andere die Treppe herunter gewandelt: ein Schlafwandler. Sicheren Schritts strebte er seiner Zimmertür zu. Der erste wollte hinterher, kam aber nicht hoch.

„Na bitte. Er wird seinen Kollegen gesucht haben. Meine Herren?" Ich deutete an, es würde eine helfende Hand benötigt und die Hawaiibubis parierten: bereinigt.

Drei Atemzüge Ruhe, dann wieder die Hühner. Aufruhr, Türen flogen auf, knallten zu. Auch die Israelis jetzt im Gang. Englische Gesprächsfetzen. War das etwa schon wieder ein Cello? Ein lang gezogener Ton? Eine Geige? Ein Feuermelder? Ich eilte hoch, war ein Feuer ausgebrochen? Gab es Verletzte? Nein, im Gegenteil: ein Waschbecken abgebrochen! Die Fontäne schoss aus dem Rohr und suppte ins Zimmer, ja bereits auf den Flur – und war schon auf dem Treppenansatz.

So schnell war ich noch nie im Keller. Wasser abdrehen, die Cellisten hatten derweil einen Pyjama ins Rohr gestopft – und alle waren nass. Das Zimmer schon geräumt, als ich wieder hochkam. Die nassen Gestalten verteilten sich wieder, eine Flasche Schaumwein machte noch die Runde. Wer danach bei wem schlief, war mir egal. Den Blicken der Mädels nach zu urteilen, waren die Musiker aber nicht umsonst eingesprungen.

Dann war wirklich Ruhe. Ich nickte ein.

Um vier ging das Telefon. Wütende Stimmen quakten mir ins Ohr. Weil ich schlaftrunken nicht aufs Display geschaut und einfach abgehoben hatte, konnte ich nicht mal sagen, wer da in die Muschel schimpfte. Es war ein regelrechter Aufruhr. Wohl oder übel musste ich wieder hoch.

Ins oberste Stockwerk. Noch immer schrien Kegelbrüder, Umweltaktivisten, zwei Cellisten, drei Kegelschwestern und ein Boogaloo durcheinander, rissen sich den Telefonhörer gegenseitig aus der Hand und blökten abwechselnd in den Hörer. Jetzt wusste ich, warum ich den Urheber des Tamtams nicht erkannt hatte. Im Handgemenge ging ein Musiker zu Boden, ein Kegler bekam eine gewatscht, dann ein Öko – bis ausgerechnet der Fascho gellend auf den Fingern pfiff und wie ein Schutzpolizist, die Arme ausgestreckt mitten im Raum, die Wogen glättete. Und warum das alles?

Die Kegelnasen waren bei ihrer Heimkehr den Aktivisten zu laut, hatten angeblich gesungen, man hatte dann bei ihnen geklopft. Daraufhin fingen sie wirklich an zu singen, ja zu grölen, aus voller Brust. Das ärgerte die Musiker im zweiten Stock, die ihr Cello wieder auspackten, Brahms um vier Uhr früh, Hotelflur. Woraufhin der Nazi senkrecht im Bett stand und hoch joggte. Die Mädels hatten gar nicht erst geschlafen und lugten neugierig aus ihren Löchern. Gemeinsam traf man sich dann zum Palaver am Telefon mit dem Portier. Die Lösung war gottlob und nach all dem Crescendo doch erstaunlich einfach: Die letzten Feierbiester legten sich zusammen, Brüder und Schwestern in ein Zimmer. Irgendwer anders ins andere. Der Rest zog wieder ab und nahm den Portier mit.

Hatte ich mal erwähnt, als Nachtportier könnte man eine ruhige Kugel schieben? Nicht im Advent. Da kam die Welt zur Besinnung. Nach dem Weihnachtsmarkt.

Die Woche drauf hatte ich zwei Tage frei. Ich würde Dudine besuchen, die immer noch in U-Haft saß. In Wirklichkeit verdrehten sich die Wochen und Monate dieses Winters jedoch wie kaputte Helixstränge in einander, sodass ich in der Rückschau kaum mehr weiß, was wann geschah. Unendlich viel Zeit sollte ich nämlich auf dem Amt, oder besser gesagt, in seinen Telefonschleifen verbringen. Wie ich die Visite im Knast überhaupt dazwischen bekommen wollte, weiß der Teufel allein. Wenn es sein musste, wäre ich ihm ein Gehilfe.

12
Was uns gefangen hält

„Colin, mein guter! Mein Bester! Sei mir gegrüßt und geküsst!" Erti Lamprecht war ein Lichtblick in der Liste von Telefonaten, die ich bald zu führen hätte, wenngleich nicht sein Anlass, mir dieses Vergnügen zu verschaffen.

„Erti-altes-Haus, welche Freude!" Ein glucksendes Lachen am andern Ende sog mich auf den Tanzboden blödelnder Witzchen. Bald aber spürte ich ein Hemmnis. Er wollte etwas sagen und hinter Wie-Geht's-wie-Steht's sammelte sich Gewicht.

„Aalso, Colin Oltmann. Mittelstadt verroht." Kunstpause. War das sein Ernst? War es doch Fürzes Lied. Die Verrohung, der Untergang der Kultur und so weiter. „Ich bekomme Briefe… Böse, böse Briefe."

„Von wem?"

„Weiß ich nicht. Alle anonym."

„Was steht drin?"

„Drohungen, Schmähungen, Anspielungen. Manchmal auch nur Beobachtungen. Wann ich wo war, um wieviel Uhr ich den Laden aufgeschlossen habe und so'n Zeugs…"

„Das ist Terror! Mobbing!"

„Ja!", rief er und kleinlaut kroch es hinterher: „Und es wirkt."

Armer Erti. Wir beide schwiegen betroffen.

Ich musste an Fürzes Einlassungen zu Boogaloos und dem kommenden Sturm denken. Aber auch an Martis Islambekanntschaften. Und all die feigen Unbekannten.

Oder besser die unbekannten Feigen? Wer war so heimtückisch? Es roch ganz absurd nach Gefahr.

„Wieso du, Erti?"

„Keine Ahnung. Sie wissen, dass ich schwul bin und halb-türkisch. Such dir was aus. Sie machen dreckige Anspielungen auf beides."

„Warst du bei der Polizei?"

„Glaubst du, ich sollte…"

„Du warst noch nicht bei der Polizei? Solltest du umgehend…"

„Was können die tun? Ich meine: Es steht keine explizite Drohung drin. In keinem der Briefe. Es ist mehr so die Art, der Ton, der mir Angst macht."

„Was wollen sie denn?"

„Das ist es ja, eigentlich sagen sie gar nichts. Nichts Konkretes, nur so Andeutungsschmier, nicht mal 'ne wirkliche Drohung."

„Ich dachte doch?"

„Na ja… nein…"

„Lies mal etwas vor."

„Geht nicht", er räusperte sich, „hab sie… verbrannt."

„Erti, ist nicht wahr!"

„Doch", es war ihm selbst peinlich. „Vor Schreck, vor Wut, vor Angst… Ich dachte… ja, wahrscheinlich hast du Recht. Colin, ich verspreche dir, wenn noch einer kommt, geh ich zur Polizei. Versprochen. Hoch, heilig und inschallah!"

Bitte warten.

213

Bitte warten.

Du kennst das Ansageband. Immer und immer wieder. Das verfluchte Schicksal jedes Menschen, der den Wald verlässt und in die Ebene zieht. Wer hat sich das bloß einfallen lassen. Es gibt ganz wundervolle Häuschen in diesen großen unberührten Wäldern der neuen Welt. Irgendwo in Alaska, Kanada, Montana. Niemand findet dich da, obwohl sie einen Highway bis in deine Nähe gebaut haben. Nur drei Stunden bis zur nächsten Tanke, Drug Store, weiß der Geier. Du hast deinen Hund, deinen Pickup, dein Gewehr und ansonsten deine Ruhe. Betrinken tust du dich in der nahen Stadt und dein Wagen kennt den Weg so gut wie früher dein Pferd. Weil du allein wohnst, brauchst du nicht mal die Stiefel auszuziehen, wenn du, wankend und schon schnarchend, aufs Bett fällst. Wach wirst du, weil der Köter bellt.

Das wäre ein Leben. Hatte nicht Ando sich so etwas erträumt? War ich nicht selbst schon vom Füllhorn mit Abenteuern gesegnet, eins mit der Natur? Ich dachte an das lustvolle Fleisch der fremden Bäuerin zurück. An gurgelnde Bachläufe und Schafswollgeruch. Gewesen.

Stattdessen rufe ich beim Einwohnermeldeamt an, um mich von der Bürgerlichkeit loszusagen.

In der Annahme, die Herrschaft werde dadurch einfacher, wird vor tausend Jahren ein Fürst, König oder Hausmeier die Verwaltung erfunden haben. Dass Bürger sich so etwas selbst ausdächten, glaubt niemand im Traum. Nicht mal ein masochistischer Affe käme für so einen Mist vom

Baum runter: Nein, die Bürokratie muss jemand erschaffen haben, der daran verdiente, der Steuern eintrieb. Und für wen waren die Steuern? – richtig, den König. Nun ist das Ende der Monarchie unbestreitbar ein Fortschritt, selbst für Affen wie unsereins, und manche bürgerliche Autobahn ist ein Traum. Denn als angenehmes Nebenprodukt fallen Steuern ab, aber vor allem Lagerhallen voller Daten. Beides zusammen ermöglicht wiederum Herrschaft. Der König ist lange tot und es lebe –

Nun, es liegt seit mehr als hundert Jahren die Macht schon beim Volke, zumindest irgendwo im Volk versteckt. Es gibt Leute, die behaupten, die Bürokratie sei ein Fortschritt gewesen und Demokratie funktioniere nur deshalb. Der König jedenfalls hat die Macht schon lange nicht mehr. Er musste sie teilen, immer schon mit den Fürsten und später dann mit den Geldverleihern und all den Großbürgerlichen und Industriellen, dann mit ihren Parteien und Handlangern, schließlich sogar mit den Sozialdemokraten und Katholiken. Wer immer aber erkannte, dass das höchste der Gefühle, wenn man schon dem König seinen Kronschatz nicht offen stehlen durfte und wenn die Revolution schon nicht erlaubt war – dass das höchste der Gefühle also ein Sessel in der Verwaltung war, möglichst weit oben, wer immer das erkannte, verschob das Gewicht in der Machtbalance ein Stückchen weiter eben da hin: zur Verwaltung.

Hier verliert sich die Spur. Verschlossene Türen, irreführende Kürzel, Zahlen-Buchstaben-Kombinationen und die bevorzugte Einstellung von Meiers und Schmidts, in all ihren Schreibweisen, produzieren eine Hermetik, die jede Fantasie von Foucault toppt.

Ganz so, als erweise man dem Besucher tatsächlich einen Dienst, halten sich in den lichten Eingangshallen größerer Verwaltungen unter dem Vorwand der „Information" leichte Einheiten gegen die vorderste Welle bereit. Als verfügten sie direkt über die Bargeldreserven des Königs, sitzen sie zu ihrer Sicherheit in Glaskästen, wie in einer Bank. Kleinere Auszahlungen gibt es, natürlich, aber was ist solch Groschen wert, wenn der Heller hinter tausend Formularen schlummert. Freigiebig kann hier der Souverän sich freundlich geben: Er weiß, wie aussichtslos Eingaben sind. Alles und jeder hat zwar Kredit. Was letztlich aber bedeutet: keiner.

Hier etwa würde ich mir einen Drink holen und die Gelenke sich entknacken lassen. Der Zustimmung aller erwachsenen Bürger sicher, zugleich aber ein Anflug von *bad vibrations* in den Knochen. Wo soll uns das hinführen. Bräuchte nicht eigentlich jeder Sermon einen Hallraum, einen fiktiven Dialogpartner? Felia und Dudine waren blasse Erinnerungen. Ich war in dieser neuen Welt herzlich allein, mutterseelenalleingelassen, wollte wie im Kasperle-Theater nach dem Publikum rufen, steckte aber im Roman fest.

Gierte nach einer Zustimmungshalde, auf die man seine Weisheiten kippen durfte. Wie Sokrates sie hatte. ‚Recht hast du, Vortrefflicher, anders kann man es nicht sagen', und so weiter. Zählen darf ich immerhin darauf, geneigter Leser, dass du meinen Sieg über die Pein in der Verwaltung miterleben willst. Er soll sich gewaschen haben!

Vorerst aber: die Tücken! Denn was das Amt rausrückt, entscheidet das Amt. Immer wieder versuchen Bürger über ihre Vertretungen Auskünfte zu erzwingen und die Dienstleistenden zu lehren, wer der Herr sein sollte, eigentlich. Anfragen an die Verwaltungen füllen die Regale. Doch nach zweihundertfünfzig Jahren Moderne ist jeder legislative Sieg zu Staub im Aktenkeller verdammt, wenn nicht die Luft in den Amtsstuben aus dem Arsch deiner eigenen Gefolgsleute stammt. Wenn der Amtsleiter nicht will, kann sich die Mehrheitspartei ihre Beschlüsse in die Haare schmieren.

Weil aber gleichzeitig jeder kleine Chef im Büro, ebenso wie sein Vorgesetzter, seine Untergebenen und alle anderen Schranzen, denen er misstraut, einerseits keine Ahnung hat, andererseits aber wegen seiner Festanstellung nichts zu verlieren – weil also nichts so läuft, wie man es gerne hätte, würde selbst dann nichts geschehen, wenn man's einmal versuchen wollte. Und was heißt überhaupt „geschehen": Es könnte jemand eine Eingabe machen, der Bürgermeister jemanden anweisen, ein Stadtrat was beschließen, ein Landtag milliardenschwere Programme auflegen, jemand die Gelder abrufen wollen und so weiter. – Dahin kommt es aber nicht. Nie. Denn auch, wenn keiner ernsthaft etwas zu verlieren hat, soll es schon vorgekommen sein, dass einer, der sich zu weit vorgewagt hat, über die eignen Füße stolperte und den Kopf verlor. Das steckt ganz tief drin im Amtsstubenerbgut. Wo man verbeamtet ist, heißt dieses Spiel Beamtenmikado, wer sich zuerst bewegt, hat verloren.

Wenn es aber doch mal brenzlich wird, muss im Zweifel einer zur Kur. Hier allein ist Zweifel erlaubt, sonst löst er eher Denkverdacht aus. In Kur sind in der Verwaltung häufig die, die nicht im Urlaub oder krank sind. Oder in Frührente. Die Neubesetzung dauert danach totsicher Jahre, Einspruch unterlegener Kandidaten inbegriffen, und das wird sich hinziehen, bis sich einer mit Parteibuch gefunden hat, der garantiert nichts kann, früh genug Alkoholiker ist und verlässlich die Schnauze hält, seit einigen Jahren gerne auch weiblich, mit Behinderung oder Migrationshintergrund.

Es ist ein Kreuz mit der Verwaltung.

In der umgekehrten Richtung funktionierte die Selbstsicherung der Verwaltungsorgane ebenfalls. Mich erreichte ein Brief von Dudine aus dem Gefängnis – mit wochenlanger Verzögerung. Nun könnten böse Zungen monieren, ich selbst wäre nicht der Schnellste. Lag mein Plan die Schwester hinter den Gardinen zu besuchen doch ebenfalls schon seit Luftjahren ausführbereit auf Eis. Aber selbst das ja wegen der Verwaltung. Man ließ mir keine Luft. Und andersherum hatten die Sicherheitsbehörden nun offenbar Dudines Brief durch alle schwitzigen Finger gewalkt, um Brauchbares über ihre Identität herauszufiltern, wie ich später vermutete. Dass er mich trotzdem noch in der gleichen Dekade erreichte, grenzte schon an ein Wunder. Allerdings verriet ihr Brief nichts, was den Ermittlern in die Logikkette gespielt hätte. Zugespielt wurde mir das gute Stück denn auch nicht durch die Post, wie man vielleicht denken sollte. Sondern, mit ausdrücklichem Gruß aus dem Untergrund, durch einen so geheimnisvollen wie geübt unscheinbaren Aktivisten, der auf mir unerklärten Wegen meinen Aufenthaltsort erfahren hatte. Dudine schrieb:

Liebster olter Mann!

Hier sind die Wände gräulicher denn je. Tag um Tag bewachen sie mich, während der Wald weiter schwindet. Immerhin muss ich mich nicht um die dürre Natur sorgen, hier gibt es nicht mal Löwenzahn. Die Anarchie muss draußen bleiben... Wie wünschte ich, wir könnten zusammen ins gelobte Land! Weißt du noch? Der große Plan ins Glück! Lernt ihr schon fleißig? Ich wette, du büffelst mit den andern Glücksrittern gemeinsam Vokabeln. Gegenseitig schert ihr euch das Fell, krault euch die Bärte und eure arme Schwester sitzt im Bau. Aber sorgt euch nicht um mich. Kommt mich nur recht bald mal besuchen.

Fürchte dich nicht, mein Lieber, vor den Eisentoren, die mich gefangen halten! Der Löwe hat keine Zähne und der Greif keine Krallen! Man kann mich hier weder biegen noch brechen, und das bei voller Verpflegung!

Du aber fehlst mir, komm mich wirklich bald mal besuchen. Echt jetzt! Du musst auch nicht vorher anrufen, bin nämlich immer zu Hause! Hahaha! 😊

Gaaanz liebe Grüße und Küsse,
deine XXX

Ich würde also Dudine besuchen. Ganz bestimmt ganz bald. Nur rief ich eben vorerst noch beim Einwohnermeldeamt an.

Ehrlicherweise müsste ich sagen, dass das nicht ganz richtig ist. Vielmehr *versuchte* ich einen Anruf. Eine geschlagene Stunde klebte ich in dieser öden Leitung, ohne irgendeine Resonanz. Als es Abend wurde, hob jemand ab. Ich verstand ihren Namen nicht, war sowieso völlig überrascht und stammelte heraus, weshalb ich…

„Sie haben ihre Melderegisterkarte zur Hand?"

„Wie bitte?"

„Ihre Melderegisterkarte."

„Müsste nicht das Amt sowas verwahren? Aktenschränke und so?"

„Wie bitte?"

„Ich dachte, deshalb sammeln Sie meine Daten. Weil Sie sie halt – sammeln."

„Sie müssten doch ein Dokument über Ihre Meldung haben."

„Einen Perso."

„Den brauchen wir später. Jetzt erst mal Ihre Melderegisterkarte."

Ein Gespräch wie Treibsand. Frau Telefonistin war ein richtiger Ameisenlöwe. Sobald ich mich ihrem Trichter entronnen sah, wurde ich mit einer Ladung Sprech beworfen und alles geriet ins Rutschen. Feinste Körnung, die abging in speichelklebrigen Lawinen.

Eine personenbezogene Aktennotiz-Nummer der Vordekade hatten wir noch recht schnell fernbetreut ermittelt. „Immer oben links, bei jedem Schriftverkehr, schauen Sie mal." Tatsache, eine von fünfen, überhaupt: Buchstaben-Ziffern-Folgen. Zuständigkeitswechsel. Transferierter

Bearbeitungsstand, ruhender Aufnahmemodus und gestundete Antragsfortschreibung. „Dann müssen wir jetzt die Datenfelder Kategorie Eins ausfüllen."

„Welche und wie viele sind das?"

„Die sind leider alle verpflichtend. Aber wir schaffen das schon" – Einreisekennzahlen, Eintragsdatierung, Anspruchsmigration, Motivationsexegese, Meldewechselstichtag, Auswenderprobation – eine fremdartige neue Welt, wo ich nur das Ende der Scheibe vermutet hatte. Und zum Verzweifeln.

All das dauerte. Der Dame war nach einem für mich olympischen Telemarathon ein echtes Stück Arbeit zu attestieren.

„Jetzt sind Sie geschafft, was? Das war jetzt erst mal viel. Lassen Sie's sacken." Sie erklärte mir mit einer Ausdauer und Engelsgeduld einfach alles. Und noch viel mehr, so was lernt man nicht in Abendschulungen. Drei Seiten Schmierpapier kritzelte ich voll, markierte die Zauberworte, die sie zum Schluss nochmal hervorhob, „daran müssen Sie denken, das ist wichtig, das müssen Sie als erstes…", und bedankte mich wie einer, der unter Bücklingen sich vom Grafen zurückziehen darf nach der Audienz.

Es vergingen gute zwei Wochen, bis ich mich zum nächsten Anlauf präpariert hatte. Ihre Durchwahl hatte ich sorgfältig notiert und rief wieder an. Gerüstet mit Angaben zur persönlichen Verankerung meiner Existenz in den Stützwänden unserer Sozial- und Gesundheitssysteme. Lagen viele Wunden offen zu Tage, an denen ich nach Nummern und Referenzen in meiner Vergangenheit gewühlt hatte, so gelang es mir doch, alles für diesen nächsten Schritt in die Bürokratie zu sortieren. Also los! Wie im Operationssaal legte ich die Instrumente aus. War bereit, Frau Telefonistin die Tupfer, Schere, Hämmer und Ösen anzureichen, Hilfestütz für den Chef und Polier, der mir mein neues Selbst zu bewerkstelligen versprach. Alles bereit — aber natürlich die Leitung besetzt.

Ich wollte es *jetzt*. Wiederholte immerzu die Anwahl. Wieder und wieder. Überprüfte die Nummer, hatte mich hundertprozentig nicht verwählt. Dann war wohl Mittagspause im Amt und der AB dran. Eine Stunde später hatte ich scheinbar Glück, es hob jemand ab.

„Die ist leider nicht am Ort."

„Wie – nicht am Ort? Noch zu Mittag, meinen Sie? Es ist 15 Uhr."

„Nein, nicht zu Tisch. Nicht am Ort."

„Was heißt das?"

„Sie ist nicht da."

„Das merke ich. Und wie erreiche ich Sie?"

„Das kann ich Ihnen nicht sagen."

„Wer kann das denn?"

Damit hatte ich einen Mechanismus ausgelöst, der in der Bürokratie selten zu einem Ergebnis führt. Zumindest nicht zu dem, das man eigentlich anstrebte.

„Hallo?", es war still am anderen Ende, „sind Sie noch da?"

„Ja, ja. Warten Sie, ich schaue gerade mal nach." Ich hörte Mausklicks und Rascheln. „Wer kann das wissen?" Ich stellte mir vor, wie dieser Mensch vor einem riesigen

Organigramm hockte, das er nie in Gänze auf seinem Bildschirm einsehen konnte. Er sprach mit sich selbst, als löse er labyrinthische Rätsel. „Wer kann das wissen?... Ballscheidt? Nee… Faldenheim, Gelbrotte, Hindenhorst, neee… Meier-Rottmann! Meier-Rottmann ist es. Haben Sie was zu schreiben?"

Mein Herz hüpfte. Ich bejahte.

„Ach nee, warten Sie, ich hör grad, die ist in Urlaub. Hören Sie? Warten Sie mal, Tschuldigung", und die Hand auf dem Hörer, zu einem Kollegen, „wer macht denn da die Vertretung? Ist das Krolau oder Ballscheidt, haben wir da zwei von?" Er dichtete die Ohrmuschel nicht ausreichend ab. So erhielt ich den sanft gedämpften Einblick in die Interna der Verwaltungsteeküche. „Kommt die denn überhaupt noch wieder? Die ist doch jetzt schon Ewigkeiten in Kur… Nee… Was?... Neee… Neeein! Nervenzusammenbruch, kein Alkohol. Wen du meinst, das ist Koßmann, der aus 61. Der ist vertretungsweise hier gewesen, das ist aber schon länger her, vorletztes Jahr. Aber jetzt hilf mir doch mal, der Mensch ist noch am Apparat. Wer vertritt denn jetzt die Heidrun? Ich muss dem irgendwas sagen."

Daraufhin dauerte es nur noch einen stillen Augenblick und dann wurde mir irgendwas gesagt.

Ich wäre nicht überrascht, wenn sie sich den Namen extra für mich ausgedacht hätten. So wie es für den Menschen vor dem Gesetz, der bei Kafka aus der Provinz anreist, ja auch einen Eingang gibt, der nur für ihn vorgesehen ist. Vielleicht haben sie in der Verwaltung eine Liste mit toten Anschlüssen, auf die Auskunftswillige mit normabweichenden Anliegen umgeleitet werden. Und wie viele ehemalige Callcenterkarrieren fanden ein sicheres Auskommen darin, diese unglücklichen, wartenden Existenzen zu vertrösten? Niemals mit Gewalt, aber mit einem unerbittlichen, nie versiegenden Quast voller Floskelleim.

Damit strich mir dieser nothilfsbereite Ersatztelefonist breitflächig über die Ohren, gab mir sogar noch eine Gratisnummer obendrein, „wenn Sie da niemanden erreichen, versuchen Sie's noch mal dort, kann sein, dass Ihnen da…" – und darüber lief ein ganzer Kontaktaufnahmetag ins Leere, denn es ging auf Viere zu. „Versuchen Sie's morgen, heute werden Sie da keinen mehr erreichen!"

Am nächsten Morgen, in aller Frühe, war ich wieder in der Leitung. Gelangte direkt ins zuständige Dezernat, wurde von dort aber umgeleitet, weil der Mitarbeiter des Monats, den ich diesmal erwischte, sich völlig erstaunt von meinem Ansinnen zeigte. Ich erklärte ihm alles: meinen Fall, die Genese und wie man mir seinen Kontakt…

„Ich versteh Sie schon. Völlig klar. Nur was *Sie* wollen, ist etwas völlig anderes. Hier sind sie beim Bundesamt für Migrationsleistungen. Wir sind mit Immigration befasst, mit Zuwanderung. Sie wollen ja was anderes, sie wollen ja raus. Sie wollen emigrieren. Da versteh ich nicht, weshalb man Ihnen das nicht gleich gesagt hat."

In mir machte sich fassungslos-zerknautschtes Unverständnis breit. „Wer ist denn dann zuständig?"

„Ich schau grad mal. Sekunde."

Es dauerte. Wieder sah ich seine ratlosen und genervten Augen vor meinem inneren über den Bildschirm wandern. „Ich ruf mir das grad mal auf, dauert nur einen Augenblick… Wo wollen Sie denn hin? Ah, da haben wir's! Haben Sie was zu schreiben?"

Ich erhielt zwei weitere Kontakte, einen richtigen, und einen zur Sicherheit, nur falls der erste nicht, aber da gebe es keinen Zweifel!

„Dann danke ich Ihnen ganz herzlich…"

„Gern geschehn. Und wie gesagt, versuchen Sie auch die zweite Nummer. Und wenn die Ihnen da nicht weiterhelfen können, melden Sie sich gern nochmal. Wo wollten Sie hin, sagten Sie?

„Dänemark."

„Nach Dänemark?! Aber das ist doch… sind Sie sicher, dass das als Ausland zählt? Ich meine, ist doch EU, nicht?"

„Und das heißt jetzt was?"

„Na ja – ich wüsste nicht… ich meine, sind Sie sicher, dass Sie dafür den ganzen Aufwand, wieso gehen Sie denn nicht einfach so nach Dänemark, also ohne Auswandern?"

„Wieso sollte ich nicht?" Der brachte meine ganze Basis zum Schmelzen. „Ehrlicherweise kann ich Ihnen gar nicht sagen, wer mir als erstes gesagt hat, was ich genau tun müsste. Vielleicht bin ich selbst davon ausgegangen, dass… und dann hat keiner das infrage gestellt. Ich dachte immer, *Sie* müssten doch *mir* sagen können, was man tun muss. *Sie* sind doch die Behörde."

„Was heißt das schon. Die Behörde gibt's nicht, wie gesagt. Wir sind hier für Einwanderung zuständig. Wie gesagt, versuchen Sie's mal unter einer der Nummern, die ich Ihnen gegeben hab. Vielleicht haben Sie ja auch Recht. Kann schon sein, dass man nach Dänemark auswandern kann. Darüber weiß ich ja auch nichts", bezeichnende Sekunden der Stille, „also: Viel Glück für Sie, ja?"

Und damit war ich wieder allein in der Welt.

Unnötig zu sagen, dass die Nummern, die er mir gab, nicht weiterführten. Keine der beiden. Unter beiden Anschlüssen erreichte ich aber Menschen, die mich mit neuen Zuständigen verbanden, wo dann niemand an den Apparat ging, worauf ich wieder beim Erstkontakt landete, der mich zum Trost mit einer neuen Nummer verarztete, „versuchen Sie's da nochmal."

Eine ganze Woche lang verbrachte ich so. Ich begann sehr gut darin zu werden, meine anwachsende Wut zu erspüren, an Bambus und sanfte Bachläufe zu denken, während die Warteschleifenmelodien sich wiederholten, und gezielt den Nacken zu entkrampfen. Während ich telefonierte, rief ich am Laptop Entspannungsvideos auf, weil mir die bürokratische Psychomühle sonst gewiss den Nerv getötet hätte.

Einziger Erfolg meiner Wanderung durch die Telefonkabel deutscher Behörden: nebenbei wusste jemand, die Heidrun sei überraschend frühverrentet worden. Aber die habe sich tatsächlich ausgekannt. Sei eine Autorität auf ihrem Gebiet gewesen. Ein Verlust für das Amt. Warum so plötzlich, wisse keiner. Wahrscheinlich wegen den Rentenansprüchen und der Teilzeit.

Aber in der Sache nichts Neues.

So wurde es Januar und Februar. Gab es in anderen Jahren familiäre Feste der Einkehr und Besinnlichkeit, musste sie in diesem Jahr jemand aus dem Kalender getilgt haben, aus meinem jedenfalls. Darin machte ich nur die immer perpetuierte Notiz, ich müsse das Amt anrufen. Erst viel später bemerkte ich einen verpassten Anruf, der in meiner Mobilbox eingegangen war, wohl kurz vor Jahreswechsel. Es war Ando:

„Oltmann, Colin… ja, ich wollte dich eigentlich einladen einen Slibowitz zu trinken, mit mir, meiner Schwester… aber, ja…" – im Hintergrund bellte ein Hund; Ando hatte immer davon geträumt, sich einen zuzulegen; war es sein Hund? – „ja, na dann… wenn du die Nachricht abhörst, vielleicht magst du ja… Aus, Perun! Sitz!… Sorry Colin, mein Hund, kennst du auch noch nicht… na ja, ich stell euch mal vor, meld dich mal, wenn du meine Nachricht hörst… Also, bis dahin."

Sehr viel später erst fand ich sie. Da war aber schon alles vorbei.

Es schneite, der Winter war kalt, klirrend kalt, wenn es sowas im Rheinland gibt, die Gästezahlen in Bonn überschaubar, meine Nächte als Portier milde. Ich spielte Solitär und Schach, schlief tief und surfte des Tags an den weißen Stränden von Infonesien und Behördistan. Wie in einem Strudel verging mir jeder souveräne Sinn für die Angemessenheit meiner Anstrengung. Ich strampelte und trat in die Fluten, in die ich mich nun mal geworfen hatte. Aber ob ich mit oder gegen einen Strom schwamm oder im Kreis, ob ich einem Sog erlag, abtrieb oder Fortschritte machte, konnte ich nicht mehr beurteilen. Jeder Strohhalm, den man mir zuwarf, erwies sich nur wiederum als Niete und allmählich schien mir, als sei ich einer vermessenen, sündig-unsittlichen Neigung wegen in einer Verwaltungsvorhölle gefangen, in der die Seelen gequält werden, die Einlass begehren, bis an ihr bitteres Ende. Womöglich saugte man in den Amtsfluren Blut aus den Aktendeckeln, wenn es gegen drei dunkelte und die Telefonapparate auf Dauerbesetzt geschaltet wurden. Ein ertragreiches Handwerk, ein sicheres Brot. Meines freien Willens ledig und vermutlich mit ganz leeren, umrandeten Augen, rief ich immer wieder an, ließ mich verbinden und mit widersprüchlichen Angaben versorgen, die ich fein-unsäuberlich in einer prallen Mappe verstaute. Immerhin könnte ich irgendwann ein Buch draus schreiben, sollte ich dies überleben.

„Oltmann, mein Bester! Dass du noch an mich denkst!"
Dudine führte eine Theatralik auf wie eine Stummfilmschauspielerin, die man über Nacht in den Tonfilm gesteckt hatte. Die junge Kaiserin im Gefängnis ihrer Konventionen. Sie zog alle Register überschäumender Freude – Mimik, Gestik, Tränen, Tremolo – und das Panzerglas der Trennscheibe im Besucherraum beschlug vor spritzigem Glück.
Ich hatte mich zu einem Besuch aufgemacht, umständlich nachgefragt und beantragt auch hier; und ein leichter Ritt wurde auch dieser nicht. Immerhin dauerte es nicht mehr als drei Anrufe bei zwei Instanzen und eine

unbedeutende Wartezeit von vierzehn Tagen, bis ich vor den Gefängnismauern in Köln-Ossendorf Aufstellung nahm.

Wie ein fremder Ritter auf seiner Wanderung vor der Burg, nicht mehr lang bis Sonnenuntergang. Einige Wolken, unheimliches Licht.

Nichts, keine Kontaktaufnahme von innen heraus. Kein Wachmann, der sich an den Hörer hängt und anmeldet ‚Hier ist er'. Nur ein schwarzes Kameraauge über dem Portal aus großflächigem, grünem Stahl.

Dann tat sich die Pforte auf, vollautomatisiert. Ohne ausdrückliche Aufforderung trat ich ein, annehmend das sei für mich, könne nur für mich sein. Ein Vorhof und hier immerhin holte man mich ab, ziemlich wortkarg aber nicht unfreundlich.

Was erwiderte ich meiner Freundin? Ich weiß es nicht mehr, wurde ganz gewiss verlegen, errötete vielleicht und parierte Dudines Elogen auf meine Freundschaft betreten und bescheiden; wie viele Monate war ich schließlich nicht zu Besuchen erschienen.

„Kaum einer besucht mich! Die Welt hat mich vergessen."

„Wer war da?"

„Wie geht es dir, Colin, gut siehst du aus!"

Ich nickte, wiegte den Kopf und erzählte, wie es mir so ergangen war, „und selbst?"

„Das klingt ja spannend, Nachtwächter!"

„Nachtportier."

„Ist das nicht fast das gleiche?"

„Wächter wäre noch die Steigerung. Ich glaube, da hat man so einen Waffenprügel von Taschenlampe."

„Wow!"

„Manche dürfen einen Schäferhund…"

„Wie geil!"

„Aber erzähl mal…"

„Und was steigen da für Leute ab in deinem Hotel? Ist das wie in diesem Film, *Budapest Hotel… Grand*, oder so ähnlich, wie heißt der noch, wo der Liftboy so ein Mützchen aufhat? Ha-haa! Oltmann, trägst du etwa auch so eins?!"

„Na ja…"

„Ist es so ein altehrwürdiges mit Türmchen, diesen Brokatvorhängen, rotem Eingangsteppich und Uraltfahrstuhl? Lach nicht, das gibt es tatsächlich! Freunde von Freunden haben in so was ihre Flitterwochen verbracht!"

„Dudine, wie geht's dir?"

Seufzer, Schweigen, Schulterzucken.

Schweigen und noch ein Seufzer. Immerhin kannten wir uns lang genug, um das Nötigste mit Blick reden zu können. Ich nickte. Begann mir den Gefängnisalltag vorzustellen. Kannte ihn aber auch nur aus Filmen. Was hatte sie denn schon gemacht, dass sie saß? Waldbesetzung, wiederholt und ungeniert. Beschädigung fremden Eigentums und Sabotage. Körperverletzung, Widerstand gegen die Staatsgewalt und Beamtenbeleidigung.

„Urinieren in ein Polizeifahrzeug nicht zu vergessen."

„Du hast ihnen ins Auto gepisst?"

„Was soll ich denn machen, wenn sie mich Stunden festhalten und nicht gehen lassen?!"

„In die Hose?"

„Nein, sie hatten die Fesseln gerade gelöst und fuhren los. Da hab ich die Chance genutzt und in hohem Strahl zwischen den vorderen Sitzen durch. Ihre Arme erwischt. Echt wahr! So schnell konnten die gar nicht wieder hinten sein, anhalten, Gurt lösen und alles."

„Großartig, gratuliere. Aber deshalb ein Jahr Haft?"

„Nee."

„Sondern?"

„Sie wissen ja immer noch nicht, wer ich bin."

„Nicht im Ernst."

„Doch. Ich verweigere die Personalienaufnahme."

„Du bist inkognito hier?"

„Quasi. Ich heiße hier Kranich."

„Kranich", echote ich, „wie kommst du dazu?"

„Weil der tausend Sachen symbolisiert. Keine Ahnung, war so 'ne Eingebung – Frieden, Weisheit, langes Leben, neues Leben… ich hab's mir dann mal durchgelesen. Die haben hier eine Bibliothek, weißt du? Aber ist auch nicht so wichtig. Sie nennen mich jedenfalls den Kranich und ich weigere mich zu sagen, wer ich wirklich bin und das lassen sie sich nicht gefallen."

„Dann falle ich dir in den Rücken mit meinem Besuch."

„Na ja, wir sind ja nicht verwandt."

„Und deine Eltern." Sie zuckte mit den Schultern. Schweigen.

„Du hast deine Eltern ein Jahr nicht gesehen? Sie sind auch nicht gekommen?"

„Wir hatten das vorher besprochen. Sie schicken anonyme Nachrichten und ich bekomme Pakete. Aber es ist schon hart, so im Widerstand."

„Sonst ist keiner… auch nicht von eurer Bewegung?"

„Geht nicht, zu riskant. Du bist der einzige, Colin Oltmann. Umso mehr freue ich mich, wirklich riesig, riesig, riesig, dass du da bist!" Sie klopfte an die Scheibe, die zwischen uns stand und erntete einen Ermahnungsblick von der Aufseherin.

„Hast du Freunde hier drin?"

„Inwiefern man das Freundschaft nennen sollte, weiß ich nicht. Sagen wir Kameradschaft, das ja. Aber es gibt Seilschaften, Abhängigkeiten, Hackordnungen. Ich werde aufgefangen, aber ich muss mich auch anpassen. Das ist ganz schön anstrengend."

„Erzähl." Sie schüttelte den Kopf.

„Später. Wenn ich einmal hier raus bin."

„Wann ist das?"

Schulterzucken. Diesmal aber Schweigen. Blitzte da ein Lächeln auf? Doch nicht, oder schon wieder vorbei. Zuversicht ging anders. Resignation? Hatte sie sich arrangiert?

„Es kann morgen sein oder in einem Monat, vielleicht erst nächstes Jahr. Die Bewegung bleibt mit ihren Anwälten dran… Nicht dass ich darauf setzen würde…" und jetzt geschah etwas, dass ich von ihr, Dudine, nicht kannte. Zumindest erinnerte ich mich nicht. Sie senkte die Stimme, strich die Mimik aus ihrem Gesicht und flüsterte ungeschminkt: „Diese Hoffnung ist mir in der Tat gestorben."

„Heißt?"

„Dass mich ihre Anwälte rausholen. Petitionen schreiben, auf die Pauke hauen, sich empören. Das können sie. Aber mich hier raushauen? Ich bin doch irgendwie auch Publicity für die, denk ich manchmal. Aber nicht mit mir, Oltmann – No way!!"

Der letzte Schlag auf die Klangstäbe ihrer eigenen Stimmbänder war wieder sie selbst, ganz Dudine. Was, fragte ich mich, hatte das aber zu bedeuten.

„Willst du ausbrechen? Hast du heimlich Bettlaken geknüpft? Mit einem Löffel einen Tunnel…"

„Ha ha, du hast geile Vorstellungen von der Welt, Oltmann! – Nein, aber ich kann dir verraten, mir geht's auch nicht so schlecht, wie man vielleicht denken mag", sie zwinkerte mit einem Auge und ihr Blick funkelte. Nicht hämisch oder angriffslustig, sondern – glücklich, beinahe erlöst oder –

„…bist du verliebt?!"

„Daaas wird noch nicht verraten!" Sie hob die Arme, als wäre sie ertappt, machte mündungsgroße Kulleraugen und grinste bis über beide Ohren, wie zur Tarnung eines Kindes, dass verbotenerweise doch vom Kuchen naschen wollte. Mit dieser Geste glitt unsere Szene ins Skurrile. Wollte sie mich ins Vertrauen ziehen, oder lieber nicht? Liebe unter den Häftlingen mochte alle Tage vorkommen. Eine Frauenknastromanze. Ich sah, wie ihr Kopf einen Entscheidungskampf ausfocht.

„Ich sage nichts, Colin. Aber wenn ich raus bin, bist du der erste, der's erfährt. Ehrenwort!"

Das Besuchsfenster schloss sich und ich befand mich wieder in meiner eigenen Welt.

Diese Formulierung machte mich stutzen. Meine bürgerliche Existenz hatte ich ehedem aufgegeben für ein Leben als Landschaftsgärtner nahe der Natur. Auch den Traum vom Hirtendasein hatte ich gewählt und wieder aufgegeben. Mein Freundeskreis hatte sich pulverisiert und ich war ins nächtliche Abteil eines Hotels gekrochen. Auch den Ort gewechselt, provisorisch das Nest eines alten Freundes in einer fremden Stadt bezogen. Der Ausdruck war aber wiederum verkehrt, denn ich war ja nicht in der Fremde, sondern in Bonn; die Heimstatt meiner Studienjahre – und doch nur ein Wartesaal zur Zwischenmiete. Meine eigenen Hüllen hatte ich mit meinem Compagnon getauscht. Gemeinsam tasteten wir uns nun, gleichsam blind im düstern Nebelmeer, vorwärts in ein neues Leben. Nicht mehr auf vertrauter Erde, dem rettenden Hafen aber noch fern; und waren da Schluchten und Abgründe, so konnten wir jederzeit stürzen. Diese Gegenwart, noch nicht die meine, war nahezu haltlos.

Mich juckte es am Hinterkopf. Ich kratzte. Dann unterm Gaumen, an der Nase, in den Kniekehlen und zwischen den Schulterblättern, einer ganz blöden Stelle, an die ich nicht rankam. Das konnte ein Zeichen sein. Vielleicht war es einfach eines von Nervosität. Oder Dehydrierung. Oder die Ahnung einer Schuld… Teilschuld. Meine Geliebte Felia war einer Art Selbsttotschlag erlegen, mir war ein Schusswaffenabzug ausgerutscht, womöglich ein Kind verlorengegangen, ich war auf dem Weg in die

Vaterlandsflucht, und gegenwärtig war mir so wackelig im Gehirn, dass ich nicht wusste, wer man und was der rechte Weg sein sollte. Ständig knallte die Peitsche der Zeit neben meinem Ohr und etwas ging zu Bruch. Dabei konnte man eigentlich gar nichts tun, selbst wenn man glaubte, das Richtige zu tun. Denn noch – eine Wolke schob am Himmel sich beiseite, ich atmete dreimal tief durch, richtete mich auf wie ein Cowboy, der breitbeinig in die Sonne tritt – noch hing die neue Welt in der Schwebe, in den klebrigen Seidenfäden der Bürokratie. Wer zuerst zieht, den frisst die Spinne. Was also tun?

13
Wie Schnippchen geschlagen werden

Es musste im Karneval gewesen sein und an der Zeit, dass mir die rettende Idee käme.

Meine Dienstzeiten machten es mir unmöglich, mich ins Gewühl zu stürzen, selbst wenn ich gewollt hätte. Es war nach der Messe- und Weihnachtsmarktsaison das Karnevalsgeschäft die dritte Säule des rheinischen Hoteliergewerbes und Frau Hirsch setzte auf mich. Sie selbst suchte das Weite und floh auf einige Tage zu Geschäftspartnern an die Nordsee. Ich behielt die Zügel recht lasch in der Hand, ermutigt nur durch mittägliche Anrufe der Alten. Das bedeutete auch, dass ich quasi selbst im Hotel einzog. Auf meiner Liege hinterm Tresen loungierte ich aus einer Reisetasche und ließ mir von mobilen Speiselieferanten die Verpflegung in Styropor kredenzen. Immerhin hatte ich mir diesen Umstand als Spesen ausbedungen.

Was genau mich zu meiner kühnen Eingebung anregte, erinnere ich nicht mehr. Das Treiben in unserem Haus war aber schon Wochen vor den tollen Tagen mehr als bunt und stand dem Adventschaos in nichts nach. Sogar Nackte stolperten mir bei einem Kontrollgang morgens um drei über den Weg. Husch-husch von links nach rechts, rechts nach links, wie Rehe im Morgentau. Türen knallten, Popoklatschen und Gekreisch, Sektkorken, Polonaisefetzen, Beethoven, Bonn weiß, was es sich schuldig ist, und über allem ein markanter Schweiß-Alkoholdunst in den Tapeten.

Gegen sieben Uhr in der Frühe musste es denn nach einer langen, langen Nacht gegen Ende der Session, die ich bis ins Morgengrauen erfolgreich überwacht hatte, auch gewesen sein, dass ich mir ein normsprengendes Szenario auch für die Peiniger aus der Behörde wünschte. Mutmaßlich, so machte ich mir bewusst, war ja auch das Behördenwesen über die tollen Tage vom Schnarchmodus ins Kunstkoma versetzt. Versank ein ganzer steuerfinanzierter Apparat wirklich für Tage in den Ausscheidungen der Ausschweifung, so wollte ich diese Glut des Vergehens noch einmal anfachen, den Schwelbrand der Dekadenz noch ausweiten und ihnen ein unerwartetes Inferno bescheren, dass selbst die Erde unter ihren Füßen verdampfen würde.

Vielleicht hatte ich diesen gallischen Heldenmythos vor Augen, wo sie das Haus, das Verrückte macht, kollabieren lassen – ach, das könnte schön sein! Aber es würde fraglos nicht funktionieren. Nicht allein war es unmöglich, auch nur ein Häppchen Information ohne Bedeutungsverlust von einem Telefonat ins nächste zu retten. Wie sollte sich da jemand für Passierschein A39 interessieren? Niemand konnte falsche Angaben von richtigen unterscheiden. Niemand geriet über Wahrheitsfremdes in Unruhe. Niemand kannte die Wahrheit. Ein gültiger Informationsstand, dessen war ich nach vier erfolglosen Monaten absolut sicher, existierte zu keinem Zeitpunkt. Das System lebte von seiner Beliebigkeit. Jede Eingabe bedeutete einen neuen Vorgang im Geflecht seiner Zuständigkeiten. Wuchernde Präzedenzausstülpungen. Und weil sich niemand auskannte, verwies jeder in seinem uferlosen Unwissen die offene Frage an immer noch eine und noch eine und noch eine weitere Stelle. Und hinter keiner dieser Nummern wartete je eine reale, verantwortliche Instanz. Die ungenierte wenngleich uneingestandene Simulation von Organisiertheit, unter deren Gitter ich hilflos strampelte, bis meine Kräfte aufgezehrt wären und ich in die Tiefe sank, eines Tages und vor Erschöpfung, sie war unerbittlich, ein Ausweg illusorisch.

Einen Spaß aber wollte ich mir doch mit ihnen machen. Vorsorgend erstand ich einen Kanister Rizinusöl und mehrere Flaschen billigsten Wodka. Dem Hartnäckigen bietet sich Gelegenheit.

Es war ein weiterer Monat vergangen, während dessen ich meine Attacken auf das sinnlose Gespinst bis zur Verhärtung getrieben hatte. So lang hatte ich mich gewunden, dass ein Panzer mir um alle Glieder gewachsen war. Auf seiner äußeren Schicht war er noch fies und klebrig und alle neuen Anwürfe, alle Schikanen gegen mich verklebten in dem Kokon. Man konnte mir nichts mehr vormachen. Routine hatte ich mir erworben. Und als nichts mehr ging, kam wirklich der Tag, an dem mir ein Telefonist keine Alternativen mehr anbot.

Ein junger Mann saß heute Morgen auf dem Posten und zückte die üblichen Pfeile gegen mich. Aber ich parierte und er selbst drohte an mir festzukleben. Er versuchte die Nummern, unter denen man noch einmal…, aber immer konnte ich sie schon auswendig und fiel ihm ins Wort. Ich wusste sogar, wie lange die Urlaubsvertretung eines Frühpensionierten diesmal in Kur weilte. Der, der sich aus seiner Ertappung nicht mehr zu helfen wusste, war mit seinem

Verordnungssprech am Ende und sah sich an die Wand gewumst. Er sagte:

„Wissen Sie was? Ich seh' gerade, ihr Vorgang ist aus unserem Zuständigkeitsbereich auch schon hinaus. Sie erfüllen alle Voraussetzungen." Das war ja kaum zu fassen! Wie geschah mir? Wie ein gewiefter Angler den fetten Hecht von der Angelschnur schneidet, bevor es ihn selbst in die Flut hinab reißt, reagierte der Mann geistesgegenwärtig; und im nächsten Augenblick konnte ich schon frei zappeln, wenn auch nur im gleichen, kalten Becken.

„Weil Ihnen aber die Bestandsgültigkeitsanerkennung nur von den Kollegen im Bundesamt für auswärtige Konsulatskontakte in Köln ausgestellt werden kann, müssten Sie sich vor Ort an die wenden."

„Hätten Sie also eine Telefonnummer?" Meine Moral sank wieder auf die nächstniedere Stufe. Neue Wochen des gleichen Wahnsinns in grün.

„Leider nein."

„Wie?"

„Leider nein. Da kann ich Ihnen keinen Kontakt vermitteln. Das geht nur vor Ort."

„E-Mail?"

„Auch nicht. Weil die Bestandsgültigkeitsanerkennung nur persönlich Gültigkeit erlangt, müssen Sie vor Ort vorsprechen. Termine vergeben die meines Wissens nicht. Ist aber auch kein großes Ding, ein formloser Akt, nur Ihren Perso müssten Sie dabeihaben."

„Wie ungewöhnlich." Meinen ironischen Zweifel überhörte er.

„Allerdings werden Sie da jetzt wenig Glück haben. In drei Tagen ist Karneval und bis Ende nächster Woche geht in Köln sowieso gar nichts, das garantier ich Ihnen."

Aufgehorcht! Sollte das eine Challenge sein? Ich sah mich in meinem Vorurteil bestätigt und witterte: *die* Gelegenheit.

„Also. Machen Sie sich locker. Gehen Sie feiern und in zwei Wochen fragen Sie da mal vorsichtig nach."

Adresse notiert, Level geschafft und verabschiedet aus seiner Zuständigkeit. Auf Nimmerwiederhören.

Mitunter meinte ich erst jetzt, indem ich mich ins Wurzelgeflecht deutscher Bürokratie eingrub, echtes Eremitendasein zu atmen. Sonst sagt man das ja einem Schäfer nach. Aber das Hirtenleben war ein Fest der Geselligkeit gewesen gegen mein derzeitiges Vegetieren. Auch Marti schien das zu spüren. Ihn hatte es mit dem Umzug nach Mittelstadt nicht etwa in die Peripherie verschlagen, wie er selbst befürchtet hatte. Vielmehr fühlte er den Dreh des Universums in seiner Brust mit aller Energie. Begegneten wir uns auch nicht persönlich, nicht einmal am Telefon, so blieben wir einander doch verbunden in dieser winterlichen Zeit, schon durch das gemeinsame hehre Ziel. Eine E-Mail habe ich neulich zwischen so vielen anderen vergessenen Zuschriften gefunden, die, von mir unbeantwortet, weil ich kaum etwas Adäquates zu erwidern gehabt hätte, in meinem Postfach versunken sein musste wie unter buntklebrigem, fauligem Herbstlaub:

Lieber Colin,

es ist vielleicht nichts Wichtiges, aber möglich, dass ich soeben die ultimative Erklärung gefunden habe. Es fügt sich mir alles, wie ich hier so in Mittelstadt sitze. Genauer gesagt liege. So darfst du dich mir nämlich just vorstellen: auf deinem mir von dir untervermieteten Bett picke ich in den Laptop. Neben mir deine Teetasse, an der Wand deine Schäferholzschnitt-Kunstdrucke, keine Angst, ich rühre nicht an der Idylle, überhänge sie nicht einmal. Wo hast du diese Dinger überhaupt her? Wer sammelt und wer vertickt heutzutage dieses Zeugs… aber dann wiederum: auch nur ein Spleen von so vielen… welches mögen meine sein, denkst du jetzt…

Dänisch ist leichter als gedacht, grad lese ich Hansens Buch über die Hamsun-Prozesse. Davor Blixens *Den afrikanske Farm* und letzte Woche Hans Rudolf Kirks *Fiskerne*. Buch auf Buch. Komme ganz gut voran, treffe Erti außerdem zum Jour fixe: spazieren, dänisch plaudern. Er ist gut, verdammt gut, nicht nur ein Wasserfall, sondern hat was in der Birne! Hätte das von einem Friseur nie gedacht, auch er liest Blixen; und wieder: ein Gewinn, kannte ich doch nur die Enklaven, wie sie die Geisteswissenschaftler, Hippster und andern Kulturheinis in ihren Akademikerghettos formen. – Ich war ja SOOO skeptisch, als du mir vorschlugst Grundschullehrer zu sein. Nervös! Aber auch das fluppt mit links. Die Kleinen und ich sind ein drolliges Team. Bringen mich auf die kuriosesten Gedanken. So arbeite ich mich nebenbei in Raumfahrt, Tierleben und Hexen-Coming-of-Age ein.

Die Metaphysik kreist derweil in meinem Kopf wie ein Urstrudel. Sieht für Außenseiter vermutlich ungefähr so aus wie eine Milchstraße. Kleine weiße Punkte, die einen Brei ergeben, wenn man den Blick unscharf in sich kehrt, aber dazu noch spiralnebelig und dynamisch, das heißt es wird Neues entstehen! Und ich werde der Urheber sein. Ich weiß noch nicht was, aber ein großes Projekt werde ich zimmern, wenn Kopenhagen hinhaut, Colin! Glaub es oder nicht, unsere Geschichte bestätigt mich darin. Du und ich und Dudine und Erti… das sind alles freie Extreme, die auf ein innerstes Prinzip hinweisen. Ich beziehe mich auf Benjamin und Friedländer, sagt dir vielleicht was: die Metaphysik in den Extremen konkret erfassen.

Er meint mich. Er hat mich gefunden.

Nein mich.

Mich!

Ich habe manchmal diese merkwürdige Vision von drei Hexen und einem Feuer. Merkwürdige Erleuchtung. Also gut, weiter, Martis Brief…

Da hast du's! Ich sitze unverhofft in Mittelstadt, wie ein abgeschossenes Raumschiff auf einem entlegenen Planeten im hinterletzten Sonnensystem gestrandet, und während ich auf die Reparatur warte, für die die Ersatzteile fehlen, offenbart sich mir alles! Wer hätte gedacht, dass dies tatsächlich die Flucht ins Zentrum sein könnte. Apropos Benjamin, manchmal denk ich, er sieht dir ein bisschen ähnlich, wenn ich so in der Küche sitz und mich erinnere: du bucklig auf dem Stuhl, verpeilter Blick gegen die Wand, und dann diese ganze Exodus-Fantasie mit Dänemark… schon speziell… das ist doch auf deinem Mist gewachsen damals. Für Benjamin hat's ja nie hingehauen. Selbstmord auf der Flucht. Und jetzt leb ich es aus. Verrückt.

Verzeih, Colin, wenn ich dich ein wenig studiere, hier in deinem Haus, aber das ist schon ein spannendes Experiment, was wir hier fahren.

Freue mich auf unsere gemeinsame Zukunft in Dänemark und hoffe, du kommst gut voran in deinen Vorbereitungen und bist noch nicht von den Eingeweiden des Hotels verdaut worden.

Herzlichst, dein
M.

Heute war Dienstag. Karneval begann erst am Donnerstag, Wieverfastelovend ab elf Uhr elf. Die nächsten Gäste kämen erst morgen. Ich nahm mir kurzfristig einen halben Tag frei, was ich eilig auf einen Zettel – Krankheit und dringliches Familiendings – am Hotelhaupteingang krakelte, plus Anrufbeantworter. Sollte die Hirsch sich doch das Ohr blutig telefonieren. Jetzt galt es!

Ich fuhr also Mittwoch in aller Früh nach Köln zu diesem Bundesamt. In einem Rucksack führte ich die terroristischen Accessoires meines Anschlags mit mir: Rizinusöl und Wodka. Wie ich den Beamten ihre verdiente Lektion erteilen wollte, war mir zwar noch schleierhaft und vielleicht musste man mein Vorgehen stümperhaft nennen. Eine Infusion konnte ich ihnen schlecht legen, ohne dass sie es bemerkten. Und böte sich mir Zugang zu den

Essenstöpfen der Kantine? – Kommt Zeit, kommt Rat. Und so vertraute ich aus Mangel an Alternativen auf die Gunst des letzten Augenblicks.

Der gegenwärtige war indes ganz vom Regenwetter geprägt. Es nieselte. Wie ein linkischer Eckensteher zog ich meinen Hut, den übergroßen, breitkrempigen Schlapphut des Schäfers, weit übers Gesicht.

Der Hauptbahnhof liegt zwar mitten in der Altstadt, aber es ist wie überall dieser Tage. Nur noch schlimmer. Wohin man geht, endet man in einer Baustelle. Kein Stadtplan und keine App hilft, wenn die Wege des Reisenden in einem Bauzaunlabyrinth stranden.

Fast wäre ich unter den Rheinbrückenunterführungen in Exkremente gestolpert, beinahe über die Brücke auf die falsche Flussseite getapert, aus Verzweiflung, weil es in Köln Bürgersteige gibt, die hinter dir wegbrechen, nachdem du auf ihnen liefst, wie in mythischen Zaubergräbern, und auf einer Kreuzung enden, so dass man nie wieder dorthin gelangt, wo man eigentlich war – da führte plötzlich eine alte Treppe hinab, Goldschmiedstiege… Gerbergasse… oder so… und dann war ich mit einem Male am Ziel: Unter Gipfeln 12, eine dieser völlig verunstalteten Altstadtgässchen, die seit tausend Jahren vor Handel, Handwerk oder Fliegen brummten und stanken und seit fünfzig auch optisch ihren Rest bekamen, erst mit dem Beton-Geruch des Nachkriegs, dann auf Nicht-Geschmack frisiert in den post-ästhetischen Achtzigern. Das Amt war eindeutig der Gipfel des Geschmacklosen und Hässlichen, wenngleich paradoxerweise völlig unauffällig. Zwischen einigen wirklich alten Schätzchen hielten Fassade und Glas die Luft so lange an, bis die nächste historische Ungeduld das Gerippe wieder heraushusten würde. Neben der Tür ein weißes Namensblechschild mit Bundesadler.

Ein unbeschrifteter Klingelknopf. Kein Geräusch. Noch einmal.

War das ein Summen gewesen? Ein drittes Mal. Gehörte es zum Ambiente dazu, dass man die Klingel nicht hörte?

Als sich minutenlang nichts tat, drückte ich heimlich, aber nachdrücklich gegen die Tür. Mit einem Klack sprang sie auf und ich stand im Hausflur. Keine Menschenseele zu sehen. Hinter mir fiel die Pforte wieder ins Schloss. Hier drinnen hallte es und roch nach Mörtel, kalten Zigaretten und winterlicher Erde. Ich bekam nur einen kurzen Schreck: Sie ließ sich wieder öffnen. In Abenteuerfilmen sitzt man in alten Gemäuern ja schnell in der Falle.

Weit und leicht abschüssig reichte die Flurröhre ins Gebäude hinein und verlor sich in lichter Perspektive. Ein Hinterhof? Ich schlich vorwärts, die Schritte rutschten auf stumpfem Marmor. Der Gang verjüngte sich mit jedem Meter, auch die Decke war jetzt niedriger, aber ich erkannte alsbald zu meiner Linken ein Fenster. Es wies in einen Innenhof. Dann wieder dunkel. Plötzlich beschrieb der Tunnel, der er nun war, einen jähen Knick und endete vor einer schmierig-rauchgelben Glastür mit Goldknauf. Sie war nur angelehnt. Ich drückte sie auf und stand im Freien auf einem verregneten Rasen. Am Ende des Rasens, auf dem ein Teppich aus verrottetem Vorjahresherbstlaub klebte, obwohl es nirgends einen einzigen Baum gab, stand eine weitere Glastüre weit offen. Darauf schritt ich zu und hörte, am Fuße einer Wendeltreppe stehend, fernes Gelächter aus den oberen Etagen. Leise stieg ich hinauf.

Im ersten Stock nur eine einzige Tür, daran schimmerte ein Messingschild: „Malerarbeiten aller Art." Ich hielt das für einen schlechten Literatenscherz und in der Tat schien die Musik weiter oben zu spielen. Ha! Wieder ein Lachschwall. Als wenn man's in Abständen eimerweise auf mich hinabgießen wollte. Ich fühlte mich beobachtet. Lachte man über mich? Es gelang mir, meinen inneren Widerstand zu bezwingen und ich stieg lautlos weiter hinan. Auf halber Treppe stürmte an der schmalsten Stelle ein frivol grinsendes Mädchen an mir vorbei herunter. Da zweifelte ich an meiner Wahrnehmung, aber ließ mich nicht beirren.

Weit später sollte ich überhaupt wieder Zeichen einer menschlichen Anwesenheit bemerken. Die Lacher hatten aufgehört und in allen Fluren herrschte Ruhe. Beinahe gespenstische Ruhe, denn die Fenster waren hier noch einfach verglast. Draußen brauste ein Sturm auf, klatschte Regen an die Scheiben und in allen Ecken des Gemäuers zog es wie Hechtsuppe. Die Dichtungen waren alt oder rausgebröselt und es klapperten Türen. Die Türschilder waren aber neu und stellten durch Ziffernfolgen die Dienstzimmer einer modern gegliederten Verwaltung vor.

Zu arbeiten schien hier in der Tat niemand mehr. Ich fand im vierten Stock ein leeres, aber noch feuchtes Sektglas und in einem Erker, hinter einer Topfpflanze, einen Korken. In der Blume kräuselte sich eine Luftschlange und wippte im pfeifenden Hauch des Sturms. Ansonsten Stille.

Auf leisen Sohlen kam ich in der sechsten und letzten Etage an, wenn ich mich nicht verzählt hatte. Ohne irgendwem begegnet zu sein. Da der Tunnel am Eingang ja abschüssig gewesen war, konnte ich nicht ganz sicher sein, vielleicht war es die siebte. Aus einem Flurfenster sah man nun den Dom. Einsam stand ich auf den letzten Metern Linoleum einer unbekannten Behörde. An einem verregneten Tag im Vakuum inmitten der Millionenstadt. Sollte ich einfach irgendwo anklopfen? Weshalb hatte ich das nicht längst getan?

Da krachte erneutes Gelächter! Ich fuhr herum, es kam vom anderen Ende des Ganges. Ich schritt einher wie einer, der auf alles gefasst ist, leicht breitbeinig. Es roch nach Zigaretten und die dumpfen Bassstakkatotupfer billiger Schlagermusik drangen durch die verschlossenen Türen an mein Ohr. Dahinter wurde getuschelt und gekichert und – mochte man es glauben? – lustvoll gestöhnt. Fast wollte ich mir einen ungläubigen Blick zuwerfen. Aber ich war allein. Ich horchte.

Lautes Furzen sprengte die Stille. Großes Gejohle! Alle Dämme brachen.

„Das war der beste!", hörte ich rufen. „Unschlagbar, Kößling!" – „Unglaublich!" – und so weiter. Jemand klatschte in die Hände – oder auf einen Hintern? Eine Bierflasche wurde entkorkt, ein Cognackorken ploppte, und wieder ein langgezogenes Furzen. Fast wie aus der Retorte: Spielte die Bundesbehörde zu Karneval mit Furzkissen? Meine Neugierde wuchs.

Ich hob die Hand, wollte klopfen. Zögerte. Jemand furzte. Erneute Schandtat des Humors und gröhlende Kehlen. Ich wartete also. In die nächste Stille hinein würde ich…

Dann verließ mich überfallartig der Mut und ich lief in plötzlichem Angstkrampf mit Gänsehaut zur Treppe! Stakste auch schon ein, zwei Stufen hinab – besann mich dann unter Schauern eines Besseren, mein Ziel wieder vor Augen, und strebte mit letzter Gewissheit ein letztes Mal zur entscheidenden Pforte, klopfte an und trat ein –

Alle waren starr vor Schreck, alle Münder weit, weit offen, sie genau wie ich.

Konnte das wahr sein.

Das träumst du nur. Und nur einmal. Ich spürte Achselnässe. Es musste wohl wahr sein.

In einem mehr als stickigen Büroraum feierten sechs bis sieben Menschen unterschiedlichen Alters eine Swingerparty. Splitternackt. Auf einem doppelten Schreibtisch in der Mitte stand ein großes rundes Goldfischglas, ohne Fisch, dafür mit einer milchigen Bowle, aus der sich jemand mit einem riesigen Löffel gerade, als ich eintrat, bediente. Ich sah dicke Zwiebelstücke ins Trinkglas glipschen. Überhaupt lag ein wirklich unfassbar unterirdischer Mief in der Luft, dass man fast umfiel! Hier wurde wirklich auf-Teufel-komm-raus gepupst. Dazu leierte das Radio die Schlager der Saison. Karneval. Auf jedem der beiden Schreibtische saß ein nackter Mensch, hier Mann, da Frau, einander abgewandt doch zurückgelehnt, den Nacken überstreckend bis zum Zungenkuss; und vor ihnen saß jeweils jemand auf einem Bürosessel, der die Geschlechtsteile auslutschte. Offenbar die jüngsten und servilsten Körper im Raum, vielleicht noch in Ausbildung. Sie nahmen von mir nur ungern Notiz und fuhren gleich fort in ihrem Tun. Eine gut trainierte ranke, rasierte und blondierte Fünfzigerin hielt an den Enden ihrer angewinkelten Arme Zigarette und Sektglas und stand direkt vor mir, als hielte ich eine Waffe auf sie gerichtet, die Hände hoch. An der Türe zum Nebenraum trug ein gockeliger Herr mit stolzem Bauch und Halbglatze ein Bier in der einen und rieb mit der anderen seinen Schwanz, der offensichtlich noch ein Weilchen bräuchte. Hinter ihm in der offenen Türe eine viel zu dicke Frau mit egozentrischer, angegrauter Lockenpracht und Brüsten fast so groß und tief wie ihr Bauch. Ihre Arme umfingen ihn, die Hände auf seiner Brust, und sie hoffte wohl hinter ihm zu verschwinden. Vergebens. Sie warf mir ab Sekunde Eins einen tonlosen Schwall der Empörung zu, allein kraft ihres feisten, aufgeplusterten Pelikanhalses. Die andern wirkten eher belustigt.

„Bist du der fehlende achte?", lallte einer.

„Jetz jeht die Reschnung auf, Joschi! Haha!"

„Mal ernsthaft. Wie kommen Sie hierher und was wollen Sie?", fragte die Attraktive und zog tief an der Zigarette ohne den Blick von mir zu nehmen.

„Ich soll mich hier melden."

„Das bezweifle ich", sagte der Gockel. Ein anderer verbarg derweil lieber verschämt sein Gesicht im Schoß der Frau auf dem Schreibtisch und leckte. Die stöhnte.

„Sie vergeben keine Termine. Und da dachte ich…"

„Aus gutem Grund, wie Sie sehen.“

„Richtig, ja. Aber man riet mir dazu, hier vorzusprechen…“

„Na gut, wo Sie schon mal hier sind – wollen Sie ein Kölsch, einen Schluck Bowle? Mettigel hätten wir auch noch.“ Er kratzte sich am Sack. Die beiden auf den Tischen gurrten genüsslich.

„Kommen Sie erstmal rein. Es zieht so.“

Die Türe zu, erhellte ein Furz den Raum wie ein Blitz. Einer von der schleichenden Sorte. Direkt darauf ein Knaller. Ich wusste beide keinem Arsch zuzuordnen und wollte es auch nicht. Was ein Unwetter.

„Rauchen Sie?“ Ich verneinte. „Kommen Sie, nehmen Sie eine“, schon hatte ich sie angezündet im Mundwinkel, „und ziehen Sie sich was aus. Ihnen muss heiß sein.“ In der Tat. Schwindende Sinne, in gewissem Sinne. Ich begann abzulegen und öffnete einen Hemdknopf. Die Dame in blond half mir mit den weiteren. „Hier ist Ihr Bier“, kam der Gockel auf mich zu. Dann furzten zwei zugleich, alle lachten und es wanderten die Partner. Erkannte ich da ein Prinzip? Jedenfalls ließ die ranke Blonde von mir ab und eine junge Brünette stellte sich mir vor, Louisette, mit Brüstchen, die sich an mich schmiegten, als wollten sie pieksen, dass ich's mir länger hätte gefallen lassen. Aber da knatterte schon die Dicke durch den Raum, dass man Baron von Richthofen im Anflug wähnte. Olé-olé! Tatsächlich wurde schon wieder gewechselt. Im Vorbeigehen streifte mich die Blonde und fragte: „Was wollen Sie eigentlich hier?“

„Ich wandere nach Dänemark aus.“

„Wieso das denn? Was wollen Sie da?"

„Ein Freund von mir ist Jude und will Deutschland verlassen. Na ja, und da haben wir alle…" die Brünette hauchte mir noch einen letzten Kuss auf die Wange und beeilte sich, mir die Hose auszuziehen…

„Und da wollen Sie mitgehen, was?"

„Was will er?", rief der Gockel, der vom Büfett im Nebenzimmer zurückkam und die Musik gewechselt hatte, was Melancholisches zur Abwechslung. Kölle, du bis ehn Jeföhl.

„Jude! Er will nach Dänemark."

Ich wollte das noch richtigstellen, aber da küsste mich Louisette auf den Bauchnabel und mich durchfuhr ein Kribbeln. „Ah, wegen der Anfeindungen. Klar, kann ich verstehen. Zeiten sind das. Aber da sind Se hier jedenfalls richtig. Wir machen Ihnen das Formular fertig."

„Nachher kommen Sie mit zu mir ins Büro", verhieß mir die schlanke Blonde. „Ach so: Wie heißen Sie mit Nachnamen?", da umarmte sie schon den Kollegen…

„Oltmann", sagte ich.

„Dann müssen Sie zu mir", gab mir die Fette dazwischen. In ihrer rechten Klebe ein Glas Zwiebelbowle, grabschte die linke in meinen Schritt. Verdrehte ich die Augen? So musste das wohl sein beim Swingen. Mal gewinnste…

Es wurde dann ein wirklich kurzweiliges Fest. Mit dem nächsten Riesenfurz war ich sie wieder los.

Ganz beiläufig eingeworfen sei hier von meiner Seite die Bemerkung, dass auch ich mitten unter ihnen war. Es wird hoffentlich niemand von mir verlangen, preiszugeben, in welcher Person. Da legt sich ein Gott nicht gern fest. Aber dieses unverhoffte Glück der Gegenwart…

Überhaupt ließ ich mich auf alles ein, was in dieser Runde Spaß machte, sogar die Zwiebelbowle schmeckte. Irgendwie. Mittags hörte es kurz auf zu regnen und man wurde sich sogar einig, ein wenig zu lüften. Insgesamt musste ich aber zugeben, dass auch ich mich an den Mief gewöhnen konnte. Es entfuhren ausschließlich trockene Fürze, die das Raumklima harmonisierten. Rizinusöl hatte hier gottlob niemand eingenommen und der Verwaltungsakt zeigte sich mir so geschmeidig, dass ich, nicht ohne schlechtes Gewissen, meinen fiesen Plan still und leise verwarf.

Als ich später erschlafft in einem ergonomischen Sessel saß und von jemandem gestreichelt wurde, schnurrte die Dicke heran und drückte mir im Vorbeigehen ein doppelseitiges Formular in die Hand. Ich staunte: „Woher wissen Sie…?"

„Na, Sie haben doch gesagt, was Sie wollen. So schwer is dat nisch. Oltmann, Colin, geboren, wohnhaft in – zack – zack – Stempel und fertisch. Das ist kein Hexenwerk."

Wenn man bedenkt, dass ich monatelang dem Wahnsinn nahe war – „danke."

„Nix zu danken."

„Wir haben zu danken!"

„Sie haben uns sehr gut ergänzt."

Man suchte mir die richtigen Kleidungsstücke und wies mir den Weg zu einem Aufzug, der mich an einer völlig unerwarteten Stelle ausspuckte. Ich musste das Gebäude über die Rückseite betreten haben. Das Hauptportal war aus Glas, mit weißen Verkleidungen. Hier herrschte Publikumsverkehr. Sogar einen Pförtner gab es. Er musste meine Irritation bemerkt haben und wollte helfen. Ich winkte, lehnte dankend ab und beeilte mich fort zu kommen.

Nennt es vermessen, wenn ich die ungerupften Hühner schon einmal in die Suppe zähle. Aber ich bin der Meinung, es hebt die Stimmung, sich gelegentlich das Ziel vor Augen zu malen. Und so habe ich – spät zwar, aber noch ist nicht aller Tage Abend – die eine oder andere Bestimmung, der ich folgen will, ersonnen. Ein Lichtmoment, den ich als Trinität aus Land, Landnahme und Harmonie anlege.

Erstens gibt es in Dänemark, so klein es auf den ersten Blick scheint, ziemlich viel Landschaft. Ein Landschaftsgärtner besitzt das Wissen und die Erfahrung, um noch mehr daraus zu machen. Größere Zeichen wollen wir in ihr zusammenlesen. Das Potential ist riesig, die Dänen selbst erkennen es nicht richtig. Viel zu viele Felder einer zu intensiven Landwirtschaft stören noch das Auge. Dabei ist in Dänemark mehr möglich. Allein diese endlose, teils schroffe bis dünenverwehte Küste verspricht eine Wildheit, die erst noch erzeugt werden möchte. Mitsamt ihren dahinter liegenden grünlöchrigen Salzwiesen voller Lamm und Rindvieh ist hier Raum für noch so viel mehr nordwestliche Sehnsucht. Endlose Weiten, soweit man gucken kann, in jeder Richtung, außer im Süden; und da liegt Deutschland und da kommt man ja gerade erst her.

Von den Rändern aus werden wir es verwildern, unser Dänemark. Salz treibt der Wind aus allen Richtungen ins Land. Seine Fläche raut auf und giert nach neuer Urtümlichkeit. In diesem Namen erfolgt unsre Landnahme. Nicht Urbarmachung ist das Stichwort, sondern Renaturierung – für den Anfang erstmal so unpoetisch.

Dänen selbst müssen keine Landwirte sein, sie können auch: Verwaltung, Kultur, Wissenschaft, Kunst, Tourismus. Niemand muss zwischen den Feldern wohnen, die, durch beschauliches Unterholz unterbrochen, auch all den Füchsen, Wieseln, Kröten und Fasanen ein Heim bieten könnten, die unsere Sinne so lieben. Nur die Ernsthaftesten unter den Dänen werden die urtümlichen, kleinen Ansiedlungen behalten, die wir so lieben, und mittun an dem gigantischen Projekt einer poetischen Gemütlichkeit, das sich zwischen Skagerrak und Schleswig ausbreiten wird. Die Gewöhnlichen sind in verstädterten Wohnschachteln (mit Balkon), wie es sie auch in Dänemark geben muss, nicht unwürdig aufgehoben.

Zweitens bringt der Landmann Oltmann nicht nur diese, sondern noch eine zweite unentbehrliche Kompetenz mit ins südliche Skandinavien. Er ist im Fremdenverkehr nicht unbewandert. Und so wird man die freien Cottages den ihrer Idylle überdrüssigen Dänen für einen freundlichen Obolus abhandeln können. Wie einst die Ureinwohner Nordamerikas ihr Neues Kanaan gegen Glasperlen abdrückten, ohne zu wissen, dass es ein gelobtes

Land war, so werden auch die Dänen ihren nur billigen Vorteil zu finden wissen. Des harten Landlebens satt und müde, werden sie sich der sauberen und schlüsselfertigen Zukunft nur so entgegenschmeißen, die ihnen jede bessere Vorstadt bietet. Keiner von uns muss wegen einem Dänen auf das natürliche Dänemark verzichten. Davon bin ich fest überzeugt.

Einstmals gab es unergründliche Wälder in Dänemarks Herzen, also zwischen den Salzwiesen links und rechts. Überall hatte es Hirsche, Sauen und summendes, honigwildes Bienenvolk. Schmetterlinge hüpften von Wind zu Hauch und raubten dem imaginären Betrachter die Sinne. Dahin wollen wir wieder. Unbeschwert das Dänemark unserer Träume genießen. Das können wir, wenn wir nur wollen! Es werden Suchende aller Länder kommen, den Spirit aufsaugen, die Seele weiden, vielfach gesunden Schlaf finden und aus jedem, die alte Haut verlassend, neugestalt hervorgehen, stets sich reiner, glatter und größer, also schöner bildend. So durchsichtig wie Seide wird ihr Teint sein, ein neuer Menschenschlag, grunderholt und mit sich selbst versöhnt.

Drittens glaube ich mich darin einig mit meinen Mitreisenden, schließlich liegt in der Harmonie ein weiterer Schlüssel zum Glück. Marti Löwensonne, Dudine Böhm, wenn sie aus dem Knast freikommt, Ertogrul Lamprecht und ich werden mit vereinten Kräften diesen Traum verwirklichen. In einem reetgedeckten Idyll wird eine kunstsuchende Kundschaft sich von Dudines Esprit umwehen lassen, von Ertis rosa Vorhängen berauscht neue

255

Dimensionen im eigenen Selbst betreten und Vorträgen lauschen, in denen uns der weltgewandte Doktor Löwensonne unser Zeitalter philosophisch pfiffig verklärt. Es wird ein Domizil an der Straße zum Glück sein, mit Sonnenterrasse, Körperpflegetipps, Angelkursen und Sauna.

Eine Trinität nannte ich unser Vorhaben, und nur halb im Scherz. Eine Heiligkeit steckt im Alltäglichen, die ich in unserem Projekt zusammenrühren werde! Auf dass auch deine Seele, geneigter Leser, sich erkannt fühlen und angerührt sein möge! Den Schlüssel auch zu deinem zukünftigen Glück wisse bisweilen in meinen guten Händen wohl verwahrt.

14
Der Hahn ist tot.

Erst Monate später, als ich mich mit meinem hart erarbeiteten Formular im Einwohnermeldeamt von Mittelstadt vorstellte, wurde ich gewahr, dass es das falsche war. Es war ein drückender August.

„Sie sind Jude?", runzelte mein Sachbearbeiter die Stirn.

„Nein."

„Wieso steht das dann hier?"

„Wo steht das?" Mich traf kein Schlag, aber alles zerbröselte auf der Stelle. Siegesgewiss war ich eingetreten. Ein halbes Jahr lang hatte ich keinen Blick auf den Schrieb geworfen, im Vertrauen darauf, dass die resolute Dicke wusste, was sie tat. Nun erinnerte ich mich. Im Liebesspiel musste damals was durcheinandergeraten sein. Echte Preußen würden die Rheinländer wohl nie.

„Also wenn Sie kein Jude sind, brauchen Sie ein anderes Formular."

„Ist nicht ihr Ernst! Nochmal nach Köln?"

„Langsam, langsam! Sie sind weder vorbestraft, noch nach dem 31.12.1999 geboren, noch haben Sie einen ausländischen Universitätsabschluss?"

„Wieso ist das denn wichtig?!"

Er staunte mich mit einer Mischung aus Gleichgültigkeit, Fassungslosigkeit und Mitleid an: „Wieso wollen Sie überhaupt nach Dänemark?"

Ich stöhnte auf und ließ mich auf einen Stuhl fallen…

Eine Viertelstunde später hatte ich mir minutiös aufgekritzelt, was nun zu tun sei. Zwar hätte ich zu der für Leute wie mich zuständigen Behörde nicht nach Köln gemusst, sondern nach Düsseldorf. Aber auch da musste ich nun nicht mehr hin. Denn es eilte. Anträge auf Ausreise mussten, einmal gestellt, innerhalb eines Jahres nach Eingang abgeschlossen werden, zumindest auf deutscher Seite, sonst erlosch die Gültigkeit, alle Daten wurden gelöscht und man wurde automatisch in eine drei-jährige Karenzzeit verschoben, während derer keine Wiederaufnahme erlaubt war.

„Wieso das denn?!"

„Fragen Sie mich nicht. Ich mache die Gesetze nicht. Ist noch nicht lange so, aber so ist es."

Weil also die Zeit drängte, war in meinem Falle nicht mehr Düsseldorf zuständig, sondern in Sonderfällen und bei Eilanträgen ausschließlich: das Einwohnermeldeamt Eins in Berlin-Mitte.

„Da kann ich auch nichts mehr machen. Wenn ich ihre Kennziffer jetzt hier eingebe, schauen Sie", er drehte den Bildschirm zu mir, „dann sagt er mir ‚Unzulässiger Vorgang. Zeitüberschreitung. Unbefugter Zugriff.' Der ganze Fall taucht jetzt automatisch bei den Kollegen in Berlin auf, weil der Computer merkt, dass ihr Anliegen auf die Verjährung zuläuft."

„Heißt, ich muss nichts mehr tun? Einfach abwarten?"

„Im Gegenteil! Lassen Sie sich da schleunigst einen Termin geben!"

Drei Tage später saß ich im Zug nach Berlin. Und kam an und stieg aus und lief rum und landete in Baustellen und fand den Weg nicht und verlor fast die Nerven und stand irgendwann doch vor einem Verwaltungsgebäude. Rein, Weg suchen, warten.

Die Sachbearbeiterin klebte an meinem Vorgang, scrollte auf ihrem Bildschirm.

„Und weshalb kommen Se damit zu uns?"

„Machen Sie Witze?"

„Sie kommen woher? NRW?"

„Der Vorgang ist direkt in Ihre Zuständigkeit gesprungen. Ich hab's selbst gesehen."

„Mag ja sein. Ick hab's ja hier. Aber ick versteh's nich. Für Sie sind wa hier nich zuständig. Wat Sie brauchen, is einfach ne Bescheinigung von Ihrer ehemaligen Uni, das ist… warten Sie… Bonn, richtig? So. Und damit gehen Sie zur Dänischen Botschaft. Rauchstraße 1. Mehr müssen Se gar nich machen. Das nimmt dann seinen Gang."

Drei Tage später saß ich wieder im Zug nach Berlin. Meine spärlichen Urlaubstage gingen für einen Scheiß drauf. Wenigstens das Dokument von der Uni Bonn hatte ich in der Tasche, ganz unkompliziert. Kam an, stieg wieder aus, lief rum, landete wieder in Baustellen, wieder in den gleichen, aber inzwischen hatten sie die Bauzaunwände umgestellt und ich fand mich wieder nicht zurecht und kam völlig woanders raus; diesmal verlor ich wirklich fast die Nerven und landete irgendwann doch wieder fast automatisch vor einem Verwaltungsgebäude, aber dem falschen.

Musste mir ein Taxi nehmen, um noch rechtzeitig zur dänischen Botschaft zu gelangen und schaffte es auf die letzte Minute. Musste dafür nicht warten.

Saß außer Atem und in den Hundstagen dieses verdammten Augusts nassgeschwitzt im Büro einer dänischen Walküre. Riesengroßer, massiger Körper, helmloser Kopf, mit einem hochansetzenden Busen unter dünnem Gewand. Leicht hängende Wangen und Gesichtszüge in einem ungerührten Gesicht. Ich stellte mir vor, wie diese Frau Zwiebelbowle schlürfte. Ein Walkürenfurz erster Ordnung würde unsere gesamte Hauptstadt erschüttern.

„Ok, hören Sie, es ist alles in Ordnung soweit." Der Drucker begann eintönig zu singen. „Sie müssen hier, hier und hier unterschreiben, dass Sie sich zu Fortbildungsmaßnahmen bereit erklären." Und weil ich guckte wie ein Hammel, ergänzte sie: „Sie sind Gärtner. Das ist schön. Aber Dänemark braucht sowas im Augenblick nicht. Was Sie sonst noch so gemacht haben, Ihr Uni-Abschluss und so weiter, ist auch alles nett, aber das brauchen wir nicht. Verstehen Sie? Lernen Sie richtig Dänisch und bemühen Sie sich um einen Abschluss bei uns."

„Bis wann?"

„Oh, das eilt nicht so sehr. Sie haben neun Monate Zeit für die Sprache, und dann müssen Sie immer Nachweise erbringen."

„Und wenn nicht?"

„Dann wird Ihrer Einbürgerung nicht stattgegeben."

„Aber ist nicht im November der Test?"

„Genau. In Kopenhagen, der Hauptstadt. Wenn Sie den bestehen, haben Sie's geschafft zwar. Aber in Ihren Fall geht das nicht so einfach, weil Sie keine Qualifikation und keinen Job vorweisen können. Wenn Sie da nicht was nachlegen, widerruft der Dänische Staat ihren Antrag. Ein Jahr haben Sie Zeit, hören Sie?"

Nicht neun Monate? Und wann welcher Test? Bestimmt lag der Fehler bei mir, man würde ihn finden. Das war also das Paradies, ohne Engel, aber mit Walküre, das Flammenschwert ein Einwanderungs-Proceß.

Das dänische Konsulat verlassend, befand ich mich sofort wieder in Preußen. Mich durchdrang nämlich, kaum dass ich meinen Blick zum erstbesten Straßenschild emporgehoben hatte, die scharf-schneidige, wenngleich eisern stille Musterung einer preußischen Historie, wie sie in diesem ehemals ehrwürdigen Teil Berlins, dieser preußischen Metropole an Hauswände und Pfähle genagelt ist: Von Lützow jagte ich hinunter zum Kurfürsten, dann Kleist, Nollendorf, Bülow und Yorck – alles Straßenhelden und Platzhirsche, die den Krieg bei Jena und Auerstedt verloren hatten. Sie genossen entweder das Mitleid der Königin oder die Wertschätzung des Königs oder die Liebe der Nation oder alles zusammen. Der kleine französische Kaiser, nach dem keine Straße in Preußen benannt ist, hatte damals den längeren, sonst hätten sie nicht zur Ablenkung posthum alle Straßen nach ihren Verlierern benennen müssen.

Ich selbst, der ich wohl mal Preuße gewesen wäre, wollte ja Däne werden. Bestimmt gab es in Dänemark Wohnviertel, in denen Straßen nach Generälen benannt

261

waren, die gegen die Preußen verloren hatten. Wie man wohl in zweihundert Jahren über die untadeligen Studentenführer, Frauen, Antikolonialisten und Untergrundkämpfer denken würde, nach denen heutzutage alles umbenannt wurde. Auch diese Mode würde vergehen.

Den Anführern der gedienten Vergangenheit folgend streunte ich, so kreuz und quer denkend und Straßenschildsubtexte quirlend, mit einem Male in einem großen Park umher. Es war, wie ich später mithilfe einer Karte herausfand, der Park am Gleisdreieck. Auch wenn immer irgendwo eine Hochbahntrasse oder ein Häuserblock sich in den Blick des Betrachters stellte, gönnte sich die Hauptstadt hier ein dickes Stück Grün. Auf einer großen Wiese saßen oder lagen viele Leute. Auch Radler, Skater und Spaziergänger garnierten das Bild. Vom Schlurfen ließ ich mich direkt ins Liegen gleiten und ließ die Seele noch ein wenig im märkischen Sand baumeln, eh ich zurück an den Rhein führe. „Schafe fehlen", sagte ich im Kennerton vor mich hin und da juckte es mich auch schon. Ich hatte mich auf einen Ameisenbau gelegt.

Ich streifte die Biester ab und flüchtete einen guten Meter seitwärts, wo ich mich erneut niederließ und den Fuß nackig machte, der die typisch unauffälligen Schwellungen der Ameisensäure zeigte. Höllisch nervig, aber zumindest gut gegen Rheuma, sagt man. Den Schmerz verreibend entdeckte ich ein weiteres Präsent der Natur, einen kleinen, dunklen Zeckenpunkt. Er musste sich in den wenigen Minuten meines Ausruhens gleich an mich geklammert haben. Vielleicht auf der gleichen Fluchtroute vor den Ameisen wie ich selbst. Nun waren wir also an einander gekettet, gewissermaßen. Aufgescheucht sah ich mich um: kein Arzt, keine Apotheke. Es wäre zwecklos, um Hilfe zu schreien. Haltung annehmen, dachte ich, und an die vielen großen Preußen auf den Straßenschildern und zog dann die Bahn- und die Bankkarte wie ein Duellbesteck aus dem Portemonnaie. Mit der leeren Willensmitte eines Kungfu-Kundigen zupfte ich das kleine Ekel aus meiner Haut.

Eine Zecke! Das war gar keine Frage der Ehre, der ich mich pflichtschuldigst gestellt hätte. Elendes Geschmeiß. Aber war es noch Natur, gehörten die Mistdinger nicht in andere Klimaregionen? Einfach alles geriet aus dem Lot. Ich sprang auf, erleichtert, aber noch mit Adrenalin für einen Direktsprint zurück zum Potsdamer Platz, wenn nicht gleich bis Potsdam. Auf und nieder hüpfte ich – bis es mich von unten piekste und nochmal und nochmal, sodass ich mich erneut ins Gras fallen ließ. Mit der Hand mich abstützend fand ich auch gleich heraus, dass kleine Dornenbällchen die Ursache waren. Wie war diese ganze, verdammte, verwunschene Wildnis hierhergekommen? Ich dachte, ich wäre in Berlin, Feier der Urbanität eines neuen Jahrtausends, und litt binnen fünf Minuten an sämtlichen Quälgeistern der Provinzialität zugleich. In meinem letzten Leben als Naturpfleger nie! Fehlten nur noch Brennnesseln. Oder Wespen.

Ich beschloss, dass es reichte, und suchte, willkürlich meinen Füßen folgend, den Ausgang. Immer fand ich aber den falschen, verwunschene Seele! Erst schlug ich mich bis in den Kleistpark durch, dann erklomm ich in entgegengesetzter Richtung den Hügel des Viktoriaparks, bevor ich mir eingestand, dass dies wohl nicht mein Tag war. Erschöpft hockte ich mich auf die Fersen, um zu verschnaufen und rieb mein müdes Gesicht. Es war brütend heiß und nicht mal an eine Flasche Wasser hatte ich gedacht. Allmählich verkrusteten die Sinne unter dem Staub der Stadt im August. Ferner rückte der Verkehrslärm hier im Park, Kindergeschrei blieb und hielt mein Ohr wach. Da rieselte, wie ein Quell aus tiefsten Wäldern, Musik in mich. Ein paar Meter neben mir klimperte ein Heruntergekommener einen Blues auf der Gitarre. Töne sickerten ins Ohr und netzten meine verdorrten Sinne. Ich intonierte pfeifend, fast aus dem letzten Loch, ein Solo. Er nickte anerkennend.

„Komm, sing wat!", forderte er mich auf. Was sollte ich sagen... mir fiel gar nichts ein... so spontan...

Wenn es soweit ist, muss man doch wieder ran. Na gut, Oltmann, lang lasse ich mich nicht bitten, es ist ja Not an der Kunst... also:

Oh mein Mädchen liegt tot im Waldmoos

Und ich bin zu faul noch mal hinzugehn

Oh ja, mein Mädchen liegt tot im Waldmoos...

Und ich ergänzte die Wiederholung entsprechend. Es begann ein bisschen wie „Little Red Rooster" zu klingen von ... Willie Dixon? Den Stones?

Aber wenn ich's recht überleg –

Würd ich sie doch vielleicht ganz gern noch mal wiedersehn.

Für den Anfang gar nicht schlecht. Ich legte nach:

Oh was soll ein Mann allein maachen

Wenn der altböse Wolf im düstern Wald heult

Was oh was soll ein Mann allein machen
Wenn der Woolf im düstern Wald heult
Mein Hahn hat Angst im Dunkeln
Kann nicht krähn und sein Kamm ist verbeult.

Ich wiegte die Hüften, kam langsam in Stimmung und machte stoßende Bewegungen mit dem Becken, wie Mick Jagger. Ein paar Leute blieben stehen, mit einem Ausdruck zwischen Bewunderung, Verblüffung und Irritation. Wir gaben aber auch ein seltsames Paar ab, der Abgerissene und ich, der Blues-Alman, passten offensichtlich nicht zusammen. Eine einmalige Gelegenheit für jeden, der vorbeikam. Man hörte uns zu. Wir liefen zu Höchstform auf und jetzt wurde es lebhafter, dynamischer, schneller, so wie „Crossroads" von Cream.

Renn doch du, renn weg
Rät Freund Löwensonne forsch
Renn doch du, renn weg
Rät Freund Löwensonne forsch
Doch was soll mir das bringen
Wenn meine Liebste liegt kalt im Forst.

Einige Zuschauer wiegten den Kopf und gingen, neue blieben stehen. Neue Strophe, neues Glück. Ich reckte den Hals und krähte sonor:

Ich lieg hier blau im Gleisbett
Gähne, trink und kraul mir den Fuß
Oh ja ich lieg hier blau im Gleisbett
Gähne, trink und kraul mir den Fuß
Die Sonne grillt mein Hirnsteak
Und ich hab den Gleisdreieckblues.

Da gab es Szenenapplaus. Der Gitarrero hob noch zu einem Solo an, aber ich fühlte die Lava meiner Inspiration schon erkalten. Mit einer Handbewegung bedeutete ich ihm, dass es das gewesen war. Er küsste mir ein Lob in die Luft, grinste und fand ein Ende. Einige Zuhörer warfen uns Klimperstücke in den Hut des Musikers, auf deren Anteil ich generös verzichtete, als er teilen wollte.

Stattdessen wurde ich ein paar Minuten später selbst noch einen Groschen oder zwei los, als ich nämlich den Pfad durchs Dickicht meiner Unkenntnis wieder einschlug. Wieder suchte ich Öffnungen, wo keine waren. Mit durstigen Blicken wie von einer stumpfen Machete hieb ich in die Luft, ohne einen Schimmer. Dann gab ich's auf, lehnte mich an eine Laterne und fragte einen alten zahnlosen Penner nach dem Weg, den er mir mit nur einem Fingerzeig eröffnete.

„Dett if die Wildnif. Dett if Berlin. Kiekfte, wa?", lachte er.

Mein Kleingeld klingelte in den Pappbecher hinab, den er mir halb verschämt, halb verschmitzt hinhielt. Sollte er alles haben, konnten fünf Euro sein, mein Pech sein Glück. Er prostete mir mit der Bierflasche in der anderen Hand freundlich zu, kicherte und ließ mich meines wiedergefundenen Weges ziehen. Immerhin war vielleicht, so dachte ich es mir, eine Art Weltglück von ihm auf mich übergesprungen, denn zehn Hundehaufen wich ich auf dem Rückweg zum Zug aus, ohne einen einzigen weiteren Unfall oder Umweg.

Als ich in Bonn ankam, ließen sie mich nicht zur neuen Baustelle vor. Ein Stoßtrupp empörter Bürger fing mich schon in der Unterführung ab und das Megaphon spülte mich mit Rufen nach einer klugen und schnellen Lösung hinaus, weiß der Geier wofür diesmal. Auf der falschen Seite des Bahnhofs freilich, so dass ich mich auch hier auf Anhieb verlief, obschon auf vertrautem Terrain, bevor ich frühmorgens endlich ins Bett und in tiefsten Schlaf fiel.

Im Übrigen waren die Dänen schnell. Gegengezeichnete Exemplare aller Vorgänge fand ich nur Tage darauf in meiner Post. Aus jeder Zeile des Schriebs leuchtete das Wort „vorläufig" hervor. Mit Feuerlettern in mein Gedächtnis eingerieben, juckte es wie eine Brandwunde. Man wurde unruhiger. Was müsste ich tun? Dänisch lernen?

Sprachkurse hatte ich längst im Internet entdeckt, Übungsmaterialen recherchiert, hier und da Tandemlernpartner gespottet. Doch meine Motivation die Sprache zu lernen blieb gering, solange nicht meine Kämpfe gegen die Verwaltungsmühlen Früchte trugen. Was sollte ein Ritter im Kreuzzug gegen Fehl und Tadel das Faulobst der letzten Saison auflesen. Auch im Staate Dänemark musste sich die Welt weitergedreht haben und ich wollte des sicheren und besten Zugriffs gewiss sein. Meine Immigration wollte ein gewitzter und glanzvoller Einzug werden.

Hatten Erti und Marti, die sich in Mittelstadt bisweilen auf Spaziergänge zur dänischen Konversation über alberne und belanglose, weil völlig hypothetische Gesprächsthemen trafen, auch einigen Vorsprung – mir würde es ein leichtes sein aufzuholen. Ich bestellte mir dänische Hör-

Bücher, Hefte und Filme und meldete mich zu einem kommerziellen Wochenendcrashkurs irgendwo in Köln an. Theoretisch war ich sowieso vorgebildet, was vieles vereinfacht: Es gibt diesen Ansatz des sogenannten *Natural Approachs*: Man lernt eine Sprache nicht durch fleißiges, einsames Studium in trister Kammer, sondern indem man sich der echten Zielwelt authentisch an den Hals wirft und sich das kulturelle Sprechbesteck im Tun aneignet. Da war ich zuversichtlich. In einem fulminanten Galopp konnte ich immer noch die reichere Ernte einfahren und man würde anerkennend sagen: Seht her, der Oltmann hat mit geringstem Aufwand eine Punktlandung fabriziert.

15
Wer der wahre Wolf ist

Es war einmal ein märchenhaft bunter Herbst und ich fuhr nach langer Zeit wieder nach Mittelstadt. Erti und Marti hatten mich auf einen gemütlichen Sonntag eingeladen. Sauerbraten mit Klößen. Schon im Zug lief mir alles im Munde zusammen, das Wasser, die Worte für das Zusammensein mit den Freunden, dessen ich so lange entbehrt hatte, und eine unruhige Vorfreude aufs gesellige Bier nicht minder.

Die alte WG in der Mittelstraße war verweist, Marti fühlte sich nicht Hausherr genug und Erti öffnete uns die Küche seiner bescheidenen Bleibe überm Friseursalon, die ich nun erstmalig überhaupt erklomm. Ein kleines, schwules Zweiraumtraumschloss in rosa, rot und beige. Konnte es so klischeehaft sein? Na klar doch. Lila-plüsch das Sofa unter weißem Tüllbaldachin. Himmelbettensemble auch im Schlafzimmer, handbestickte Kissen inclusive. Porzellanfiguren wie bei guten hundertjährigen Omas und Zierspiegel für ein ganzes Triumvirat böser Königinnen. Gold und Glitzer stäubten den Prinzessinnenzitaten überall die Schneekrönchen auf und an der Wohnungstüre fiel eine süßliche Duftwand über mir zusammen, die in den Schleimhäuten klebte wie Lollis. An allen Schrankecken und Haken baumelten Kirmeslebkuchenherzen mit Sinnsprüchen aus Hartzuckerguss, in original Plastikfolie. Blumenimitate, wo immer sie nicht zu Boden fielen. Kunstsilber-Kandelaber schmückten jede Nische, die Kerzen waren

269

echt und durchzogen das Geruchsaroma mit ihrer je eigenen paraffinen Note. Nichts passte zu nichts, alles troff von Schwülstigkeit. Ich eckte nicht etwa an, sondern klebte fast wie ein Insekt an dieser Überportion Tau, so tropisch satt war die Luft. Erti schwirrte umher wie ein Kolibri, bewirtete, kochte, putzte und zwitscherte aufs Vergnüglichste und war so ganz in seinem Element, von dem gravitätischen Ambiente, das sich über Jahre angesammelt haben musste, völlig unbeschwert.

Punkt elf saß ich am Tisch, einen ersten Kaffee vor mir, den Bratenduft in der Nase, und lauschte Marti, der, bereits auf Dänisch, irgendetwas parlierte, das ich, einiger Vokabeln wegen, die dem Englischen ähnelten, undeutlich dem Bereich von Politik und Geschichte zuordnete. Die Uhrzeit weiß ich noch genau, weil eine große alte Standuhr aus weiß lackiertem Echtholz die Stunde schlug. Ein Uhrenkasten wie für sieben Geißlein, der Klang schlägt mir bis heut im Ohr. Mit halbem Ohr nur hörte ich Marti zu. Auch Erti, der mit dem Kopf in den Töpfen steckte, warf lediglich einzelne Bröckchen ins Gespräch ein. Lieber folgte ich Martis Ausführungen wie einer fremden Musik, was durchaus ergötzlich war. Er hatte sich in einen Flow geredet und war, das musste man zugeben, ein Talent. Derweil konnte man weiter Ertis Wohnraum mustern.

„Møg! Saucen bindemiddel er alt. Marti skat, tror du, du hurtigt kan gå for at få nogle?“ Auf Dänisch, soweit ich es rekonstruieren kann. Marti, sagte er. So sehr gehörte ich schon nicht mehr hier her, nach Mittelstadt.

Marti ging Soßenbinder kaufen. Erti übernahm das Radio, redete auf Dänisch auf mich ein, über Tourenwagenrennen und sanften Tourismus am Belt. In ein Funkloch platzierte ich auf Deutsch noch eine Kaffeeorder, er kam tiefschwarz und dampfend und ich ergab mich in wohligstes Nichtverstehenmüssen. Zog ich mich in einen heimlichen Kokon zurück und stellte mir einen unbeweglichen Idealzustand mit Bootshaus und Angelrute vor. Bald müsste ich wohl die Toilette aufsuchen.

Was dachte ich dort, im Bad, auf dem Klo, habe ich später immer wieder überlegt. Es war ein letzter unbeschwerter Augenblick des Friedens. Die Erinnerung daran ist aber gelöscht. Dieser Sonntagnachmittag in Ertis Heim war und bleibt eine in Zuckerwatte getränkte, leere Zeit, kein Woher und kein Wohin. Wie ich mich nicht von den dänischen Zungenübungen meiner Freunde beeindrucken ließ, so beeindruckte mich überhaupt gar nichts an jenem Tag, vor den schicksalhaften Schlägen, und ich empfand, vielleicht trifft es das am besten, eine Art Nullspannung, völlig aufgehoben in gedämpfter Gegenwart.

Nach dem Klogang trat ich vom Bad in den Flur, schloss die Tür, wandte mich tiefenentspannt und abgeschlafft zur Küche, als mir mit unglaublichem Krachen die aufspringende Wohnungstür ins Gesicht schlug! Schockstarr, vom Blitz getroffen und vom Donner gerührt blieb ich an die Wand geklemmt, gegen die mich die pralle Wucht der Tür gedrückt hatte. War es eine Explosion oder ein Vorschlaghammer – das wäre vermutlich ein Unterschied, aber ich erinnerte mich nicht. Sternchen kreisten und Holz drückte auf die Nase. Ich hielt dann selbst die Türklinke fest an den Bauch: wie einen Schutzschild.

Einerseits geschah alles so plötzlich, ging alles wirklich schnell und überfallartig. Andererseits blieb ich tatsächlich, wie das siebte Geißlein, hinter der Türe an der Wand stehen, hoffend, dass mich niemand findet. Nichts hätte mich hervorgelockt und in der Küche tobte die nackte Gewalt.

Schreie! Kreischen! Gebrüll! Mein Freund Erti und mindestens drei weitere Stimmen, die fluchten und sich überschlugen, aber auch lachten, gehässig, gemein und aus tiefster Seele kindlich-pubertär, wie bei Sport, Spiel und Spannung.

Zerstörung! Porzellan zersprang, Stoff riss entzwei, Glas klirrte, Holz krachte, wurde regelrecht zerhackt, nicht allein mit Hämmern, sondern ich unterschied in meinem Versteck auch Axthiebe. Wasser spritzte, die Armaturen wurden aus der Wand gerissen, aber das Schlimmste: Knochen brachen! Es mussten, in der Mischung aus Schreien, Flüchen und Schlagen, Geräusche brechender Knochen gewesen sein, die ich mitanhörte.

Jemand trampelte von der Küche in den Flur, stürmte ins Schlafzimmer, ich kniff vor Angst – als würde das helfen – die Augen zusammen, erkannte aber für den Bruchteil einer Sekunde noch buntgefleckte Bekleidung, wollte sie gar nicht sehen, hatte aber schon und wusste sofort, dass es die Hawaii-Version von Tarnfleck war. Nazis! Boogaloo-Brüder! Fürze hatte mich gewarnt: Wir brauchen gar keine Salafisten. Die wahren Wölfe waren unter uns!

Auch aus dem Schlafzimmer Rumpeln und Pumpeln. Alles wurde umgerissen und kaputt gemacht. Aber die Axt war die falsche Waffe gegen Steppdecken und Daunen. Ein Messer wollte der Kerl! Hols dir, fauchten sie aus der Küche! Hörte ich zu diesem Zeitpunkt Erti noch?

Der Mann ging nicht in die Küche, aber stapfte an mir vorbei ins Wohnzimmer, dort die gleiche Symphonie, die zwei andern stießen hinzu und gaben der Bude den Rest. Lass uns abhauen, hast du gesehn, der Tisch war gedeckt, erwartet er Gäste, bevor jemand kommt! Warte! Und einer ging in die Küche und schleuderte die alte Standuhr mit Wucht zu Boden. Klirr-klong-klang! Das Lachen zum Abschied und alle spuckten – ich sah es später: auf Erti – dann trampelten ihre Stiefel das Treppenhaus hinab.

Ich rührte mich nicht. Ich rührte mich nicht. Los, rühr dich, Oltmann! Sieh nach in der Küche! Unten fiel die Haustür ins Schloss, da traute ich mich tastend hervor. Über Scherben und wüste Zerstörung schlich ich zitternd und mit bebendem Herzen näher. Ertis Körper lag über den zertrümmerten Küchentisch gestreckt da, leblos.

Alles weitere, was ein vernünftiger, reflektierter Mensch tun sollte, tat Marti. Die Polizei rufen, mit Menschen reden, Dinge regeln. Der Schreck war auch sein, aber nicht der Schock. Mir sagte man später, ich habe wie jemand, der in die Hölle geschaut hat, an der Wand gelehnt, den Blick ins Nichts gekehrt, im Schneidersitz und dabei in Endlosschleife gefragt: „Ist er tot?"

Ja, er war tot. Ertogrul Lamprecht war tot. Nazis hatten ihm den Schädel eingeschlagen.

Die restliche Zeit bis zu unserer Abreise nach Dänemark ist in meiner Erinnerung ein dreckiges Wasserfarbenwasserglas. Als Schriftsteller, der eigentlich Zusammenhänge ausmalen soll, war ich ausgerechnet an diesem Punkt, den ich ernsthaft hätte bezeugen müssen, ein Totalausfall. Die Polizei hatte ein mitleidiges Einsehen. Sie kannten das. Meine amnesische Dämmerung legte sich jedoch gleich über mehrere Wochen, in denen nicht nur meine Wahrnehmung der Welt, mein künstlerischer Zugriff auf sie, sondern gleich mein ganzer Geist völlig ermüdete. Gerade das Hotelgeschäft konnte ich noch überdauern. Gottlob war ich kein Gärtner mehr. Ich hätte mir mit dem Laubbesen aus Versehen den Fuß abgehackt. Allerdings verschlief auch der Nachtprotier jetzt wohl das Meiste. Was ich alles nicht mitbekam, in Vertretung der Hausdame, Frau Hirsch, möchte ich gar nicht wissen, dabei lief das herbstliche Messegeschäft wieder auf Hochtouren. Totalausfall eben.

Natürlich betraf dies auch meinen Sprachkurs – nahm ich nichts auf, nahm ich nichts mit. Konnte nichts lesen, die durchgestrichenen o-s des Dänischen wirkten auf mein Auge wie Verbotsbuchstaben: Hier kein Durchblick! Mühte mich ab mit der richtigen Aussprache des Ö-Lautes. Es war eine nordgermanische Sprache, aber sie verweigerte sich mir. Der Wochenendkurs zur Vorbereitung stand bereits kurz bevor und als ich vom Bahnhof kommend vor der Türe stand, wusste ich, dass ich verloren war. Ich blieb bis Mittag, einen halben Tag, und brach ab. Es war zwecklos.

Es begann schon zu schneien, da fuhren Marti und ich nach Kopenhagen herüber. An Schlaf war ebenso wenig zu denken wie an Unterhaltung. Schweigend saßen wir zu dritt im Zug: Marti, ich und der Horror. Das Bewusstsein, mit uns müsste eigentlich unser toter Freund ziehen, war, im Gegensatz zu Erti selbst, nicht tot zu kriegen. Das Grauen hatte viele Seiten. Eine war unser Gewissen: Hätten wir etwas ändern, ihn retten können? Eine Stunde lang war die Zeit über unserem Beisammensein an jenem Mittag beinahe stillgestanden. Und dann brach das Unheil ausgerechnet herein, als Marti im Supermarkt und ich auf Klo war, beziehungsweise hinter der Tür klemmte. Alles deutete darauf hin, dass sie nicht Martis Abwesenheit abgewartet hatten – wären wir zu dritt in der Küche gewesen, hätten wir lediglich zu dritt Prügel bezogen – kein Sieg, aber eine erheblich größere Überlebenschance für unseren alleingelassenen Freund.

Dann der verfluchte Zufall: Weswegen um alles in der Welt hatten sie Ertogrul Lamprecht ausgewählt? Weil er schwul war, Halbtürke oder Friseur? Jeder der drei Gründe sprach dafür, dass Millionen, Deutsche oder nicht, jederzeit den gewaltsamen Tod fürchten mussten. Türken vielleicht mehr als Deutsche, Kindergärtner eher als Maschinisten,

Transvestiten wahrscheinlicher als Heteronormos – aber eigentlich konnte es jeden von uns treffen, aus blauem Himmel. Bumm! – bricht ein Überfallkommando deine Wohnung auf, noch während du dieses Buch liest, weil du etwa eine antifaschistische, aschblonde Abendgymnasiastin bist. Oder ein misogyner magersüchtiger Mediävist. Oder ein zickiges zerstreutes Zooologensöhnchen. Es blieb die Willkür. Wo war mein Rechtsstaat?

Daraus speiste sich der Grusel der Unentrinnbarkeit. Waren wir auch auf dem Weg nach Dänemark und der fürchterlichen, deutschen Tristesse schon halb entkommen, so wiederholte sich doch die Frage unentwegt: Warum nicht auch dort, warum nicht auch du? Mohammed-Karikaturisten lebten auch dort gefährlich. Und wenn du noch so unscheinbar wärst, du entkommst ihnen nicht.

Dann waren da die nicht gefassten Täter. Ich hatte einen buntgetarnten Rücken gesehen und Stimmen gehört und drei Beteiligte zu Protokoll gegeben. Auch wenn mich niemand hinter der Türe entdeckt hatte, wäre es ein leichtes, meine Spur, und auch Martis, zurückzuverfolgen. Vielleicht würden wir noch zur Rechenschaft gezogen. Wenn man uns kannte, würde man uns auch auf Bornholm finden. So wie wir durch Fürze von der Bedrohung durch Boogaloos wussten, mussten diese durch jemanden aufmerksam geworden sein. Ja, womöglich war es Fürze selbst, der in einem leichtsinnigen, leutseligen Moment seinem Schwager oder Neffen einen Namen preisgegeben hatte; und wenn Ertis – warum nicht meinen? Was die Panikspirale wiederum höher schraubte: Hatte der Anschlag am Ende gar

nicht Erti gegolten, sondern eigentlich mir oder Marti oder uns dreien?

Ab Osnabrück gab ich die Reflektion auf und versuchte, meinen Geist zu sortieren,[2] indem ich Belanglosigkeiten über Dänemark übers Handy gleiten ließ und abtauchte in Hyperlinklöcher. Wikipedia-Sermone über die Olsen-Blödelfilme, Kunstgeschichte oder verschollen geglaubte Grieg-Werke. Den Unterschied zwischen Norwegen und Dänemark und warum Englisch eventuell doch eine nordgermanische Sprache... – lauter sinnloses Zeug. Seltsamerweise beruhigte mich gerade das. Es war wie Sudokus-Lösen oder Latein-Lernen. Zehn Minuten vor Hamburg wagte ich einen scheuen Blick zu Marti hinüber. Auch er hatte Ablenkung gefunden und las in einem Wälzer, irgendwas Fiktives, vermutlich dänische Prosa. Ich fragte nicht nach und fiel selbst wieder in die Vereinzelung zurück.

In Kopenhagen regnete es Bindfäden. Wir kamen frühmorgens an, die Straßen rein und leer. Wir hatten keinen Schirm und meine Allwetter-Baumwolloberbekleidung war nach einer Viertelstunde patsche nass. Marti war unter einem roten Ponchozelt, das er unten aus seinem Rucksack kramte, nicht mehr zu sehen aber vermutlich trocken. Wir mussten in ein halbstaatliches Kulturzentrum, das irgendwo am Rande der Innenstadt angeblich

---

[2] Anmerkung: Der Fall war bei Erscheinen dieses Buches noch nicht gelöst, aber die Ermittlungen ziellos. Ob Colin Oltmanns Hinweise auf mögliche Täter sachdienlich gewesen wären oder ob er das Denken an diesem Punkt zurecht anhielt, ist unklar.

verkehrsgünstig gelegen sein sollte, sich aber meiner Navigierung entzog, zumal ich die Adresse nicht mehr finden konnte. Es war noch dunkel. Ich hielt nach Baustellen Ausschau, aber konnte keine finden. Auch unübersichtliche Buslimengeflechtstabellen in verkleinerter Schrift auf graffitibeschmierten Tafeln suchte ich vergebens. Passanten, die man hätte fragen können, waren in diesem Wetter und um diese Uhrzeit rar. Vielleicht hätten wir am Bahnhof die Information konsultieren sollen.

„Da ist es", hauchte Marti unter dem Poncho hervor.

„Wie bitte?"

„Das Kulturkonsulat. Wir sind da."

In der Verirrung hatte ich instinktiv richtig gehandelt und war Marti blind gefolgt, wie lange wusste ich nicht. Wir traten durch eine elektronische Glasschleuse ein und standen auf rauem, grauem Teppich inmitten von Glas und Sichtbeton. Erhabene Stille, steriler Geruch. Zwei Menschen am Schalter grüßten freundlich auf Dänisch. Marti erwiderte den Gruß und hob die Arme wie zu einer Bergpredigt, so dass die rote Regenhülle von seinem Körper nach oben ins Off glitt. Auf mich fielen die Tropfen. Er begann mit den Menschen zu parlieren, in ihrer Sprache, wie er das immer tat. Ich nickte einschubweise an geschickt gewählten, wie ich fand, Stellen und lächelte dazu synchron. Den Gesten unserer Gastgeber folgend, bewegten wir uns dann auf eine Garderobe zu, legten ab und wandelten in einen kahlen, kalten Kursraum. Unsere Blicke begegneten sich, wir seufzten, aber sprachen nicht. Ein älterer Mann brachte uns Kaffee und süßes Gebäck. Langsam trafen

278

weitere Einwanderungsaspiranten ein und ergänzten unser schweigsames Ensemble.

Der Test erwischte uns wie eine plötzliche Fahrt im Eismeer. Die Luft gefror binnen Minuten und der Bug steckte fest, ehe ich noch ans Ende der ersten Multiple-Choice-Rinne kam. Ich bin sicher, es musste Marti genauso gehen, wobei ich andererseits ahnte, dass an seinem Scharfsinn selbst Kristall zerbrach. Noch mit steifen Fingern würde Marti Löwensonne Treffer aus dem Eis fischen, wo andere nach Schnur, Loch und Werkzeug suchten, ein Meister gegen das Unerwartete. Aber diese Fragen, konnte er diesen ganzen Kram, den die dänische Behörde abfragte, wissen? Ich beschloss meine Trümpfe zu spielen und mit natürlicher Entspanntheit durch die Untiefen zu schrammen. Über den Sand wie geschmirgelt ins Ziel rutschen, reiner und glänzender als je zuvor. Natürlich sprachen wir uns später, auf der Rückfahrt, die, weil von der Anspannung befreit, wieder lockere Gespräche erlaubte, über die Prüfung aus. Marti tat so, als habe er das Meiste gewusst, aber mehrere Male gestand auch er, schlicht geraten zu haben. Sein Auftritt besaß zu jeder Zeit die Aura der Souveränität. Unter lauter verzweifelten, irritierten Blicken im Raum blieb der seine einzigartig in seiner Konzentration und Zuversicht.

Immerhin beherrschte er die Sprache. Zu niemandes Verblüffung formulierte der dänische Einbürgerungstest Fragen auf Dänisch. Marti war insofern ein gut vorbereiteter Champion.

Mich hingegen holte meine Schlampigkeit ein. Ich verstand so gut wie nichts und erriet sämtliche Aufgaben nur durch ungefähre Annäherung etwa über das Englische. Manches klang auch wie bei uns im Deutschen, anderes hätte ich für Holländisch gehalten. Und ich arbeitete mit Gefühl: Man muss eine Sprache auch leben können, ihren Gesang hören. Die feinen Unterströmungen erspüren und geheime Schwingungen in den eigenen Fasern aufnehmen…

Lässest du mich in Frieden abgucken, alter Mann? – Vor mir saß ein alter Mann in einem Hexenkostüm. Ich hatte ihn beim Reinkommen schon beobachtet. Er hatte entfernte Ähnlichkeit mit dem Typen, der Doc Snyder am Ende von Helge Schneiders *Texas* ein Erdbeben im Reisekoffer simuliert. Ich glaube, niemand nahm von mir Notiz, obwohl ich – dies war eine strenge Prüfungssituation – meine Frage laut gestellt und sogar wiederholt haben muss.

Sie hören dich nicht, Oltmann.

Wer bist du eigentlich, der aus dem Film? Wieso der Hexenaufzug?

Muss ich dir das jedes Mal wieder… Im Prinzip ja, ungefähr. Pass auf, ich will dir nur schnell was zeigen…

Lass mich abschreiben.

Nein.

Warum nicht?

Ich will dir helfen. Siehst du diesen Spiegel?

Er hielt mir den Spiegel vor.

Was soll das?

Es ist ein besonderer Spiegel. Er zeigt nur den, der auserwählt ist. Wen siehst du?

Na mich. Es ist ein Spiegel.

Wenn du die Prüfung bestehst, bist du der wahre Gewinner, Oltmann, ein König!

Willst du mich verkackeiern? Die Zeit läuft und ich muss hier eine Prüfung schreiben. Du hast vielleicht Nerven.

Eben drum! Ich…

Ich hätte schwören können… merkwürdig. Fort war er. Ein Fenster stand offen, draußen ging ein starker, kalter Wind. Der Atem des späten Herbstes. Wirbel griffen ins Zimmer, ein Geisterflucht-Reigen. Ich fror, verteilte zitternd meine Buchstaben aufs Papier und bemühte mich an Frühling zu denken… Einige der Fragen hatte ich wie in Trance bearbeitet.

Vor allem aber erkannte ich in den Testfragen einzelne Vokabeln. Die Einbürgerungsbehörde war vermutlich personell identisch mit der dänischen Sektion von Wikipedia, denn alles, was sie mich fragte, hatte ich des Nachts zuvor im Zug gelesen: Olsenbande, Komponisten, impressionistische Ära in Aarhus, Walfang und Wikinger – damit legte man einen Oltmann nicht aufs Kreuz.

Mein Pech war, dass mich das Lesen der meisten Aufgaben, die allerdings voller Feinheiten steckten, unverhältnismäßig viel Zeit kostete. Zeit, die ich nicht hatte. Schwieriger wurde es noch im freien Teil. Sätze, zumal sinnvolle, schreiben konnte ich schlicht nicht. Martis Stift sauste über das Papier. Seine Augen verrieten Hingabe. Mochten auch alle meine Kreuzchen richtig sein und mein Gespür für die dänische Volksseele abgrundtief – ich gab mein Blatt weitgehend leer ab.

Dann war Pause. Marti picknickte ausgiebig und vielseitig, Obst, Brot und mitgebrachten Thermos-Tee. Andere frühstückten ebenfalls aus der Dose. Ich haute mir einen kümmerlichen Rest an Süßgebäck hinter. Der Kaffee war fast kalt.

Mein Einbürgerungsgespräch wurde zur Offenbarung. Marti, der in nicht-alphabetischer Reihenfolge über eine Stunde vor mir dran war, trat vor lauter Adrenalin Funken sprühend aus dem Raum. Er suchte meinen Blick, grinste breit und siegesgewiss und ließ mich nur kurz wissen, er gehe schon mal an die frische Novemberluft.

Da saß ich nun.

Allein.

Ordnete meine Erwartungen. Auf Deutsch.

Das Finale ist schnell zusammengefasst. Ich verstand gleich die erste Frage nicht, wie auch daran anschließende Nachfragen. Betreten guckte sich meine Kommission, die aus drei Leuten bestand, an, zuckte mit allem, was ging, vor allem den Schultern, und bat mich, wieder zu gehen. Ich guckte vermutlich ähnlich verständig wie ein Esel und verließ den Raum erst, als sie die Bitte gestisch wiederholten. Dann ging ich pinkeln, stutzte kurz über eine Hexenmaske im Mülleimer der Herrntoilette und kontaktierte Marti telefonisch, um ihn am Bahnhof wiederzufinden. Nach der Rückkehr überwand ich die Baustelle am Bonner Hauptbahnhof im ersten Versuch.

Noch vor Weihnachten hatten wir die Ergebnisse. Marti war Däne. Mit fliegenden Fahnen war er nicht etwa untergegangen, sondern, wen wunderte das noch, Däne cum laude geworden. Alle kniffligen Fallstricke durch pures Glück richtig überwunden, außerdem einen lobenswerten Aufsatz über Fragen unserer Zeit abgefasst. Wie er selbst sagte: „Vielleicht mache ich ein Buch draus. Mich hat das inspiriert." Gratulation.

Ich war nun Deutscher, wie vorher auch. Mit wehenden Fahnen war ich nämlich in eine für mich aussichtslose Schlacht gezogen, um unterzugehen. Mit Schimpf und Schande garniert erklärte man mir in den nüchternen Tönen grob vorgefertigter Phrasen, woran es haperte, und ließ durchblicken, dass neben meiner sprachlichen Unkenntnis wohl die mangelnde Einstellung ausschlaggebend wäre. Ich konnte sogar erkennen, dass jemand den üblichen Textbausteinen eine persönliche Note angefügt hatte, offensichtlich indigniert davon, wie dreist ich die Zeit der dänischen Einbürgerungsbehörde überansprucht hatte. Im Multiple-Schikane-Choice hatte ich immerhin achtzig von hundert Punkten erzielt. So viel fehlgeleiteter Eigensinn machte die Dänen fassungslos.

Sicherheitshalber erinnerte mich das Schreiben noch an die Ausschlussfrist von drei Jahren, vor Ablauf derer ich nicht erneut Däne werden dürfte. „Alle Ihre Person betreffenden Datensätze werden gelöscht. Ihr Vorgang bleibt nur als solcher aktenkundig, um auszuschließen, dass Sie sich unzulässig erneut bewerben."

Freundlich aber sofort fiel diese Tür vor meiner Nase zu und nichts ging mehr. Ich überlegte, ob ich über eigene Fehler nachdenken – was hätte ich anders machen – trug ich Schuld – sollte ich etwas bereuen? Ich hätte an entscheidender Stelle jemanden bestechen, wüst beschimpfen oder persönlich bedrohen können. Vielleicht muss ein Petent, wenn er nicht wie Löwensonne mit Gewandtheit gesegnet ist, tatsächlich Tag und Nacht vor seinem Gesetz campieren. Allein, das machte, wie man weiß, den Einlass keinen Deut wahrscheinlicher. Die Frage war, ob es für jemanden wie mich überhaupt eine Tür gab.

17
Wer durchhält und zu welchem Ende…

Es war der Weihnachtsabend, ich spielte wieder Schach in meiner Lobby und lauschte versteckten Geräuschen der wenigen einsamen Reisenden, die zum Fest der Liebe bei uns eingekehrt waren. Keine Schwangeren, keine Schreiner. Dem Tonfall und Register der Geräusche aus Zimmer Nummer Vier nach zu urteilen gab es aber in mindestens einem Fall noch Anlass zur Hoffnung. Gerade hatte ich meinen zweiten Springer verloren, wie ärgerlich. Manchmal stellte der Computer sich dämlich, dann wieder schlug er mich unerbittlich. Ich sträubte mich, sowas Schicksal zu nennen.

Zwischen den Jahren hatte Frau Hirsch das Hotel für geschlossen erklärt. Per Telegramm und Postbote, seltsamerweise, wie in uralter Zeit. Die Hausmeister und Reinigungskräfte erhielten Urlaub und sie selbst wollte zur Kusine nach Manchester. Eine Handvoll Buchungen konnte ich in andere Hotels verschieben, sodass alles bereinigt war, als sie eines Morgens noch einmal persönlich in Bonn vor meinem Schalter stand, was selten genug vorkam; und so erkannte ich sie nicht gleich.

„Guten Morgen. Was kann ich für Sie tun?"

Sie schaute mich an. Ich dachte, vielleicht war sie dement und hatte vergessen, wo sie wohnt: „Kann ich Ihnen weiterhelfen?" Sie legte den Kopf schräg, wie ein Vögelchen, damit es besser hört oder sieht. Die Hirsch fand jeden Fehler in jeder Bilanz und sah alles. Aber da ich mich einer

Fremden gegenüber wähnte, verstärkte das meinen Eindruck von Altersschwachsinn. Sie blickte sich um.

„Haben Sie hier einmal gewohnt?", fragte ich. Manchmal reden sie dann und erinnern sich an früher. Sie drehte sich wieder zu mir und schien auf etwas… „Warten Sie auf jemanden?" Herrgott, dass sie aber auch kein Wort sagte. Langsam erschien ein Lächeln hinter ihrem ledernen, fleckigen Gesicht, fast amüsiert. Dann aber die Augenbrauen… Irritiert schüttelte sie sachte den Kopf, öffnete langsam ein Maul mit künstlicher Zahnreihe. Und wartete dann, ohne was zu sagen, abermals.

Musste ich hier eine Aufgabe lösen? War sie am Ende die Sphinx, die mich nach langer, irrender Wanderung mit einem unlösbaren Rätsel in den Abgrund stößt? Das Gesicht war zwar alt, aber es zeigte ein zweifellos menschliches Antlitz, mit Augen, die zumindest zeitweise aus der Demenz herüberschielten. Wenn man's recht bedachte, wirkten sie jetzt sogar ausgesprochen wach und weitsichtig. Vielleicht würde mich das Wesen auch verschlingen. Über einem Buckel trug sie einen vermutlich echten Pelzmantel mit üppigem, weichem Kragen und Manschettenbesatz, der bis zu den Knien reichte. Karnickel oder Löwe. Ein Rocksaum, der grad zu sehen war, gab ihre Beine weiter an hohe, fellige Stiefel. Sie hatte keine Flügel, das sprach wohl dagegen, lediglich ein Handtäschchen aus Krokodil. Vielleicht waren Flügel fakultativ. Ich grübelte. Stellten Sphinxen ihre Fragen laut und direkt? Oder musste man an der engen Passage, die sie bewachten, von sich aus Antworten vorbringen, ohne dass gefragt wurde? Weil nur der Fragende selbst schon ahnte, welches die eigentlich wichtige, ja einzige Frage sein konnte in seinem Leben, das nun am letzten Faden hing.

Mir brach der Schweiß aus. Dänemark verloren und auch diese Frage kannte ich nicht. Unter heißen Ohren geschrumpft zuckte ich verschämt mit den Schultern.

„Junger Mann", ein Kunstpausenseufzer, „Sie erkennen mich nicht. Nicht wahr?"

Und dann war es doch nur die Hirsch und nicht die Sphinx. Man glaube es oder nicht, aber eine unbeschreibliche Last fiel von mir ab. Als wäre ein neues Leben mir geschenkt. Sicherlich gab es nach dieser Stippvisite der Alten einen ganzen Bogen von Anweisungen an mich, was zu tun wäre und worauf zu achten… Aber ich erinnerte davon gar nichts, war doch die Quintessenz, dass das Haus zwischen den Jahren geschlossen… Einmal von dieser homerischen Bürde unausweichlichen Versagens befreit, nahm ich dieses Hoteldding dann irgendwie nicht mehr recht ernst. Vielleicht war es wirklich Zeit für etwas Neues. Rauschte da das Wort „Kündigung" durch den Denkkanal? Wenn nicht ich, so würde sicher ein andrer diesen Laden schmeißen. Es hatte vor mir funktioniert und würde auch weitergehen. Erst mal schob ich's auf und eh ich's mich versah, befand ich mich in den Ferien. So gern ich durchgearbeitet hätte, weil es mich wenigstens ablenkte: Da saß ich nun und besuchte Marti Löwensonne in meiner eigenen Wohnung in Mittelstadt.

Wobei „eigene Wohnung" etwas hoch gegriffen wäre, war ich doch selbst nur Mieter eines Mieters. Dudine würde wohl auch diesen Jahreswechsel hinter schwedischen Gardinen verbringen.

„Wie läuft's mit Dänemark?", fragte ich Marti, als ich einen Kaffee vor mir stehen hatte.

„Bestens. Ich habe einen Lehrauftrag an der Universität in Kopenhagen erhalten, mit Aussicht gleich auf was Festes. Die haben sich meine Vita angeschaut und sofort angerufen."

„Welch Überraschung."

„Na ja, ich bitte dich. Ich bin zwar nicht bescheiden, aber in meiner Initiativbewerbung habe ich alle Register gezogen. Wirklich."

„Noch eine Überraschung."

„Immerhin ist es ein Anfang. Das Hamsun-Institut für dänischen Humanismus."

„Klingt edel. Fast arisch."

„Ein interdisziplinärer Ring, Literaturwissenschaftler, Soziologen, Historiker, Anthropologen…"

„Wozu?"

„Wir wollen herausfinden, wie das metaphysische Wunder des Seins sich aus entropischen Extremen objektiv konstruieren lässt. Wenn man das ontologisch und ästhetisch definieren könnte, ließen sich Schicksale tagesaktuell vorhersagen wie das Wetter, verstehst du?"

„Schwierig, aber sicherlich machbar. Klingt jedenfalls spannend. Wie Benjamin, aber nie dagewesen."

„Ja, eine einmalige Chance, nicht wahr?"

„Cool."

„Nächste Woche geht's schon los. Willst du wieder bei dir einziehen? Wie läuft's bei dir?"

„Och, weißt du. Bin noch mal davongekommen."

„Heißt?" Ein letztes Mal zuckte ich mit den Schultern. Er setzte direkt nach. „Meine Butze in Bonn kannst du jedenfalls nicht mehr bewohnen, die muss ich kündigen. Kopenhagen ist nicht billig. Außerdem bin ich ja jetzt Däne. Da wär's blöd, sich was Festes am Rhein zu suchen."

„Nee-nee, das ist wahr." Die Umstände schoben sich wie geheimnisvolle Felswände in eine frische Konstellation, mir meinen eigenen Pfad neu zu weisen. „Wann muss ich raus?"

„Ich würd' gern sofort inserieren, wenn ich Glück hab, bin ich zum Ersten Ersten raus. Das wär dann so in fünf Tagen."

„Richtig." Ich hatte schnell im Kopf an den Fingern nachgezählt.

„Und was machst du?"

„Nun, ich war Pädagoge, Glückspilz, Pechvogel – irgendwas wird sich schon finden, denke ich."

„Tut mir echt leid. Dass das bei dir nicht geklappt hat. Aber ich versteh auch nicht, wieso du nicht eher mit dem Sprachkurs…"

„Ach Schwamm drüber!"

„Ernsthaft, wir hätten dort gemeinsam…"

„Marti, war diese Prüfung für vernünftig denkende Menschen gemacht? Nein."

„Was spielt denn das für eine Rolle?"

„Sie haben meinen Natural Approach nicht verstanden."

„Colin, du bist ein verkanntes Genie."

„Jedenfalls bin ich nicht professionell."

Er schaute mich an. Was hatte jetzt das wieder zu bedeuten?

„Und Dänemark war von Anfang an eine Schnapsidee, Marti. Deine Idee!" Er stutzte und kam nicht mehr mit. „Dänemark kann für dich funktionieren, weil du eine Perspektive hast. Du wirst überall auf die Füße fallen. Du bist eine Katze. Ein radikal Freier, der immer die Pfoten nach unten trägt, egal aus welcher Höhe. Für uns andere – immerhin lebe ich!"

„Also Colin, ich bitte dich."

„Was denn? Felia ist tot, Ertogrul auch und Dudine sitzt im Knast."

„Wäre in Dänemark alles nicht passiert!"

„Vielleicht. Vielleicht auch doch."

„Vielleicht auch nicht."

„Vielleicht doch."

„Oder nicht."

„Vielleicht…"

„Willst du mir jetzt vorwerfen, dass du zu blöd warst, Dänisch zu lernen? Du bist doch kein Anfänger. Immerhin haben wir uns in einer Universität kennengelernt. Verona! Eine der ältesten von Europa. Es gibt kulturelle Errungenschaften, die sind Jahrhunderte alt und bewährt. Da kannst du doch nicht überrascht sein, dass die Dänen die Einbürgerung nicht dem Zufall überlassen."

„Ich werfe es dir nicht vor. Ich habe mich irgendwie anderweitig aufgerieben, ja. Aber wenn sie es mich nicht auf meine Art machen lassen, sollen sie halt bleiben, wo ihr Hering rülpst."

„Pupst."

„Was?"

„Pupst. Heringe pupsen."

„Du bist ein Haarspalter."

„Und du hast keine Strategie."

„Um ehrlich zu sein, war Willkür die einzige Taktik, die gegen die Behörden überhaupt gewirkt hat. Wenn du wüsstest, was ich für Schlachten geschlagen habe…"

Er sah mich prüfend an, als hielte er mich für unecht.

„Manchmal denke ich, du hast sie nicht alle, Oltmann", dann machte er eine abwinkende Handbewegung, „aber es ist sowieso zu spät. Bis du wiederholen dürftest, willst du nicht mehr. Da hast du längst was Neues. Wir gehen getrennte Wege, auch wenn's mich gefreut hätte. Ehrlich." Bedauern in seinem Blick.

„Also: Was wirst du tun?"

„Ich könnte ganz in die Hotellobby ziehen, vorübergehend. Oder auch nicht. Wieder Landschaftsgärtner sein, hier in Mittelstadt."

„Es ging dir gut hier, oder?"

Stimmt.

Wir waren zu faul zum Kochen, die Vorräte der WG waren einfach ohne Dudine nicht mehr, was sie mal waren, die Räume selbst ohne die Mädels kalt und leer und der

Gedanke zu Erti zu gehen brach mir das Herz. Marti Löwensonne und ich verabschiedeten uns daher von einander mit einem ausgiebig fetten Mahl bei einem Griechen in Bahnhofsnähe. Richtig in den Arm nehmen, Besuch-mich-mal und so. Wo wir die Schlüssel deponieren wollten, wer ausfegt und die Kaution wiederkriegt.

Nun war ich der Türwächter, hatte die Schlüssel von Marti zurück: weil er möglichst bald nach Kopenhagen musste, die von Bonn *und* Mittelstadt. Die Kaution ginge auf Martis Konto und das Fegen würde gerechterweise ich übernehmen. Dafür brauchte es einen Besen. Irgendwie mussten wir das doch früher auch hinbekommen haben, aber – so lange war ich fort gewesen – wo Hyttynen-Löwensonne das magische Ding versteckt hatten, fand ich nicht heraus. Also ging ich zum Großdiscounter am Ortsrand. Da musste es sowas geben. Ich strebte über den riesigen Parkplatz dem mit Werbung und Wurstbude bestückten Eingangsportal zu, Teil einer dichter werdenden Kundenmasse.

„Mama, da! Den kennen wir!"

„Aber ja, sicher. Von der Demo?"

„Hallo, wir sind's. Wir haben uns auf der Demo getroffen, und dann noch mal, irgendwo…" Alle Menschen standen vor einer großen Glasdrehtüre und mussten gemeinsam ihr Tempo einem zäheren Strom anpassen. Auch die, die wie ich im falschen Film… Man zog mich sanft am Ärmel aus dem Strom… da erkannte ich sie: schon wieder die vierköpfige Familie, Chor der Normalen und Gerechten.

„Ah, guten Tag auch.“

„Dass man sich hier trifft. Eigentlich kaufen wir hier gar nicht oft. In diesen Discountern hat man immer ein beengtes Gefühl…“

„Staubig riecht es und nach Putzmittel“, warf der Gatte ein, der mit einem dicken Autoschlüssel in der Hand neben uns erschien, trocken freundlich nickte, „hallo erstmal.“

„Ramschtheke, sagen wir immer, haha.“

„Wenn man da durch ist, fühlt man sich wie nach der Vorhölle. Am liebsten würde man duschen.“

„Alles Paletten und Plastik, ganz billo. Na ja, die guten Dinge kriegst du woanders.“

„Wo denn?“, was um alles in der Welt ritt mich in diesen Kapitalfehler? Die interessierte Nachfrage! Lieber bis drei zählen, einen schönen Tag wünschen und sich hinter der Grabbelauslage wegducken. Oltmann, du bist zu freundlich, zu empathisch und hast es nicht anders gewollt – es folgte der Volltext zum guten Leben.

„Na ja, vieles kriegt man schon im Bio…“

„…stimmt… besser geworden…“

„…haben sich enooorm gesteigert…“

„…das ganze Sortiment noch mal besser…“

„…in der Breite als auch qualitativ…“

Ich kniff die Augen zusammen und massierte die Schläfen. Allein, es half wenig. Die Schnäppchen der Gegend als Kleinholz für das Smalltalk-Kreuzfeuer. Darin röstete ich. Welcher Laden Herz hatte, welcher Charme, Haltung, Stil, Sortierung…

„Oh, ich liebe es! Wenn ich in *einem* Kaufhaus leben sollte, dann in *dem*."

„Hochwertig! Nicht wie hier."

„Perfekt knuspriges Gebäck, überraschende Zubereitungsmöglichkeiten, ursprüngliche Rezepturen…"

„…ein ganz anderes Geschmackserlebnis, zuverlässig verarbeitet, erstaunliche geschmackliche Vielfalt…"

„Respekt. Wertschätzung. Das Olivenöl: Anklänge von Heu, smaragdgrün, schonende Gewinnung, genossenschaftlich organisiert."

„Da hat der Erzeuger noch was davon. Da gibt's keine Butterkriege mit den Landwirten. Ein rotes Band der Liebe, möchte ich mal sagen, du kommst in Kontakt mit den Kulturen der Welt, der Safran beispielsweise wird von einem afghanischen Frauenkollektiv geerntet, beste landwirtschaftliche Produkte."

„Das schärft unser Konsumbewusstsein."

„Salz aus der Nordseespringflut."

„Indischer Majoran aus Sachsen-Anhalt."

„Fränkische Erbsenterrine mit grünem Urwaldpfeffer."

Auch ich hielt leider nicht an mich: „Was es nicht gibt!"

„Nicht wahr? Auch beim Fleisch, klare Haltung gegen jegliche Verschwendung."

„Mama, weißt du, warum ich da gerne hingehe?", meldete sich die Kleene. „Weil die Leute da nicht so stinken. Neulich war hier ein alter Mann, der hatte sich in die Hose gemacht."

„Wie gesagt", schob die Mutter beiseite, „wir kaufen nicht oft im Discounter. Strenge Grundsätze sind im biologischen Landbau das A und O."

„Die haben da auch kulinarischen Sachverstand, traditionell aber einfach, schaffen von Hand und beraten gut."

„Kostet natürlich."

„Qualität hat ihren Preis. Wer das übrigens weiß, sind die Dänen!"

„Wir überlegen ja, ob wir nicht vielleicht auswandern sollen… nach Dänemark!"

„Ach?", entfuhr es mir, so gut wie sprachlos.

Die Augen der beiden Erwachsenen leuchteten schlimmer als ein Tannenbaum; und spürte ich da so etwas wie meine Scham? Ich hatte versagt. Dänische Fabrikate, dänische Gelassenheit, dänischer Kerzenschein… Alles dahin!

„…Papa, wann fahren wir wieder nach Bornholm?"

Na bitte. Mit meiner Dänenwerdung hätte ich Aufnahme in die große Familie der Behaglichen gefunden. Konzentrierte Aromen, und unverstellter Genuss. Hat nicht sollen sein.

„Es soll nicht so leicht sein da… reinzukommen", brachte ich noch zustande.

„Die Dänen *sind* halt auch anspruchsvoll."

„Wie gesagt, Qualität hat ihren Preis."

„Wenn es einfach wäre, wollte bestimmt niemand dahin."

„Man muss es sich verdienen."

Dieses Blatt war ausgereizt, entschied ich für meine Gesprächspartner. Ich öffnete den Mund weit, wie ein Löwe, wie zu einem Einwand – sie warteten… und ich blickte in die Runde, hielt aber noch drei Sekunden inne. Fünf Sekunden. Dann hatten sie's kapiert.

„Schatz, hast du den Benz abgeschlossen?"

Per Zauberfernklick sprühten Sternchen aus dem Stab. Ein Blinkfeuerwerk, das die Seele versichert, das gute Leben auf vier Rädern verriegelt. Und während ich noch sinnierte, drängelten sie sich, als hätte ich den Laden nicht ebenso betreten wollen, an mir vorbei durchs Glasrondell. Weg waren sie. Einsam stand ich da und fragte mich, was ich überhaupt wollte… Einen Besen.

„Kommt Kinder. Also! Hat uns gefreut! Alles Gute für Sie", hallte es in meinem Gehirn nach.

„Ihr mich auch", murmelte es mir aus Kehle und Hirn, hauchte ich gegen eine Wand aus Glas. Was zum Henker hatte ich eigentlich in Dänemark gewollt.

Nicht lange danach saß ich im Regionalexpress und kurz vor Köln, als mein Telefon klingelte.

„Oltmann!"

„Dudine! Du hast Telefon? Bist du raus?"

„Jaaaa! Stell dir vor!"

„Seit wann? Wo bist du, was machst du?"

„Ach Oltmann, du wirst es nicht glauben! Das muss ich dir erzählen!"

„Schieß los."

„Nicht hier. Nicht am Telefon."

„Und zwar?"

Wir verabredeten uns direkt für jetzt gleich, beim Chinesen in Bahnhofsnähe. Sie hatte Hunger.

Kaum eine Stunde später sah ich sie wirklich wieder. Eigentlich sah sie aus wie immer, auch nach über einem Jahr Gefängnis. Und doch irgendwie anders.

„Irgendwas an dir ist… so wie immer."

„Ach Colin, du Charmeur! Es tut sooo gut, dich zu sehen!" Sie nahm mich in den Arm und drückte mich. Ich bekam einen dicken Kuss auf die Wange.

„Wieso haben sie dich auf einmal gehen lassen?" Wir hatten uns gesetzt, die Karte vor uns liegen, ich orderte einen Sekt und sie:

„Für mich nicht. Danke. Ich nehm' ein Wasser", sie strich sich das Haar aus der Stirn, „tja, Colin. Wie soll ich sagen. Es ist einiges passiert."

„Kannst du wohl sagen. Aber vor allem außerhalb deiner Knastmauern, oder nicht?" Sie senkte den Blick.

„Klar. Felia… und Erti auch. Unfassbar!" Traurig schwiegen wir. Dann glitt ihr Blick in eine andre Welt, ich holte sie zurück: „Du bist also draußen."

„Ja genau! Es ist kaum zu glauben… was passiert ist. Du hattest mich damals gefragt, ob ich verliebt sei."

„Ich erinnere mich."

„Genau das bin ich!"

„Wer ist die Glückliche?"

„*Die?*", ihre Augen drehten sich wie eine Jing-und-Jang-Spiralscheibe in einander, nur doller, und die Nase verschob sich zu einem Fragezeichen.

„Du kommst frisch aus dem Frauenknast, oder nicht? Was gibt's denn da sonst so? Chelsea Manning in rückumgewandelt vielleicht, aber sonst?"

„Verstehe. Nein, tatsächlich hatten wir einen männlichen Wächter. Und den hab ich mir geangelt", erklärte sie nicht ohne Stolz. „Mein Prachtexemplar!"

„Er ist Gefängniswärter?"

„Natürlich ist er Gefängniswärter. Meinst du, die engagieren für sowas den Postboten?"

„Entschuldige, erzähl weiter."

„Er hat mir täglich das Essen serviert, immer die Mittagsschicht. Dann kam er irgendwann nicht mehr und hatte plötzlich die Nachschicht. Da haben sich erstmal welche gewundert. Und dann kam er irgendwann nachts in meine Zelle. Er brachte mir frisches Obst mit und vor allem Schokolade. Pralinen in Goldpapier soviel ich nur essen konnte. Wir haben uns unterhalten. Und dann auch, na ja, du weißt schon." Sie verdrehte die Augen, wie es nur Menschen in Filmen und Dudine tun. „Wir trafen uns regelmäßig."

„Und Wärter-Liebchen, entschuldige den Ausdruck, dürfen eher wieder raus, auch ohne ihren Namen zu verraten?"

„Nein, natürlich nicht."

„Du hast ihnen gesagt, wie du heißt."

„Nicht direkt. Zunächst nur Holm."

„Holm?"

„So heißt er." Schon wieder was Nordisches, dachte ich, aber behielt es für mich. Langsam reichte es. „Wir haben geheiratet!" Sie hielt mir ihre Hand hin und erst jetzt bemerkte ich den funkelnden, übertrieben besteinten Ring an ihrem Finger. Ich staunte nicht schlecht.

„Du staunst nicht schlecht, Oltmann." Wie ich schon sagte.

„Seit wann?"

„Vor Weihnachten. Ganz romantisch im Gefängnis, ist das nicht wunderbar?!"

„Waren deine Eltern da?"

„Ha ha, ja! Die wussten gar nicht, was sie sagen sollten, es war eine Überraschung. Hab's ihnen erst am Tag selbst gesagt. Ich heiße jetzt Stockowski."

„Holm und Dudine Stockowski", probierte ich vor mich hin, „klingt... etwas befremdlich... aber gut."

„Nicht wahr?! Und wir sind soo glücklich!" Ich nickte dazu, war aber immer noch baff.

„Das heißt, du wohnst jetzt in Köln, oder was?"

Da senkte sie die Augen und drehte die Papierserviette umständlich um den Finger.

„Verstehe. Ihr wollt in die Wohnung in Mittelstadt. Braucht die Zimmer für den Nachwuchs und der Oltmann muss raus. Deshalb auch der Chinese, weil das Essen hier am seltsamsten ist und dich nach eingelegten Schweineaugen mit Erdbeeren und Schlagsahne gelüstet, weil du schwanger bist?"

„Alles richtig. Volltreffer. Ich wusste, dass du mich verstehst."

„Schon okay, du hast alles richtig gemacht. Ich wusste, du hältst durch."

„Danke. Und ich wusste, du glaubst an mich", sie lächelte süß, „wie geht's dir, wie läuft's mit Dänemark?"

Fast hätte ich's vergessen. Auch sie wollte auswandern. War Feuer und Flamme gewesen. Ich schilderte meinen heldenhaften Kampf gegen die Übermacht.

„Du Armer. Und jetzt? Kommst du zurecht?"

„Ach klar. Schlägen ausweichen und Ratten verjagen, ich bitte dich. Krieg ich hin. Die paar Höhen und Tiefen."

„Klar, verstehe."

„Ich komm schon zurecht."

„Pass auf dich auf."

„Klar, du auch. Halt durch." Eigentlich wollte ich ein bisschen was Feierliches rausquetschen, goldene Zukunft in Mittelstadt und so, aber ließ es.

„Tu ich. Schon die ganze Zeit."

„Weiß ich. Du hältst durch, Dudine."

Sie wurde ungeduldig und winkte dem Kellner, als wär's ein Taxi. Dann lächelte sie wieder für mich. „Und was isst du?"

Damit war ich innerhalb von drei Stunden aus beiden Wohnungen geflogen und saß in weniger als einer Woche auf der Straße. Klar konnte ich bei den Stockowskis noch bleiben, aber ihr Typ scharrte mit den Hufen und geheuer war mir in der Rolle des Onkels aus dem letzten Krieg nicht. Dudine mochte sich heiraten lassen, aber ich konnte unmöglich den kleinen Stockowski pampern, während sie ihr handfestes Studium beschleunigte und Holm den Ernährer machte. Einer von uns war zu viel.

Ich nahm mich zusammen und rief Ando an.

„Oltmann, alter Junge! Lange nichts gehört!"

„Ando, altes Haus. Schön, deine Stimme zu hören." Eine kleine Pause, eine halbe Sekunde länger, als ihr gut tat, verriet mir, dass er über die Sache mit dem Wolf und der Flinte, die ihm angelastet wurde, doch noch nicht hinweg war. „Wie läuft's?"

„Mmh... so wie man's nimmt halt... und bei dir?"

Was sollte ich sagen. Um den Brei hatten wir echten Männer nie herumgeredet. Mit Ando konnte ich direkt sein, egal ob heiße Eisen oder kalte Füße, man kam zur Sache.

„Du, ich muss aus der Wohnung raus und ich wollte den Job im Hotel in Bonn kündigen, und da hab ich mich gefragt, ob ich vielleicht, na ja, und auch... weißt du, als Gärtner ging es mir gar nicht schlecht und die Sache mit den Schafen war eigentlich auch schön, meinst du nicht?"

Das brauchte ne Weile, jedenfalls sagte er nichts.

„Bist du noch da, Ando, hallo?"

„Ja-ja, bin da. Was ist mit dir, wolltest du nicht längst Däne sein? Das Glück versuchen oder so? Erinnere ich mich da falsch?" Ich gab ihm die Kurzfassung. Er lachte heiser. Wenigstens schien ihn mein Misserfolg gefühlsmäßig für den Ärger zu entschädigen, den ich ihm eingebrockt hatte.

„Ach Oltmann, du bist schon ein dämlicher Hund, weißt du das? ... Was soll ich sagen. Bei der Gartentruppe brauchen wir gerade keinen. Da hat im Frühjahr einer angefangen, der macht seine Sache gut. Wir verstehen uns. Die stellen bestimmt keinen mehr als nötig ein. Zumal schon elegantere Abgänge beobachtet wurden als deiner." Pause, damit das Publikum diesen Hieb genießen konnte. Im Hintergrund bellte jemand, ziemlich laut.

„Was ist das?"

„Meine Hunde. Wittern einen Hasen oder so. Hab sie mir irgendwann zugelegt. Echte Mischlinge, prima Hütehunde. Machen ne Menge Freude, musst du dir mal ansehen! Zwei echte Kerle."

Pause. Hatte er meine zweite Frage vergessen? Und war die Einladung ernst gemeint?

„Du, wenn das mit der Wohnung grad nicht geht, Ando, kein Problem…"

„Ach, richtig, ja… weißt du… Ich hab halt die Hunde. Und dann kommt mein Schwager über Silvester, kommt morgen schon…"

„Der von deiner Schwester, der Schafscherer?" Ich witterte eine letzte Planke in der See, Anknüpfungspunkte.

„Nee, aus Kroatien. Die andere Schwester. Kommen mit Familie, drei Kinder und seine Mutter. Bleiben bis Dreikönige. Da ist grad kein Platz, Oltmann, tut mir leid. Aber komm mich besuchen, im Frühjahr, wenn du magst."

„Klar, mach ich." Auch hier schloss sich eine Tür. Jetzt aber schnell. „Du, ich muss los, meine Bahn kommt."

„Alles klar, pass auf dich auf. Und meld dich!"

In Bonn packten sich die Kisten schon vor meinem inneren Auge, als ich auf den Bahnsteig trat. Martis Wohnung eine leere Panzerhülle, die ich wegblasen würde, sobald ich den Wind dazu hätte. Kaum irgendwelche Dinge beschwerten meine Existenz und sollte ich sagen: Reise? Wohin sollte die gehen. Es war bereits dunkel. Ich wiegte das Telefon in der Hand und spielte mit dem Gedanken, auch Fürze noch einmal zu sehen, bevor ich mich aufmachte nach –

Aber meine Verzweiflung hatte Grenzen. Fürze würde mir ungefragt seine Couch anbieten, auf unbestimmte Zeit. Zwischen Krümeln, Fettflecken und Tiefkühlkost-Kartons würde ich nach nicht einer Woche riechen wie er und müsste mir obendrein alle Tage anhören, wie Recht er gehabt hätte. Von Anfang an gewusst, die Verwahrlosung kommen sehen, den Untergang geahnt, die Zerstörung herbeiorakelt. Wo ich überhaupt mit mir hinwollte. Aus Ratlosigkeit würde ich mir schließlich eine Promotionsstelle in irgendeiner Altertumsnische aufschwatzen lassen, nur um Ruhe zu haben.

Ich ließ es bleiben und rief ihn nicht an.

Dafür klingelte das Telefon. Ein Auslandsgespräch, sagte die Ländervorwahl, aber woher?

„Hallo?"

"Hello, who's speaking?" England.

Wie sich rausstellte, war die alte Hirsch gestorben. Irgendjemand machte um mich herum reinen Tisch. Als zöge ich den Tod magisch an. Zumindest war ich so eine Art Wasserscheide zwischen den Glücklichen – Löwensonnes, Stockowskis, Vierkopfheims – und den Toten.

"Do you know the cause of death?"

"Oh. I thought you knew."

"No, I'm sorry. Could you tell me?"

"Cancer. Of the lungs. Seems she's been a heavy smoker for longer than was good for her."

"Oh. I'm so sorry to hear that." Nie hatte ich sie rauchen sehen. Sie roch stets nach zu starkem Parfüm, wie es häufig ist bei Leuten, die Alter oder schlechte Gewohnheiten aufpolieren wollen.

Mehr als die blanke Information – mit wem hatte ich da überhaupt gesprochen, der Kusine, der Nichte? – musste mich nicht interessieren. Sie vererbte mir nichts, eine Einäscherung sollte in Nordengland stattfinden, kleinster Kreis, und ein posthumes Rätsel hatte die Sphinx für mich auch nicht parat. Es wäre denn, ich dächte mir selbst die Frage dazu aus.

Cause of death… Immerhin gab es hier mal einen, Krebs und Rauchen, ganz ehrlich… da weiß man, was man hat. In Ertis Fall… der Gipfel des Absurden. Ob ich das jetzt aber schon als versöhnliches Ende werten wollte… ich war mir nicht sicher. Die Frage könnte ich offen lassen, für später.

Meine Arbeitsstelle war jedenfalls hinfällig. Auch dieser Zweig also abgesägt und ich freier denn je. Der Engländer sagt dazu *footloose and fancy-free*, was, wie ich finde, lustiger klingt und vagabundenhafter, als im Deutschen: frei und ungebunden, normalerweise sind Menschen nämlich irgendwo angepflockt, wie ein Schaf. Außerdem weiß die englische Version explizit, dass man jetzt tun und lassen kann, was man will: *fancy*. Und schließlich liegt es an der niedlich onomatopoetischen Doppelung der o-s und der f-Alliteration, dass es nur besser werden kann. Ein Albumcover aus den 70ern gibt es, da latscht ein hipper Rod

Stewart mit einem räudigen Köter in die unbeschwerte Landschaft, längs der Straße, auf der bestimmt bald einer anhält und sie beide zur nächsten Romantik mitnehmen wird.

Allerdings war mir, nur weil ich noch schlechter sang als Rod Stewart, nicht gleich sein *glamour* vorherbestimmt. So viel Realismus kriegte ich nach den jüngsten Tiefschlägen zusammen. Ich stand immer noch am Bahnhof, mittlerweile davor. Die Baustelle war weg. Vermutlich standen die Kisten in Martis Wohnung schon gestapelt.

Realismus, das wär doch ein Stichwort. Kann ich noch was äußern, eine Idee?

Vergiss es. Ich bin raus. Du auch. Er hört sowieso nix.

Ich horchte auf Eingebung, Inspiration. ... Auch weg. Es gibt so viel Ratschläge im Leben. Manchmal wird man die Leitung erst los, wenn man draufsteht. Vielleicht sogar ein bisschen drauf rumtrampelt.

Wenn man nichts weiter als unterwegs sein wollte, in seiner eigenen Gegenwart, täten es ein paar Gelegenheitsjobs. Ich würde mir einfach ein neues Hotel suchen, irgendwo anders, nachts auf Schlafende achtgeben und in der Lobby die Karten legen. Dann eine neue Stadt und neues Glück. Vielleicht eine neue Schafherde, mit heiler Heide drum rum, ohne Wölfe, Salafisten und Nazis; so dass man fast keinen Schäfer mehr bräuchte. Dudine hatte mich ja für einen Nachtwächter gehalten. Auch Nachtwächter sind fast keine Schäfer. Manch Ahnungsloser taugte auch als Hausmeister. Vielleicht versuchte ich es mal mit Besentätigkeiten in einem Zen-Kloster, damit man nicht völlig den

Anspruch an sich verlor. Tee-Zeremonien statt zelebrierten Feierabenden, in gelächelter Ruhe das Gift rausspülen. Hatte Marti nicht für ein halbes Jahr ganz entspannt Grundschulkinder betreut? Das könnte man sich bestimmt ähnlich einrichten, nur halt vormittags. Oder als Barkeeper reüssieren oder gemächlich Rikscha fahren. Im Altenheim die Einsamen pflegen und Erbschaften erschleichen, wobei da auf den zweiten Blick zu viel Anstrengung und auf den dritten zu wenig Moral im Spiel war, also lieber doch nicht.

Der Denkstaub setzte sich. Eine brauchbare Vision kristallisierte sich heraus. Ein mittel-feines Zen-Hotel auf einer Schafweide in einer leicht räudigen, wachschutzbedürftigen Nachbarschaft entstand vor dem inneren Auge. Tauchte aus sanftem morgendlichem Nebel auf, wunderbar, Wolken eines Kraftwerks am Horizont, in nächster Ferne eine Autobahn. Der Kopf baute seine Heimat wie er sie kannte, ziemlich ohne Dänemark. Es war fast wie… Ruhrgebiet. Das schäbig Altbaufällige gedieh in saftigen Neubrachen. Ein zufälliges, scheckig lachendes Figurenarsenal, egal woher du kommst, bunt-friedfertige Physiognomie, die einer Befreiung gewiss ist. Ich ging in den Bahnhof zurück und schaute auf die Uhr. Es war Zeit nichts von dem zu tun, was ich mir vorgenommen hätte. In fünf Minuten ging ein RE nach Duisburg, da stand dann die Welt offen. Wenn man wollte, konnte man also immer noch nach Norwegen, Amerika oder so. Aber warum eigentlich nicht Duisburg, woanders is auch…

Danke
meiner guten Freundin W., die für mich eine unschätzbare
erste Leserin gewesen ist.